선단기

선단기 8 완결

초판 1쇄 인쇄일 2021년 03월 16일 | **초판 1쇄 발행일** 2021년 03월 22일

지은이 조휘 | **펴낸이** 곽동현 | **담당편집 팀장** 이범수
편집부 정요한 최훈영 조혜진

펴낸곳 (주)조은세상 | 출판등록 제2002-23호
주소 서울특별시 동작구 동작대로1길 27 5층
TEL 02)587-2966 | FAX 02)587-2922
E-mail bukdu@comics21c.co.kr

ISBN 979-11-6591-701-2 | ISBN 979-11-6591-272-7(set)
값 8,000원

선단기
완결
8
조휘 신무협 장편소설
NEO ORIENTAL FANTASY STORY
북두

조휘 신무협 장편소설

NEO ORIENTAL FANTASY STORY

CONTENTS

1장. 소언의 예언

1장. 소언의 예언

유건은 안력을 높여 두 수사를 좀 더 자세히 관찰했다.

유마교 장선 후기 수사는 머리카락을 옥관으로 정리한 잘생긴 청년이었다.

한데 한 손으로 금부채를 천천히 부치며 턱을 약간 쳐든 모습이 오만하단 인상을 주었다.

반대로 북신교 장선 후기 수사는 가슴에 나무가 그려진 붉은 갑옷을 걸친 붉은 머리의 거한이었는데 얼굴과 팔뚝에 털이 숭숭 나 있어 마치 사나운 불곰을 마주한 느낌이었다.

유마교 청년이 먼저 활기찬 목소리로 북신교 거한에게 인사를 건넸다.

"노기 수사(努技修士), 북신교 거령수(巨靈樹)에서 봤을 때보다 풍채가 더 좋아지신 것 같소."

노기라 불린 거한은 날카로운 눈빛으로 주위를 둘러보았다.

"차둔 수사(車屯修士), 누가 엿듣고 있을지도 모르는데 지금부턴 뇌음으로 얘길 나누는 게 어떻겠소?"

부채를 탁 접은 차둔은 노기의 행동이 우습다는 듯 껄껄 웃었다.

"하하, 긴장하지 마시오. 이곳은 예전에 우리 유마교에 멸망한 장충사(長忠寺) 지하에 있는 비밀 공간이오. 나도 돌아가신 사부님이 알려 주지 않았으면 절대 알지 못했을 곳이오. 더군다나 우리 유마교 교인이나, 수사들은 이 장충사 100리 안으로 감히 들어올 생각을 못 하오. 괜히 이곳 주위를 얼쩡거리다가 교의 감찰 수사에게 들키면 혼자 죽는 정도론 끝나지 않기 때문이지. 간단히 말해 우리 유마교 영역에서 이보다 더 밀담을 나누기에 좋은 장소는 없단 얘기요."

그러나 노기는 끝까지 경계를 풀지 않았다.

"그래도 사람 일은 모르는 법이오."

차둔은 혀를 끌끌 찼다.

"쯧쯧, 나나, 노기 수사나 어느 정도 실력을 인정받았기에 이번 연락 임무를 맡은 게 아니겠소? 그런 우리의 이목을 동시에 따돌릴 수 있는 수사가 몇이나 있다고 겁을 내는 거요? 설마 북신교 수사들은 다 노기 수사처럼 덩치에 어울리지 않게 겁이 많은 거요?"

노기의 붉은 눈썹이 송충이가 기어가듯 꿈틀거렸다.

"나를 욕하는 건 참을 수 있어도 우리 북신교 수사들을 욕하는 건 참을 수 없소. 앞으론 언행에 주의하는 게 좋을 거요."

말을 마친 노기의 뒤에서 투구와 갑옷을 걸친 50장 크기의 거대한 불곰이 나타났다가 눈 깜짝할 사이에 다시 사라졌다.

움찔한 차둔은 다시 부채를 펼쳐 천천히 부쳤다.

"흠흠, 알겠소. 내 앞으론 언행을 조심하리다."

그 말을 끝으로 동시에 입을 닫은 두 수사는 그때부터 뇌음으로 대화를 나누기 시작했다.

유건은 아쉬운 생각이 들었으나 그가 할 수 있는 일은 없었다.

지금은 그저 차둔과 노기가 빨리 떠나기만 바랄 뿐이었다.

한참 밀담을 나눈 두 수사는 올 때와 마찬가지로 순식간에 종적을 감추었다.

뇌력으로 그들이 떠난 사실을 확인한 유건은 바로 움직이려다가 노기의 날카로운 눈빛이 떠올라 동작을 멈추었다.

차둔은 몰라도 노기는 조심해야 했다.

'노기의 외모는 곰처럼 미련스럽게 보여도 조심성은 여우보다 더한 자다.'

예감은 적중했다.

그로부터 1각이 지났을 때였다.

노기가 갑자기 다시 나타나 뇌력으로 공간을 샅샅이 훑었다.

자신이 떠날 때와 바뀐 것이 없는 것을 확인하고 나서야 노기는 다시 홀연히 종적을 감추었다.

그제야 안심한 그는 바로 짐을 챙겨 밖으로 나갔다.

장선 후기 수사들이 제집처럼 들락거리는 곳에 1초도 더 머무르고 싶지 않았다.

한데 그가 막 장충사 담을 넘으려 할 때였다.

3천 명에 육박하는 유마교 수사들이 갑자기 들이닥치더니 장충사 절터 안을 마구 헤집고 다니며 사방에 뇌력을 퍼트렸다.

그중에는 장선 수사도 여럿 있어 섣불리 움직이다가 들키는 날에는 살아날 여지가 없단 생각이 들었다.

하는 수 없이 다시 수련하던 지하 공간으로 돌아와 유마교 수사들이 이곳을 찾은 목적을 달성하고 돌아가길 기다렸다.

그러나 그건 헛된 꿈이었다.

시간이 지날수록 장충사 터를 찾는 유마교 수사들이 오히려 더 늘어났기 때문이었다.

급기야 열흘쯤 지났을 때는 거의 10만 명에 달하는 유마교 수사들이 절터를 찾아 전보다 더 빠져나가기가 어려워졌다.

'이럴 줄 알았으면 위험을 감수하고서라도 유마교 수사들이 들이닥친 첫날에 도망치는 건데.'

원래 후회는 흐르는 물에 이름을 쓰는 것과 같았다.

힘만 들고 효과는 없단 뜻이었다.

장기전을 각오한 그는 최대한 안 들키게 조심하면서 빠져나갈 방도를 궁리했다.

그나마 다행인 점을 하나 꼽으라면 수사의 숫자가 늘어나면서 전보다 좀 더 자유롭게 장충사 터를 돌아다닐 수 있단 점 정도였다.

복령술을 이용한 위장술이 감쪽같아 장선 후기 최고봉 수사도 그가 유마교 수사가 아니란 사실을 알아내기 쉽지 않았다.

그러나 얼마 지나지 않아 그를 절망케 하는 일이 벌어졌다.

유마교 수사들은 장충사 안팎에 출구가 없는 강력한 방어 진법을 삼중으로 설치해 수사의 출입 자체를 아예 막아 버렸다.

'출구를 막아 버리면 안에 있는 자들은 대체 어떻게 나가겠단 거지?'

의문은 오래지 않아 풀렸다.

유마교가 동원한 진법 수사 수만 명이 무너진 건물을 밀어 버리고 그 자리에 초대형 전송진 세 개를 만들기 시작했다.

'제길, 이들은 처음부터 전송진으로만 출입할 셈이었군.'

나가는 방법이 전송진밖에 없음을 확인한 그는 쥐 죽은 듯이 조용히 지내며 전송진을 이용해 탈출할 기회를 노렸다.

한데 유마교 수사들이 건설하는 전송진은 규모가 워낙 방대해 전부 완성하는 데만 거의 3년 넘게 걸렸다.

즉, 그는 3년 동안 허송세월만 한 셈이었다.

그러나 성과가 전혀 없진 않았다.

전송진 근처를 떠도는 3년 동안, 알게 모르게 주워듣는 정보가 꽤 많았는데 그중 가장 놀라운 정보는 역시 전송진의 목적지였다.

전송진 세 개는 각각 다른 장소와 연결되어 있었다.

첫 번째는 유마교 본교였고 두 번째는 북신교 본교였다.

그러나 세 번째 전송진만은 아직 그 목적지를 알아내지 못했다.

지금까지 알아낸 정보를 가지고 추측해 봤을 땐 유마교와 북신교가 작당해 뭔가 엄청난 짓을 꾸미고 있단 결론이 나왔다.

'그 둘이 작당해 꾸밀 만한 엄청난 짓은 하나밖에 없을 텐데.'

원래 복령술로 위장하려는 상대의 원신을 잡아먹으면 상대가 가지고 있던 기억까지 전부 흡수할 수 있었다.

그러나 그가 위장한 아라타는 동부 해안에서 다른 수사들을 약탈하며 살아가던 조무래기라, 그가 원하는 정보를 가지고 있지 못했다.

그는 영목낭에 있는 자오진인에게 물었다.

"거령대륙 3대 종문 간의 사이는 어떤 편이오?"

자오진인도 총명하기로는 타의 추종을 불허하는 수사여서 그가 한 질문의 의도를 바로 간파했다.

"세 번째 전송진의 목적지가 마음에 걸려서 그러시는 겁니까?"

"그렇소."

자오진인은 더 캐묻지 않고 바로 질문에 대답했다.

"유마교와 교류가 있는 천구해 변두리 종족에게서 흘러나온 정보에 의하면 북신교가 5천 년 전에 유마교를, 4천 년 전에 성화교를 연달아 처들어가 대전쟁이 벌어졌다고 합니다. 그러나 북신교는 그 두 전쟁에서 모두 패해 영토를 많이 잃었지요. 한데 3천 년 전에는 반대로 유마교가 북신교와 성화교를 상대로 동시에 전쟁을 벌였습니다. 불가, 도가 등의 종파를 멸문시키면서 영역을 완벽히 장악한 유마교가 자신감이 넘친 나머지 무리한 전쟁을 벌인 겁니다. 물론, 유마교는 그 전쟁에서 대패해 대륙 남부의 영토 대부분을 성화교에 빼앗겼다고 합니다. 그때의 여파가 너무 큰 탓인지 그 전쟁 이후로는 거령대륙에 대전쟁은 일어나지 않고 있습니다."

"요약하면 성화교만 영토 확장에 관심이 없을 뿐, 다른 두 종문인 북신교와 유마교는 다른 종문을 처들어간 전력이 있단 뜻이군."

"그렇습니다. 한데 결과만 놓고 보면 세 종문 중 성화교만 이득을 본 셈입니다. 성화교는 북신교와 유마교를 상대한 두 차례 전쟁에서 모두 승리함으로써 영토를 거의 절반 이상 늘렸으니까요."

"그럼 북신교와 유마교가 힘을 합쳐 성화교를 상대로 그동안 잃은 땅을 수복하려 든다 해도 별로 이상한 일은 아니겠소."

"그렇겠지요."

유건은 잠시 생각을 정리하고 나서 물었다.

"내 생각엔 저 세 번째 전송진이 성화교랑 연관 있을 것 같은데 자오영감은 어떻게 보시오?"

"공자님과 같은 생각입니다. 물과 기름 같은 사이인 유마교와 북신교를 뭉치게 만드는 상대는 거령대륙에 성화교밖에 없을 것입니다. 아마 이곳에서 저 전송진을 타고 가면 성화교 본교처럼 아주 중요한 지역으로 이동하는 것이겠지요."

자오진인과의 대화를 통해 세 번째 전송진이 성화교와 연관 있단 추측에 좀 더 강한 자신감을 가지게 된 그는 소언이 전에 말한 예언이 혹시 이게 아닐까 하는 의구심이 들었다.

성화교 소교주 소언은 지금으로부터 몇십 년 전에 그가 성화교를 멸망으로부터 구해 줄 유일한 인물이란 예언을 했었다.

소언은 당시 그 예언을 그에게 전하고야 말겠다는 일념 하나로 거령대륙에서 천구해, 칠선해를 거쳐 칠선해 서부 해안에 있는 백락장까지 오는 수고로움을 마다하지 않았다.

당시 그는 소언이 전한 예언이 이해 가지 않았다.

성화교에는 장선 수사가 밤하늘의 별만큼이나 많았다.

심지어 소언을 호위하기 위해 따라온 양빙란은 장선 중기 수사로 낙낙사 장선 수사 오휴를 단숨에 죽일 정도의 실력자였다.

아마 모르긴 몰라도 성화교에는 양빙란 정도의 수사가 발에 밟힐 정도로 많을 것이 틀림없었다.

한데 그런 강자들이 즐비한 성화교가 해결 못 할 문제를 공선 수사인 그가 어떻게 해결할 수 있다는 것인지 도무지 이해가지 않았다.

심지어 그때 그는 아직 공선 초기였다.

한데 상황이 이렇게 되다 보니 어쩌면 그녀의 예언이 맞을지도 모른단 생각이 들었다.

그가 백팔초겁을 준비하기 위해 장충사 터를 찾은 것은 순전히 우연이었다.

그리고 장충사 터를 빠져나가는 데 실패하는 바람에 유마교와 북신교가 꾸미는 음모의 정체를 알게 된 것 역시 순전히 우연이었다.

한데 그 덕분에 그는 성화교를 멸망으로 몰고 갈 수도 있는 극비 정보를 손에 넣는 데 성공했다.

바로 유마교와 북신교가 힘을 합쳐 성화교를 노리고 있단 극비 정보였다.

장충사 터가 자리한 중산국은 유마교와 성화교의 국경 지대에 있어 여기서 대규모 부대가 초대형 전송진을 타고 쳐들어가면 성화교는 전쟁 초기에 손해를 크게 볼 수밖에 없었다.

'내가 이 정보를 가지고 성화교로 갈 수만 있다면 소언이 심좌기를 줘서 내 목숨을 구해 준 은혜에 보답할 수 있겠지.

한데 대체 여길 어떻게 빠져나간담?'

여길 빠져나갈 유일한 방법은 앞서 말한 대로 세 전송진 중 하나를 타고 빠져나가는 것이었다.

그러나 유마교나, 북신교와 연결된 전송진을 이용하면 시간을 제때 맞추지 못할 위험이 있었다.

유마교나, 북신교로 우회했다가 성화교로 넘어가면 시간이 너무 오래 걸려 이미 전쟁이 일어난 후에 도착할 가능성이 컸다.

이미 전쟁이 벌어진 상황에서 뒤늦게 나타나 유마교와 북신교가 쳐들어오고 있다고 말해 본들 그게 무슨 소용 있겠는가.

그렇다면 성화교와 연결된 전송진을 이용해 넘어가서 성화교 본교에 이 정보를 전하는 것이 거의 유일한 해결책이었다.

다행히 기회가 전혀 없진 않았다.

성화교 쪽 전송진에 문제가 생겼는지 이곳에 있는 진법 수사 300명을 선발해 먼저 보내기로 했다는 정보가 들어왔다.

유건은 그가 지닌 정보를 어떻게든 성화교 본교에 빨리 전해야 한단 생각에 위험을 감수하기로 했다.

바로 먼저 건너가기로 한 진법 수사 300명 안에 숨어드는 계획이었다.

그는 조용하면서도 아주 끈질기게 기회가 오길 기다렸다.

돌아가는 상황은 다행히도 그의 편이었다.

유마교 수사들은 장충사 터 밖에서 안으로 들어오려는 자를 경계했지, 그처럼 그들보다 먼저 이곳에 들어와 있는 자에 대해선 거의 신경 쓰지 않았다.

덕분에 그는 방해를 전혀 받지 않고 공선 후기 최고봉으로 보이는 유마교 진법 수사가 그가 펼쳐 둔 함정 안으로 걸어 들어오도록 만드는 데 성공했다.

공선 후기 최고봉 진법 수사는 장충사 터 안에서는 습격받을 일이 전혀 없다고 생각해서인지 완전히 방심한 상태였다.

그는 무광무영복을 이용해 숨어 있다가 갑자기 덮치면서 녹각사령소로 비술을 펼쳤다.

녹각사령소로 쓸 수 있는 비술 중에는 적을 작은 연못 안으로 끌어들이는 비술도 있었는데 지금처럼 은밀함이 요구되는 일에 더없이 좋았다.

기습에 당한 진법 수사는 비명조차 지르지 못하고 녹각사령소 안 작은 연못으로 끌려 들어갔다.

바로 진법 수사를 따라 작은 연못 안으로 뛰어든 그는 당황한 상대를 향해 화린검, 홍쇄검을 동시에 날려 보냈다.

홍쇄검이 중력을 수십 배 무겁게 만들어 진법 수사를 옭아매는 동안, 화린검이 하얀 화염을 소나기처럼 퍼부어 상대의 뇌력을 순식간에 갉아먹었다.

하얀 화염에 뇌력이 갉아먹힌 진법 수사는 눈동자가 죽은 생선처럼 금세 혼탁해졌다.

진법 수사는 그 상태로 이미 폐인이나 다름없었다.

그는 그 틈에 원신으로 진법 수사의 원신을 집어삼켜 복령술을 펼쳤다.

복령술은 역시 대단했다.

그는 바로 파라산(巴喇山)이란 이름을 쓰는 진법 수사로 변신하는 데 성공했다.

위장을 마친 그는 파라산의 시체를 전광석화 불꽃으로 없애고 나서 다른 진법 수사들 틈에 섞여 때가 오길 기다렸다.

어차피 파라산이 지닌 기억을 전부 흡수한 상태라, 아주 특수한 경우가 아니면 들킬 위험은 없다고 봐야 했다.

다행히 기회는 바로 찾아왔다.

다음 날, 파라산으로 위장한 그는 유마교 진법 수사 300명 중 한 명으로 뽑혀 성화교로 가는 전송진 위에 올랐다.

곧 전송진 바닥에서 공간의 힘이 실린 뿌연 광채가 올라와 깃털처럼 그의 몸을 부드럽게 감쌌다.

얼마 후, 초장거리 전송이 가져다주는 후유증을 겪으며 눈을 뜬 그는 주변을 재빨리 둘러보았다.

그는 처음에 유마교가 성화교 영역 안에 비밀리에 설치해 둔 전송진이 깊은 동굴이나, 호수 지하, 혹은 거대한 산맥 속에 감춰져 있을 거로 예상했다.

한데 그의 예상은 보기 좋게 틀렸다.

전송진은 놀랍게도 초거대 성의 중앙 광장에 설치되어 있었다.

비록 전송진 주변에 각종 진법과 시각 금제 등이 설치되어 있긴 해도 이곳은 틀림없이 어떤 거대 성안의 광장이었다.

그는 다른 수사들이 눈치채지 못하게 주변을 재빨리 훑었다.

벽돌과 유리로 지은 수십 층 높이의 휘황찬란한 마천루는 지붕 형태가 마치 하늘을 찌르는 것처럼 날카롭기 그지없었다.

이색적인 풍경은 건물만이 아니었다.

잘 가꾼 가로수 사이에 깔린 검은색 포장도로에는 짐승을 닮은 자동차가 질주했고 하늘에는 새를 닮은 비행기가 날아다녔다.

'이곳이 어딘지는 모르겠지만 유마교 영역은 절대 아닌 것 같군.'

전송진 입구에는 이국적인 외모의 수사 몇 명이 서 있었다.

아마도 그들을 맞이하기 위해 성에서 보낸 수사들인 듯했다.

성에서 나온 수사들은 남자, 여자 할 거 없이 체격이 유마교 수사들보다 컸고 오뚝한 콧날과 깊은 눈두덩이를 지녔다.

또, 피부색과 눈동자 색, 머리카락 색도 모두 밝은 계통이어서 주로 어두운 빛을 띠는 유마교 수사들과 차이가 뚜렷했다.

그러나 성화교 수사의 외모가 북신교 수사와 닮았단 말을 전에 들은 적 있어 이들을 성화교 수사라 단정 짓진 않았다.

성에서 나온 수사들 속에서 은빛 머리카락을 짧게 자른 차가운 인상의 중년 사내가 걸어 나와 장충사에서부터 유건 등을 인솔해 온 유마교 장로 상이곤(上理困)과 인사를 나눴다.

간단한 통성명을 마친 후에 은발 사내가 앞장서서 걸어가며 말했다.

"따라오시오. 유마교 진법 수사들을 위해 숙소를 마련해 두었소."

"고맙소, 규한 수사(圭寒修士)."

규한이란 이름의 은발 수사는 말없이 고개를 살짝 끄덕이고 나서 그들을 전송진 바로 옆에 있는 원형 건물로 데려갔다.

원형 건물은 5층이었는데 주위에 있는 다른 건물들처럼 벽돌, 대리석, 통유리로 지어져 있어 외관이 아주 화려했다.

숙소 이곳저곳을 자세히 안내해 준 규한이 상이곤을 보며 권했다.

"초장거리 전송 후유증이 남아 있을 테니 작업은 내일부터 시작하는 게 좋겠소."

"배려에 감사드리오."

"그럼 오늘은 푹 쉬시오."

안내를 마친 규한은 부하들을 데리고 바로 돌아갔다.

부하들에게 거처를 배정해 준 상이곤은 바로 자기 방으로 들어가 나오지 않았다.

유건은 4층에 배정된 방에 들어가 주변을 둘러보았다.

'확실히 이곳의 생활 방식은 유마교 쪽과 다른 점이 많군.'

널찍한 방에는 침대와 탁자, 의자, 냉장고 등이 놓여 있었다.

그는 냉장고 문을 슬쩍 열어 보았다.

냉장고 안에는 물과 선차, 간단한 요깃거리 등이 들어 있었다.

그는 고개를 들어 천장 쪽을 확인했다.

천장에는 흰 장미를 닮은 거대한 전등이 불을 환하게 밝히고 있었고 창가와 이어진 부분에는 환풍기와 냉난방 기구가 돌아가고 있어 방 안이 무척 쾌적했다.

무엇보다 거리를 마주한 쪽에는 통유리로 된 전면 유리창이 있어 밖을 구경할 수 있다는 점이 마음에 들었다.

물론, 이 원형 건물도 수사들이 머무르는 공간이었기에 문과 창문, 천장 등 거의 모든 곳에 진법과 결계, 금제가 설치되어 있었다.

특히, 유리창에 설치된 금제는 아주 뛰어나 안에서는 밖으로 뇌력을 퍼트릴 수 있지만, 밖에서는 안을 정탐하지 못했다.

방 하나에 뇌력 금제를 설치하는 것은 쉬웠다.

그러나 이처럼 거대한 5층짜리 원형 건물 전체에 뇌력 금제를 설치하려면 막대한 비용과 정교한 진법 실력이 필요했다.

그는 창가에 서서 바로 밑에 있는 거리를 내려다보았다.

이곳에서는 수사와 범인이 자유롭게 섞여 살아가는지 범인들이 수사를 봐도 놀라거나, 두려워하지 않았다.

수사가 거리에 나타나면 그저 존경 어린 시선으로 잠시 바라보기만 할 뿐, 곧 가던 길을 계속 가거나, 하던 일을 마저 하였다.

그는 거리 쪽에서 시선을 돌려 하늘을 보았다.

날짐승을 닮은 비행기와 비행선이 건물 위로 쉴 새 없이 지나갔는데 그중에는 봉황이나, 주작, 용을 본떠 만든 대형 비행기도 있었다.

그는 시선을 아래로 내려 포장도로 쪽을 보았다.

왕복 10차선 도로에서는 각종 들짐승을 닮은 자동차, 수송차, 운반차, 대형 승합차 등이 꼬리에 꼬리를 물고 이어졌다.

처음에는 오랜만에 보는 비행기나, 자동차가 신기하게 느껴졌다.

그러나 그 실체를 깨닫고는 흥미가 바로 가셨다.

비행기, 자동차 모두 기선술로 만든 기선의 일종이었다.

녹원대륙과 칠선해에도 기선술이 존재해 그도 칠교보에 있을 때, 옹 노인의 도움으로 기선술 기초를 배운 적이 있었다.

그러나 녹원대륙, 칠선해의 기선술과 이곳의 기선술은 지향하는 바가 달랐다.

녹원대륙, 칠선해의 기선술은 수사를 보조하는 극히 제한적인 용도로 쓰일 뿐이었다.

그러나 이곳의 기선술은 달랐다.

이곳의 기선술은 수사뿐만 아니라, 범인들을 위해서도 쓰였다.

모두 이곳의 기선술이 극도로 발달한 덕에 다른 지역보다 훨씬 저렴한 비용으로 더 정교하고 세밀한 기선을 제작할 수 있기 때문이었다.

그는 거령대륙으로 오면서 그동안 본의 아니게 중단할 수밖에 없었던 기선술 연구를 다시 시작할 수 있을지도 모른단 기대감에 부풀었다.

그러나 그가 원한 기선술은 비행기나, 자동차, 냉장고, 냉난방 기구처럼 범인들의 편의를 위해 쓰이는 기선술이 아니라, 수사에게 도움을 주는 진짜 기선술이었다.

홍미가 가신 그는 침대 위에 좌정해 심신을 조용히 가다듬었다.

앞으로 무슨 일이 생길지 알 수 없는 상황에서는 최상의 실력을 발휘할 수 있도록 미리 심신을 닦아 두어야 했다.

다음 날, 유건은 유마교 진법 수사들 틈에 끼어 그들이 처음 도착한 전송진으로 돌아갔다.

전송진에 도착해 상이곤이 내린 명령은 간단했다.

"각자 가지고 온 재료를 이용해 전송진의 부족한 점을 보완해라."

상이곤의 명령을 들은 그는 중앙 광장에 설치한 전송진을 뇌력으로 자세히 조사해 보았다.

이곳으로 올 때는 주변 풍경에 시선을 빼앗겨 전송진을 자세히 살필 겨를이 없었다.

한데 지금 와서 다시 살펴보니 유마교 진법 수사 300명이 낙오 없이 도착한 게 기적처럼 보일 정도로 엉망이었다.

전송진의 동력으로 쓰이는 오행석은 모두 최상품일 정도로 질이 좋았다.

심지어 유마교가 초대형 전송진을 설치하는 데 쓴 오행석보다 질은 더 뛰어났다.

한데 그 외의 재료들은 형편없었다.

특히, 전송진에서 가장 중요한 몫을 차지하는 공간의 힘을 지닌 재료들은 대부분 4, 5품이었고 심지어 7품이나, 8품 같은 쓰레기도 있었다.

이런 재료로는 한 번에 4, 500명을 전송하는 게 고작이었다.

물론, 그것도 전송이 성공했을 때의 이야기지만.

'유마교가 위험을 감수하면서까지 진법 수사만 먼저 보낸 이유가 이거였군. 한데 의외야. 원래 기선술과 진법은 일맥상통하는 면이 많아서 둘 중 하나만 발달하기가 쉽지 않은데. 더구나 우리가 머문 원형 건물에 설치된 금제는 수준이 높았는데 전송진은 왜 이렇게 거지같이 만든 거지?'

그는 자오진인의 도움을 받아 맡은 구역의 전송진을 점검하면서 보완이 필요한 곳은 보완하고 수리가 필요한 곳은 수리했다.

그가 빼앗은 파라산의 법보낭에 전송진 설치에 필요한 재료가 잔뜩 있어 재료가 부족할 일은 없었다.

그는 이번 일이 있기 전까지는 전송진이 대충 어떤 식으로 돌아가는지만 알아 놓고 깊이 파고들진 않았다.

전송진처럼 진법과 관련한 법술은 전부 자오진인이 맡아 처리해 왔기 때문이었다.

한데 이번에 유마교에서 꽤 명성이 높은 진법 수사인 파라산의 기억을 공유한 덕분에 전송진에 대해 좀 더 자세히 알게 되었다.

더욱이 그에게는 자오진인이란 훌륭한 조언자도 있었다.

자오진인의 장담이 사실이라면 파라산은 진법 면에서는 삼월천 전체로 따져도 몇 손가락 안에 꼽힐 정도의 실력자였다.

그런 자오진인이 영목낭 안에서 자세히 지도해 준 덕분에 파라산이 지닌 본래 실력보다 더 뛰어난 실력을 발휘해 누구보다 빨리 맡은 구역의 전송진 수리를 마칠 수 있었다.

전송진 수리를 마친 그가 눈치를 보며 막 일어서려 할 때였다.

상이곤 옆에 어제 잠깐 본 규한이 서 있는 모습이 보였다.

한데 문제는 그 규한이 그를 주시하고 있단 점이었다.

그는 쓴웃음이 나오는 걸 억지로 참았다.

원래는 전송진 수리를 빨리 마치고 나서 성에 숨어들 방법이 있는지 찾아볼 계획이었다.

한데 규한이 지켜보고 있으니 계획에 수정이 불가피했다.

지금은 고계 수사들의 관심이 그를 떠날 때까지 조용히 찌그러져 있는 게 상책이었다.

그러나 그마저도 그의 뜻대로 되지 않았다.

규한이 몇 마디 하기 무섭게 상이곤이 재깍 뇌음으로 그를 호출했다.

"파라산!"

그는 재빨리 날아가 상이곤에게 머리를 깊이 숙여 보였다.

"찾으셨습니까?"

상이곤이 흐뭇한 표정으로 그를 바라보며 말했다.

"여기 이 규한 장로님께서 네 진법 실력을 보고 반하신 모양이다. 네 진법 실력이 필요한 일이 있으시다고 하니 가서 잠깐 도와 드리도록 해라."

"예, 장로님."

"넌 우리 유마교 대표로 가는 것이니 실수가 있어선 안 된다."

그는 일부러 비장한 표정을 지으며 대답했다.

"목숨을 바칠 각오로 임하겠습니다."

"그래, 그래. 급한 일인 듯하니 어서 규한 장로를 따라가거라."

규한은 상이곤에게 눈짓으로 사례하고 나서 먼저 몸을 날렸다.

그는 뒤처지지 않기 위해 얼른 비행술을 펼쳐 규한을 쫓아

갔다.

전송진을 지나 도로가 네 방향으로 갈라지는 교차로에 이르렀을 무렵, 규한이 뒤도 돌아보지 않고 소매를 휘둘렀다.

그 순간, 차가운 강풍이 사방에서 몰아쳐 그의 눈과 귀를 가렸다.

그는 규한이 목적지를 숨기기 위해 그런다는 것을 알고 저항하지 않았다.

"다행히 멍청하진 않구나."

그의 행동이 마음에 들었는지 표정이 약간 풀어진 규한은 바로 법술을 펼쳐 그를 데리고 어딘가로 쏜살같이 날아갔다.

그는 오감이 차단당한 상태에서 한참을 이동한 후에야 다시 원래 상태로 돌아올 수 있었다.

강풍이 사라지면서 감각이 돌아온 그는 주변을 재빨리 둘러보았다.

그곳은 천장에 오행석 전등이 별처럼 박힌 100장 너비의 원형 건물 안이었다.

건물 바닥에는 별 모양의 전송진이 설치되어 있었는데 언뜻 보기에도 정상적인 전송진은 아니었다.

바로 도착만 가능한 단방향 전송진이었다.

이런 식의 단방향 전송진을 설치하는 이유는 한 가지였다.

이쪽 전송진에서 반대편 전송진이 설치되어 있는 장소로 수사들을 보낼 수 없게 하기 위해서였다.

즉, 반대편 전송진에서 출발한 수사들은 이쪽 전송진으로 올 수 있지만, 이쪽 수사들은 반대편 전송진으로 가지 못한단 뜻이었다.

'대체 왜 이런 전송진을 설치한 거지? 여기가 죄수를 가둬 두는 감옥이라도 되는 건가?'

그가 전송진을 보며 의문을 드러낼 때였다.

규한이 서늘한 목소리로 경고했다.

"이곳에서 본 광경은 바로 잊는 게 좋을 것이다."

그는 겁을 먹은 표정으로 얼른 머리를 조아렸다.

"걱, 걱정하지 마십시오. 진법 수사들은 그런 면에서 아주 철저합니다."

"그렇다면 다행이다."

규한은 바로 그가 해야 할 일을 알려 주었다.

그는 규한의 지시를 들으면서 의문이 구름처럼 피어올랐다.

그러나 조금 전에 들은 경고가 생각나 질문하지 않고 듣기만 하였다.

규한의 지시는 간단하면서도 복잡했다.

곧 전송진을 이용해 이곳으로 올 예정인 어떤 수사를 잠시 가둬 둘 수 있는 구금 진법을 원형 건물 내부에 설치하란 지시였다.

그는 군말 안 하고 바로 작업에 착수했다.

한데 예상보다 신경 쓸 게 많아 시간이 오래 걸렸다.

그나마 다행인 점은 규한이 별다른 참견을 하지 않는단 것이었다.

규한은 팔짱을 낀 채 오행석 전등이 박힌 천장만 바라볼 뿐이었다.

그는 파라산이 지닌 지식에다가 자오진인의 조언을 더한 후에야 간신히 구금 진법을 설치할 수 있었다.

설치를 마친 그는 규한 쪽으로 쭈뼛거리며 다가가 공손하게 물었다.

"다 끝났는데 이제 돌아가도 되는 건지요?"

규한은 팔짱을 풀며 그가 설치한 구금 진법을 재빨리 훑었다.

"솜씨가 예상보다 더 좋구나. 하지만 넌 이곳에 몇 시진 더 있어 줘야겠다. 구금 진법에 예상치 못한 문제가 생길 수도 있으니까."

그는 목울대가 꿈틀거릴 정도로 침을 꿀꺽 삼키며 물었다.

"그럼 정확히 언제 돌아갈 수 있는 건지요?"

규한은 서늘한 눈빛으로 쏘아보며 물었다.

"왜 내가 잡아먹기라도 할까 봐 그러는 것이냐?"

그는 양손으로 손사래를 치며 다급히 변명했다.

"아, 아닙니다. 전 그저 언제 돌아갈 수 있을지 궁금했을 뿐입니다."

"걱정하지 마라. 유마교 진법 수사를 죽여 분란을 일으킬 생각은 우리도 없다."

한데 그때였다.

규한이 갑자기 흠칫하더니 몸에서 한기를 발산했다.

한기가 어찌나 지독하던지, 원형 건물 전체가 거대한 얼음 덩어리로 변할 정도였다.

깜짝 놀란 그는 재빨리 규한과 거리를 벌리며 한기에 저항했다.

그때, 규한이 대뜸 은빛 빛줄기로 변해 천장으로 솟구쳤다.

그리고 그와 동시에 규한의 뇌음이 그의 머릿속을 강타했다.

"건물 출구를 지키는 수사에게 네 신분을 말하고 나서 중앙 전송진으로 데려가 달라 부탁해라. 그럼 머물던 숙소로 돌아갈 수 있을 것이다."

"선, 선배님은 어디로 가시는데요?"

"난 급한 일이 있어 널 챙겨 줄 여유 따윈 없다."

그 말을 남긴 규한은 금세 그의 뇌력 범위 밖으로 사라졌다.

쓴웃음을 지은 그는 시키는 대로 원형 건물 출구로 나갔다.

출구를 지키던 오선 초기 사내가 귀찮은 표정으로 물었다.

"유마교 진법 수사인가?"

"그렇습니다."

"나를 따라오게."

오선 초기 사내는 대답도 듣지 않고 발을 굴러 먼저 공중으로 날아갔다.

성안에는 진법과 금제, 결계가 바둑판의 선처럼 조밀하게 짜여 있어 그는 오선 초기 사내 뒤에 바짝 붙어 따라갔다.

그가 별 힘도 들이지 않고 수월하게 따라오는 모습을 본 오선 초기 사내는 작게 코웃음 치더니 속도를 갑자기 높였다.

원래 일반 수사들 사이에서는 진법 수사, 연단 수사, 기술 수사 등의 실력을 무시하는 풍조가 있었다.

지금도 마찬가지여서 오선 초기 사내는 유건을 골려 줄 생각에 전력을 다해 날아갔다.

한데 오선 초기 사내가 아무리 속도를 높여도 유건은 떨어질 기미가 보이지 않았다.

오히려 시간이 지날수록 오선 초기 사내가 먼저 힘에 부치는 모습을 보였다.

그는 오선 초기 사내의 추태를 지켜보며 속으로 피식 웃었다.

'날 평범한 공선 후기 최고봉 진법 수사로 생각하다간 개망신을 당할 거다.'

한데 그때였다.

그는 오른쪽 하늘에서 전에 본 적 있는 광경을 발견하고 바로 멈춰 섰다.

그건 바로 영롱한 울음을 토해 내는 투명한 선학과 십자 형태의 빛무리였다.

'설마?'

선학과 십자 빛무리의 정체를 알아본 그의 눈이 경악으로 물들었다.

원래 선학은 선도에서 흔히 보는 영물 중 하나였다.

법술로 펼친 십자 형태의 빛무리도 마찬가지였다.

독특하긴 하지만 찾아보면 어딘가엔 그런 법술을 펼치는 수사가 한둘쯤 있기 마련이었다.

그러나 지금은 선학과 십자 형태의 빛무리가 같이 있다는 게 중요했다.

영롱한 울음을 토해 내는 저 선학은 소언이 백락장에서 은빛 거울로 불러낸 영물이 틀림없었다.

그리고 십자 형태의 빛무리도 양빙란이 낙낙사 장선 수사 오휴를 죽일 때 쓴 법술과 일치했다.

즉, 이곳에 소언과 양빙란이 있단 뜻이었다.

유건은 오른쪽 하늘을 뚫어지라 주시했다.

그때, 오른쪽 하늘 전체가 먹구름이 낀 것처럼 어두워지며 짙은 비린내를 풍기는 음산한 바람이 불어왔다.

'뭐지? 공격당하는 중인가? 그래서 영물을 꺼내고 법술을 펼친 건가?'

그는 무슨 일인지 궁금해져 방향을 바꿔 오른쪽 하늘로 날아갔다.

그러나 오선 초기 사내가 앞을 막아서는 바람에 멈출 수밖에 없었다.

오선 초기 사내가 흉흉한 살기를 드러내며 위협했다.

"여기서 개죽음당하고 싶지 않으면 못 본 척 지나가라."

그는 자신과 상관없는 일이란 표정으로 넌지시 물었다.

"대체 무슨 일입니까?"

"그건 네 알 바 아니다."

"혹시 적이라도 쳐들어온 겁니까?"

"네 알 바 아니라고 하였다."

오선 초기 사내가 대답하면서 당장이라도 출수할 것처럼 법력을 잔뜩 끌어올렸다.

그는 하는 수 없이 항복의 의미로 두 손을 들어 보였다.

"알겠으니까 그만하십시오. 이거 어디 살벌해서 살겠습니까."

그제야 법력을 회수한 오선 초기 사내가 숙소로 쓰는 원형 건물 쪽으로 전력을 다해 날아가며 외쳤다.

"넌 어서 날 따라오기나 해라!"

"원하신다면 그렇게 하지요."

그는 오선 초기 사내를 따라가면서 뒤를 힐끔힐끔 쳐다보았다.

그때, 먹구름 속에서 음산한 바람을 타고 50장 크기의 해골 거인이 걸어 나와 검은 뼈로 만든 칼 두 자루로 선학과 십자 형태의 빛무리를 동시에 갈라 갔다.

그러나 선학과 십자 형태의 빛무리도 만만치 않아 해골 거인이 휘두른 칼을 동시에 밀어냈다.

그 순간, 이번엔 반대편에서 얼음 화살 수만 개가 우박처럼 쏟아져 선학과 십자 형태의 빛무리를 찔러 갔다.

그는 입술을 잘근 깨물었다.

'빌어먹을, 저 얼음 화살은 규한의 것이 분명하군.'

규한은 함께 있을 때, 본인이 강력한 얼음 속성 공법을 익혔단 사실을 숨길 생각을 전혀 하지 않아 얼음 화살을 보자마자 누구의 솜씨인지 바로 알아맞힐 수 있었다.

이번에는 선학과 십자 형태의 빛무리도 얼음 화살에 맞아 구멍이 숭숭 뚫리며 위태로운 모습을 보였다.

특히, 날개에 구멍이 뚫린 선학은 구슬픈 비명을 지르면서 당장이라도 추락할 것처럼 날갯짓을 제대로 하지 못했다.

그때, 십자 형태의 빛무리가 엄청난 광채를 쏟아 내 선학을 보호했다.

그 바람에 십자 형태의 빛무리는 얼음 화살에 더 많이 노출되어 광채를 쏟아 내기 전보다 크기가 확연히 줄어들었다.

어쨌든 십자 형태의 빛무리가 분발하면서 전황은 잠시 소강상태로 이어졌다.

그러나 불행히도 소강상태는 그리 오래가지 못했다.

위이이잉!

갑자기 먹구름을 가르며 하늘에서 떨어진 거대한 금빛 장창이 십자 형태의 빛무리와 선학을 단숨에 가르고 지나갔다.

마치 금빛 선 하나가 오른쪽 하늘을 두 개로 쪼개 버린 듯한 광경이었다.

금빛 장창에 관통당한 십자 형태의 빛무리와 선학은 형태가 점점 희미해지다가 어느 순간, 갑자기 종적을 감추었다.

뒤이어 먹구름과 해골 거인, 얼음 화살도 사라지는 바람에 동쪽 하늘은 조금 전처럼 구름 한 점 없는 파란 하늘로 돌아왔다.

너무나 평화로운 광경이어서 그도 직접 보지 못했다면 오른쪽 하늘에서 조금 전까지 어마어마한 격전이 벌어졌단 사실을 몰랐을 듯했다.

그는 자취를 감춘 소언과 양빙란이 걱정되긴 했지만, 그가 할 수 있는 일은 없었다.

그저 오선 초기 사내의 구박을 참아 가며 숙소로 쓰는 원형 건물로 돌아가는 게 그가 지금 할 수 있는 유일한 일이었다.

그사이, 전송진 수리가 모두 끝났는지 유마교 진법 수사들은 전부 숙소에 돌아와 쉬고 있었다.

진법 수사 몇 명이 그를 보고 알은체를 해 왔다.

아마도 그가 규한을 따라가서 무슨 일을 했는지 궁금한 듯했다.

그러나 그들과 수다를 떨 생각이 없던 그는 적당히 둘러대다가 배정받은 방으로 들어갔다.

그는 방안 창가에 서서 어둠이 내려앉은 거리를 내려다보았다.

거리 곳곳에 기선술로 만든 가로등이 있어 대낮처럼 환하지는 않아도 통행하는 데 불편함은 없었다.

그는 도로를 씽씽 질주하는 자동차의 전조등 불빛을 보며 생각에 잠겼다.

'소언과 양빙란은 왜 이 성의 수사들에게 공격을 받은 거지? 이곳이 내 예상처럼 성화교가 관리하는 성이라면 성화교 소교주인 소언과 그녀를 호위하는 양빙란이 공격받을 일은 없었을 텐데. 설마 이곳이 성화교가 관리하는 성이 아닌가?'

그러나 그는 곧 고개를 저었다.

'아니, 그건 아닐 거야. 성화교가 관리하는 성이 아니라면 소언과 양빙란이 애초에 방문하지도 않았을 테지. 그리고 이곳이 정말 적대 세력이 관리하는 성이라면 방문하더라도 좀 더 많은 수사를 데려와 소교주의 안전을 도모했을 테지.'

그는 소언과 양빙란의 안위가 걱정되었다.

좀 더 솔직히 말하면 양빙란보다는 소언의 안위가 걱정이었다.

그는 선학과 십자 형태의 빛무리의 숨통을 끊은 금빛 장창에 대해 생각했다.

'확실히 엄청난 위력이었어. 아마 최소 장선 후기 수사의 솜씨일 테지. 마치 공간이 둘로 쪼개지는 것 같았으니까.'

그는 다시 소언의 안위가 되었다.

'그녀는 죽었을까? 아니, 그렇진 않을 거야. 그녀는 그래도 성화교의 소교주니까 이들의 목적이 무엇이든 간에 살려 두는 게 더 이득일 거야.'

그때, 규한이 그에게 설치하라 한 구금 진법에 생각이 미쳤다.

'혹시 그 구금 진법이 원래는 소언과 양빙란을 잡기 위한 것은 아니었을까?'

창가를 떠나 침대 위에 좌정한 그는 눈을 감고 이 성 어딘가에 갇혀 고초를 겪고 있을지도 모르는 소언에 대해 생각했다.

그러나 그가 할 수 있는 일은 없었다.

그녀가 비록 심좌기를 주어 그의 목숨을 한 번 구해 주긴 했지만, 은혜를 갚겠다고 섶을 지고 불로 뛰어들 생각은 없었다.

무광무영복의 은신 능력이 아무리 뛰어나도 어디에 뭐가 있을지 모르는 이 거대한 성안에서 그녀를 찾는 건 무리였다.

아마 그에게 1년을 줘도 찾지 못할 수도 있었다.

한데 그때였다.

"파라산, 당장 내 방으로 오너라."

갑작스레 들려온 상이곤의 뇌음이 그의 상념을 날려 버렸다.

흠칫한 그는 상이곤이 그를 찾을 만한 이유를 떠올려 보았다.

'규한이 무슨 일을 시켰는지 알아보려는 걸까?'

어쨌든 장로가 찾고 있기에 얼른 자리에서 일어난 그는 서둘러 상이곤이 머무르는 가장 큰 방으로 달려갔다.

그가 방문 앞에 다 도착하기도 전에 다시 뇌음이 들려왔다.

"문은 열려 있으니 그냥 들어오너라."

그는 시키는 대로 열린 문을 지나 안으로 들어갔다.

한데 방 안에는 상이곤만 있는 게 아니었다.

상이곤 옆에 규한이 표정 없는 얼굴로 서 있었다.

상이곤은 약간 짜증 난 목소리로 말했다.

"규한 수사가 널 또 데려가고 싶어 하신다."

그는 상이곤의 눈치를 살피며 물었다.

"혹시 제자가 낮에 설치한 진법이 잘못된 것입니까?"

상이곤은 고개를 저었다.

"아니다. 이번엔 다른 일로 널 데려가신다는구나."

"장로님께서는 승낙하셨는지요?"

"승낙했다."

"그럼 갔다 와야겠군요."

상이곤은 그만 가 보라는 듯 몸을 돌리며 손을 내저었다.

두 사람의 대화를 조용히 듣고 있던 규한은 상이곤에게 뇌음으로 몇 마디 하고 나서 소매 바람으로 그를 감싸 날아올랐다.

상이곤은 이번에도 강풍으로 오감을 차단해 그를 어디로

데려가는지 알려 주지 않았다.

'정말 철두철미한 자군.'

다시 한참 후에 오감이 돌아온 그는 재빨리 주변을 둘러보았다.

창문도 없는 어떤 탑 안이었는데 공간이 엄청나게 넓어서 거의 운동장만 하였다.

한데 신기한 일은 그 운동장처럼 큰 공간에 검은 장막으로 사면을 가린 화려한 침대 하나만 달랑 놓여 있단 점이었다.

그는 뇌력으로 침대를 살펴보려다가 그만두었다.

규한이 서슬 퍼런 눈으로 지켜보고 있는 상황에서 함부로 뇌력을 퍼트리다간 의심받기 딱 좋았다.

그때, 규한이 품속에서 낡은 죽간을 꺼내 그에게 내밀었다.

"받아라."

그는 죽간을 받아 들며 반사적으로 물었다.

"이게 무엇입니까?"

"자세한 내용은 알 필요 없다."

그는 서늘한 기운이 느껴지는 규한의 목소리에 놀라 즉시 입을 다물었다.

규한은 충분히 겁을 주었다고 생각했는지 새로운 지시를 내렸다.

"넌 죽간에 있는 진법 도해(圖解)를 보고 이곳에 진법을 설치만 하면 된다. 그러면 무사히 돌아갈 수 있을 뿐만 아니라,

네가 살면서 본 적조차 없는 귀한 보물을 주겠다."

그러나 그는 본능적으로 규한이 거짓말을 하고 있음을 알아챘다.

즉, 죽간에 있는 진법 도해를 보고 진법 설치에 성공하더라도 살아서 이 탑을 빠져나가지 못한단 뜻이었다.

'개자식, 이미 상이곤과도 거래를 마쳤을 테지. 내 목숨을 대가로 말이야.'

그러나 규한 앞에서는 그가 알아챘단 티를 낼 수 없었다.

아마 티를 내는 즉시, 그를 죽이고 다른 진법 수사를 불러올 게 분명했다.

그는 머리를 연신 조아리며 시키는 대로 하겠다고 맹세했다.

심지어 비굴한 미소를 지어 가며 정말 진법을 완성하면 보물을 줄 거냐고 물어보기까지 하였다.

그 모습을 보고 흡족한 미소를 지은 규한이 진법 설치에 필요한 재료를 내어 주며 말했다.

"내일 해가 뜨기 전까진 진법 설치를 마쳐야 한다."

"최선을 다해 보겠습니다."

"최선을 다하는 걸로는 모자라다."

"그럼 반드시 내일 해가 뜨기 전까지 진법을 완성해 보이겠습니다."

말없이 고개를 끄덕인 규한은 벽 쪽으로 물러나서 팔짱을 끼고 눈을 감았다.

간섭하지 않을 테니 알아서 하란 뜻이었다.

한편, 다급해진 그는 죽간의 내용을 읽으면서 뇌음으로 자오진인을 불렀다.

"자오영감, 일이 급하게 되었소."

"우선 어떤 진법의 도해인지부터 알아봐야겠습니다."

"그렇게 하시오."

대답한 그는 자오진인과 함께 죽간에 그려진 진법 도해를 연구했다.

그러나 진법의 형태가 무척 특이해 그가 알아볼 수 있는 내용이 거의 없었다.

진법 도해를 보고 진법을 설치할 순 있겠지만 이게 어떤 진법인지 알아내기 위해서는 자오진인의 도움이 필수였다.

반 시진쯤 지났을 때, 자오진인이 마침내 침묵을 깼다.

"지금은 잘 쓰이지 않는 괴뢰 진법(傀儡陣法)이 분명합니다."

그는 처음 듣는 진법이었기에 급히 물었다.

"괴뢰 진법? 그럼 진법을 이용해서 수사를 꼭두각시로 만든단 거요?"

"그렇습니다."

"수사의 몸에 금제를 직접 걸어 꼭두각시로 만들면 될 일인데 굳이 진법까지 써서 그럴 필요가 있소?"

그의 질문을 받은 자오진인은 다시 침묵 속으로 빠져들었다.

그는 아까운 시간이 흘러가는 것을 느끼며 점점 초조해졌다.

다행히 자오진인이 오래 지나지 않아 다시 입을 열었다.

"아마 꼭두각시로 만들려는 수사의 본신에 문제가 있어 금제를 직접 걸지 못하는 걸 겁니다. 다른 수사가 인위적으로 금제를 걸려고 하면 자폭하거나, 폐인으로 변하는 걸 테지요."

"그럼 괴뢰 진법을 쓰면 그런 위험이 없단 거요?"

"그렇습니다. 진법은 오행석이 가진 천지 영기로 움직입니다. 수사가 인위적으로 연성한 법력과는 출발선 자체가 다르지요."

자오진인의 설명을 어느 정도 이해한 그는 가장 중요한 질문을 던졌다.

"괴뢰 진법을 설치하면서 저 규한이란 놈을 속이고 이곳을 빠져나갈 방법이 있겠소?"

자오진인은 약간 회의적인 목소리로 대답했다.

"방법이 있긴 합니다만 시간이 촉박한 관계로 성공을 장담할 순 없습니다."

그는 속으로 한숨을 내쉬며 대꾸했다.

"그 방법이 유일하다면 되든, 안 되든 해 보는 수밖에."

그 말에 동의한 자오진인은 그가 고안한 방법이 뭔지 설명했다.

설명을 끝까지 들은 그는 바로 자오진인의 도움을 받아 괴뢰 진법을 설치하면서 이곳을 빠져나갈 수단을 몰래 마련했다.

그가 속이고 있단 사실을 규한이 눈치채는 날에는 모든 게 끝장이었으므로 그야말로 살얼음 위를 걷는 기분이었다.

더구나 이번에는 살얼음 위를 전속력으로 달려야지만 살 수 있었기에 숱한 위기에서 살아남은 그로서도 긴장하지 않을 수 없었다.

그는 규한이 준 재료로 일단 괴뢰 진법부터 빨리 완성해 나갔다.

다행히 규한이 준 재료는 모두 최상품인데다, 양까지 넉넉해 그중 일부를 빼내 이곳에서 빠져나갈 수단에도 사용했다.

한데 공간 중앙에 덩그러니 놓인 화려한 침대를 중심으로 괴뢰 진법을 펼쳐야 했기에 어쩔 수 없이 그쪽으로 점점 가까이 다가갈 수밖에 없었다.

그는 침대 사면을 가린 장막을 들춰 보고 싶단 생각이 불쑥불쑥 치밀었으나 규한이 옆에서 지켜보고 있어 바로 접었다.

다행히 괴뢰 진법은 설치에 까다로운 점이 많지 않아 진척이 빨랐다.

다만, 괴뢰 진법을 설치하면서 이곳에서 빠져나갈 수단도 같이 마련하느라 시간이 생각보다 오래 걸릴 뿐이었다.

한데 그때였다.

법보낭에 든 심좌기가 갑자기 깨어나더니 침대 쪽으로 달아나려고 들었다.

깜짝 놀란 그는 급히 뇌력으로 달아나는 심좌기를 붙잡았다.

2장. 필사의 탈출

2장. 필사의 탈출

뇌력에 붙잡힌 심좌기가 아이처럼 떼를 쓰는 바람에 계속 붙잡고 있기 힘들었다.

다급해진 유건은 하는 수 없이 법력을 방출해 심좌기를 강제로 회수했다.

그때, 규한이 갑자기 기척도 없이 나타나 그를 쏘아보았다.

"왜 법력을 방출했지?"

그는 법력을 방출하기 전에 미리 변명 거리를 생각해 두었던 덕에 당황하지 않았다.

"진법에 들어가는 재료 몇 가지를 급하게 손보느라 그랬습니다."

실제로 그의 손에는 진법 설치에 들어가는 재료가 들려 있었다.

수긍한 듯 고개를 끄덕인 규한이 침대 쪽을 힐끗 보며 경고했다.

"침대 쪽으로는 전에도, 지금도, 앞으로도 관심을 두지 마라. 네 목 위에 달린 쓸데없는 물건이 쥐도 새도 모르게 사라지고 싶지 않으면 말이야."

그는 겁을 먹은 얼굴로 얼른 머리를 조아렸다.

"명, 명심하겠습니다."

대답을 들은 규한은 나타날 때와 마찬가지로 기척도 없이 사라졌다.

그리고는 눈 한 번 깜짝이기 전에 탑의 벽 쪽에 다시 나타났다.

경고하듯이 그를 한 번 주시한 규한은 다시 탑 벽에 등을 기대고 눈을 감았다.

그는 그 틈에 얼른 진법을 설치하는 척하며 속으로 한숨을 내쉬었다.

'휴, 정말 십년감수했군.'

위기를 넘긴 그는 뇌력으로 회수한 심좌기의 상태를 확인했다.

심좌기는 여전히 틈만 나면 법보낭을 빠져나와 침대 쪽으로 달려가려 하였다.

모검술을 이용해 쪼갠 뇌력으로 심좌기를 여러 번 묶어 다시 달아나지 못하게 만든 그는 좀 전의 상황이 의미하는 바에 대해 생각했다.

그는 심좌기에 주종 관계를 맺어 두지 않아서 보물은 여전히 소언을 주인으로 인식하는 중이었다.

'그렇단 뜻은 정말로 이 침대 안에 갇힌 인질이 소언이란 얘기인데.'

그는 당장 장막을 걷어 젖히고 침대에 있는 인질이 정말 소언이 맞는지 확인해 보고 싶은 생각이 굴뚝같았다.

그러나 규한이 감시하는 상황에서 그럴 수는 없었다.

소언이 맞는지 확인해 보고 싶단 충동을 초인적인 인내심으로 억누른 그는 괴뢰 진법 설치를 전보다 더 서둘렀다.

이젠 이번 일의 성패에 그의 목숨만 달린 게 아니었다.

그가 실패하면 소언으로 추정되는 인질도 꼭두각시로 전락할 수밖에 없었다.

시간은 흐르는 물처럼 빨라 어느새 날이 밝아 왔다.

천령근을 지닌 그와 진법에 관해서는 타의 추종을 불허하는 실력을 지닌 자오진인이 힘을 합쳐 전력을 다한 결과는 놀라웠다.

괴뢰 진법은 완성 직전이었고 그들의 목숨을 구해 줄 비장의 수단 또한 한 가지 장애물만 넘으면 완성을 코앞에 둔 상태였다.

그는 괴뢰 진법 완성을 앞두고 규한 쪽을 힐끗 보았다.

규한의 자세는 전날 밤에 마지막으로 본 모습에서 조금도 변하지 않아 탑 벽에 등을 기댄 상태에서 눈을 감고 서 있었다.

그때, 그가 자신을 쳐다본단 사실을 귀신같이 알아챈 규한이 눈을 번쩍 뜨며 물었다.

"끝났느냐?"

"간단한 문제 한 가지만 처리하면 끝납니다."

"뭐지?"

"선배님께서 진법에 원기를 약간 불어 넣어 주셔야겠습니다. 그래야 진법이 정상적으로 발동해 제 위력을 낼 겁니다."

그는 조심스러운 목소리로 대답하면서 규한의 눈치를 살폈다.

규한은 예상대로 검날처럼 뻗은 은빛 눈썹을 살짝 찌푸렸다.

"진법은 오행석의 영기에 의해 움직이는 것으로 아는데?"

"그렇기는 합니다만 물을 오래 가둬 두면 썩는 것처럼 진법도 외부에서 오행석 영기가 흐를 수 있는 통로를 만들어 주어야 제 위력을 발휘합니다. 그 통로를 만들어 주는 일을 수사의 원기가 하지요. 많이는 필요 없습니다. 그저 원기를 약간만 불어 넣어 주시면 나머진 제가 알아서 하겠습니다."

"네가 가진 원기를 진법에 불어 넣어 볼 생각은 하지 않았느냐?"

"제가 지닌 원기는 선배님의 원기처럼 정순하지 않아 진법의 위력을 떨어트릴 위험이 있습니다. 그렇지 않았다면 제가 어찌 하늘 같으신 선배님께 폐를 끼치겠습니까?"

규한은 그의 말에 미심쩍어 하면서도 등을 기대고 있던 탑 벽에서 걸어 나와 괴뢰 진법 진핵이 있는 침대 쪽으로 걸어갔다.

그는 조용히 그런 규한을 지켜보았다.

침대 앞에 선 규한은 뇌력을 퍼트려 괴뢰 진법 진핵을 조사했다.

한데 조사 결과는 유건이 말한 내용과 일치했다.

괴뢰 진법을 완벽히 발동하려면 정순한 원기가 필요했다.

원래 규한 정도의 경지에 오르면 전문적으로 파고들지 않아도 어떤 식으로 돌아가는지는 대충 알게 되기 마련이었다.

규한은 고개를 들어 하늘을 보았다.

원형 탑 안에는 출구도, 창문도 없어 밖이 보일 턱이 없었다.

그러나 규한에게는 문제가 되지 않았다.

법술을 쓰면 벽 따위는 그의 시야를 가로막지 못했다.

마침 해가 떠오르면서 주변 어둠이 빠르게 걷히는 중이었다.

이제 아침이 되는 건 시간문제나 다름없었다.

은빛 눈썹을 모은 채 깊은 생각에 잠긴 규한은 마침내 결정을 내린 듯 그를 보며 물었다.

"내가 어떻게 해 주면 되느냐?"

"간단합니다. 여기 이 부분에 원기를 살짝만 불어넣어 주십시오."

그러면서 그는 손가락으로 괴뢰 진법 진핵 중앙을 가리켰다.

고개를 끄덕인 규한은 몸에 얇고 투명한 얼음으로 만든 보호막을 둘렀다.

그러나 규한은 철두철미한 성격답게 보호막 하나로는 안심하지 않았다.

규한은 다시 법보낭에서 냉기가 피어오르는 팔뚝 길이의 붉은 수정을 꺼내 왼손으로 쥐고 오른손으로 진핵에 원기를 불어넣었다.

그 순간, 괴뢰 진법이 진동하면서 진법 곳곳에 박아 둔 오행석이 정신없이 깜빡거렸다.

그는 발을 동동 구르며 소리쳤다.

"오행석이 안정을 찾는 게 중요합니다, 선배님! 원기를 좀 더 많이 주입하십시오! 그러지 않으면 진법이 제 위력을 내지 못합니다!"

규한은 고개를 슬쩍 돌려 진법 곳곳에 박아 둔 오행석을 보았다.

오행석은 수명이 얼마 남지 않은 전구처럼 계속 깜빡거렸다.

규한의 눈에는 그 모습이 마치 당장이라도 빛이 꺼질 것처럼 위태롭게 느껴졌다.

그 바람에 덩달아 마음이 급해진 규한은 얼른 주입하는 원기의 양을 늘렸다.

한데 그 순간, 오행석이 강렬한 광채를 일제히 뿜어내면서 탑 천장에 커다란 무지개가 피어올랐다.

오행석이 정상 가동하는 모습을 본 그가 기뻐하며 소리쳤다.

"선배님이 애써 주신 덕분에 오행석이 안정을 찾았습니다!"

그제야 규한도 긴장을 풀며 진핵에 주입하던 원기를 회수했다.

그때, 오행석이 뿜어낸 광채가 바닥에 있는 선을 따라 빠른 속도로 이동하면서 진법 중간에 설치한 진법 재료를 통과했다.

오행석 광채는 진법 재료를 통과할 때마다 마치 오염된 것처럼 색이 흐려지기도 하고 이상한 기운이 섞이기도 했다.

색과 기운이 바뀐 오행석 광채는 마지막에 진핵이 있는 침대 쪽으로 일제히 몰려갔다.

오행석 광채가 진핵 외곽에 놓인 가장 중요한 재료를 통과하기 무섭게 하얀 안개로 이뤄진 귀기가 스멀스멀 피어올랐다.

바로 수사를 꼭두각시로 만드는 괴뢰 귀기였다.

진핵 위에서 점점 크기를 늘려 가던 하얀 귀기는 빠르게 형태를 갖춰 가다가 마침내 완벽한 사람의 형상으로 변했다.

이는 괴뢰 진법이 정상적으로 발동했단 증거였다.

그때, 초조하게 지켜보던 그가 재빨리 규한에게 청했다.

"선배님, 이제 다 되었습니다. 이제 귀기에 법결을 날리십시오."

고개를 끄덕인 규한은 수결을 맺은 손으로 사람의 형태를 갖춘 하얀 귀기에 법결을 쏘아 보냈다.

그 순간, 하얀 귀기가 감전당한 사람처럼 몸을 부르르 떨다가 갑자기 하얀 송곳니를 드러내며 규한 쪽을 향해 그르렁거렸다.

미간을 찌푸린 규한이 뇌음으로 물었다.

"귀기가 왜 이러는 거지?"

"귀기의 자아가 강해 그렇습니다. 법결을 한 번 더 날리십시오."

진법이 정상적으로 발동하면서 그를 완전히 신뢰하게 된 규한은 의심하지 않고 다시 하얀 귀기 쪽으로 법결을 날렸다.

한데 그때였다.

하얀 귀기가 갑자기 입을 쩍 벌려 앞에 있는 규한을 삼키려 들었다.

"이런!"

규한은 급히 물러나면서 왼손에 쥔 붉은 수정으로 몸을 보호했다.

그러나 하얀 귀기가 그보다 빨라 붉은 수정이 본격적으로 위력을 발휘하기 전에 규한의 상체를 단숨에 집어삼켰다.

그때, 기다렸다는 듯 자오진인이 영목낭에서 튀어나와 진핵 속에 숨겨 놓은 또 다른 진법에 재빨리 법결을 던져 넣었다.

법결을 흡수한 진법은 곧 공간의 힘을 발산하면서 천천히 회전하기 시작했다.

자오진인이 발동시킨 진법의 정체는 바로 초소형 전송진이었다.

그는 자오진인이 발동시킨 전송진 안으로 몸을 날리며 소리쳤다.

"규옥, 지금이다!"

그 즉시, 침대를 가린 검은 장막이 걷히면서 규옥이 튀어나왔다.

한데 규옥은 혼자가 아니었다.

규옥은 얼굴과 몸을 이불로 둘둘 감싼 어떤 여인을 어깨에 걸머지고 있었다.

그는 법술로 규옥을 끌어당기면서 규한의 상태를 확인했다.

규한은 하얀 귀기에 거의 종아리까지 잡아먹힌 상태였다.

아마 여기서 시간이 조금만 더 흘러도 괴뢰 진법의 효과에 의해 꼭두각시로 변하는 것은 인질이 아니라, 규한일 것이 분명했다.

규옥이 침대 장막을 젖히고 그가 있는 전송진으로 날아오는 데 걸린 시간은 그야말로 촌각에 불과했다.

그러나 그 촌각이 규한과 같은 장선 수사에게는 짧은 시간이 아니었다.

그들은 그 짧은 순간에도 많은 일을 할 수 있었다.

지금도 마찬가지였다.

하얀 귀기의 머리에 구멍이 숭숭 뚫리며 붉은 수정 빛이 탑을 관통할 것처럼 뻗어 나왔다.

그다음은 뻔했다.

붉은 수정 빛이 뚫어 놓은 구멍으로 재빨리 빠져나온 규한이 규옥 쪽으로 왼손에 쥔 붉은 수정을 던졌다.

붉은 수정은 공중에서 빙글빙글 돌다가 양 끝으로 붉은 서리를 뿜어내 침대 주변을 통째로 얼려 갔다.

이를 악문 그는 빙혼검으로 붉은 서리에 저항하면서 뇌력을 이용해 규옥을 전송진 안으로 끌어당겼다.

"흥, 공선 후기 최고봉 주제에 내 손에서 그렇게 쉽게 빠져나갈 수 있을 것 같으냐!"

코웃음 친 규한이 전송진 앞에 나타나 오른손을 휘둘렀다.

그 즉시, 규한의 오른손이 얼음 칼로 변해 규옥을 끌어당기는 그의 뇌력을 잘라 갔다.

그는 뇌력이 얼음 칼에 잘리기 전에 재빨리 흩어 버리고 화린검의 하얀 화염으로 반격했다.

하얀 화염은 곧 파도처럼 규한 쪽으로 거세게 밀려갔다.

"인제 보니 그 보물을 믿고 이런 엄청난 짓을 저지를 생각을 한 모양이구나!"

소리친 규한은 입을 벌려 검은 입김을 한 가닥 토해 냈다.

그 순간, 거센 눈 폭풍으로 변신한 검은 입김이 화린검의 하얀 화염을 이불 말 듯 둘둘 말아 탑의 구석 쪽으로 몰아갔다.

그 모습을 초조히 지켜보던 그는 급히 뇌음으로 자오진인에게 물었다.

"아직 멀었소?"

"이제 막 고비에 이르렀습니다! 시간을 좀 더 끌어 주십시오!"

자오진인의 대답을 들은 그는 빙혼검 쪽을 살펴보았다.

빙혼검은 붉은 서리에 갇힌 규옥과 소언을 보호하기 위해 동분서주하고 있었다.

그러나 규한의 붉은 수정이 뿜어내는 붉은 서리가 워낙 지독해 당장이라도 잡아먹힐 것처럼 위태로워 보였다.

'이대로는 규옥과 그녀, 둘 다 잃을지도 모른다.'

입술을 깨문 그는 홍쇄검, 목정검을 꺼내 공격에 합류시켰다.

곧 탑 안의 중력이 수십 배 무거워지며 붉은 수정을 바닥으로 밀어붙였다.

또, 수천 개의 나무뿌리로 변신한 목정검은 붉은 서리에 갇힌 규옥과 소언을 둘둘 말아 전송진 쪽으로 끌어왔다.

그러나 안심이 되지 않은 그는 자하와 금룡, 묵귀 세 영물을 동시에 내보내 규한의 본신을 덮쳐 갔다.

한편, 화린검의 하얀 화염을 순식간에 무력화시킨 규한은 유건의 몸에서 계속 쏟아져 나오는 보물을 보며 눈을 부릅

떴다.

"대체 네놈의 정체가 무엇이냐? 정말 유마교 진법 수사더냐?"

그는 시간을 끌어 볼 생각으로 입에서 나오는 대로 지껄였다.

"진법 수사라고 해서 다 거지같이 지내란 법은 없지 않습니까?"

"세상 어느 천지에 너처럼 보물을 많이 지닌 진법 수사가 있더냐? 설마 본교에서 그녀를 지키기 위해 몰래 잠입시킨 호위 수사더냐?"

규한은 궁금함을 참지 못해 물어보면서도 손을 놀려 두는 법이 없었다.

수결을 맺은 규한의 양손이 법결을 쏟아 낼 때마다 자하와 금룡, 묵귀가 얼음 창, 얼음 화살, 얼음 칼에 공격당해 힘없이 밀려났다.

그는 뇌력으로 세 영물을 조종하면서 절망감을 느꼈다.

'역시 아무리 보물이 많아도 장선 중기 수사를 상대하는 것은 아직 무리군.'

그 순간, 자하와 금룡, 묵귀가 기력이 다해 동시에 나가떨어졌다.

급히 영물을 회수한 그는 오행검의 상태를 확인했다.

화린검은 탑 구석에 갇혀 빠져나오지 못하고 있었고 홍쇄검과 목정검은 붉은 서리에 제대로 당해 제 위력을 내지 못했다.

그나마 빙혼검만이 가까스로 규옥과 소언을 보호하고 있을 따름이었다.

"지닌 보물은 많다만 제대로 쓸 줄 아는 것은 하나도 없구나!"

그를 비웃은 규한이 갑자기 자기 뒤통수를 때렸다.

그 순간, 규한의 입에서 파란 얼음으로 만든 난쟁이가 튀어나와 빙혼검 쪽으로 쇄도했다.

그는 입술을 잘근 깨물었다.

'규한의 독문 법보로군.'

규한이 펼치는 법술도 감당하지 못하는 상황에서 독문 법보까지 가세하면 그들은 여기서 살아남기 어려웠다.

그때, 그의 머릿속을 번개같이 스쳐 지나가는 생각이 하나 있었다.

그는 녹각사령소를 공중으로 던지며 속으로 진언을 외웠다.

그 순간, 녹각사령소가 엄청난 흡입력으로 붉은 서리에 갇혀 우왕좌왕하는 빙혼검, 규옥 등을 통째로 집어삼켰다.

녹각사령소를 다시 회수한 그는 마지막으로 구석에 갇힌 화린검을 향해 정혈을 한 모금 뿜었다.

그의 정혈을 맞은 화린검은 갑자기 사라졌다가 그의 머리 위에 다시 나타났다.

"어림없다!"

유건이 이상한 수법을 써서 빠져나가려는 모습을 본 규한은 즉시 파란 난쟁이를 전송진 쪽으로 보냈다.

순식간에 머리가 세 개 달린 푸른 빙룡(氷龍)으로 변신한 난쟁이는 날카로운 이빨로 전송진을 물어뜯었다.

다급해진 그는 급히 금빛 벼락으로 전송진의 진핵을 강타했다.

콰아앙!

빙룡과 벼락이 충돌하며 탑 전체가 무너질 것처럼 흔들거렸다.

규한은 급히 소매 바람으로 벼락을 흩어 버리고 전송진을 확인했다.

예상대로 전송진은 빙룡이 물어뜯어 반 이상 부서져 있었다.

한데 아무리 찾아도 그 빌어먹을 진법 수사 놈이 보이지 않았다.

몸을 부르르 떤 규한은 엄청난 속도로 뇌력을 퍼트렸다.

그러나 뇌력에도 진법 수사 놈의 종적이 걸려들지 않았다.

평소에 표정을 잘 드러내지 않던 규한도 지금은 눈동자가 흔들리고 은빛이던 얼굴색은 아예 하얗게 질려 백지장과 다름없었다.

◆ ◈ ◆

규한이 막 유건을 찾기 위해 탑을 나가려 할 때였다.

퍼엉!

굉음과 함께 벽이 무너지며 수사 몇 사람이 들어왔다.

규한은 그중 황금 갑옷을 걸친 금발의 장년 사내를 보고 바로 오른쪽 무릎을 꿇으면서 손가락 열 개를 합쳐 불꽃 모양을 만들었다.

"교도 규한이 신화주(新火主) 님의 존안을 뵙습니다."

신화주라 불린 금발의 장년 사내가 탑 안을 훑어보며 물었다.

"도망친 것이냐?"

규한은 바닥에 닿을 정도로 머리를 조아리며 죄를 청했다.

"모두 이 못난 교도의 불찰입니다. 죽여 주십시오."

"흠, 자세히 말해 보아라."

규한은 처음부터 끝까지 사실대로 털어놓았다.

신화주가 짧게 자른 금빛 턱수염을 쓰다듬으며 중얼거렸다.

"흐음, 기이한 놈이로군. 마치 처음부터 이런 일이 있을 줄 알았다는 것처럼 유마교 진법 수사로 위장해 잠입한 것도 모자라 네가 감시하는 상황에서 소교주까지 납치해 가다니. 거기다 공선 후기 최고봉 주제에 용과 현무의 기운을 지닌 영물까지 보유했다니 믿기지 않는군. 네가 이번 일을 처리할 유마교 진법 수사로 그놈을 고를 때 뭔가 수상한 점은 없었느냐?"

"없었습니다. 오히려 그놈은 저를 따라가는 것을 싫어하는 눈치였습니다. 심지어 두 번째로 데려올 때는 일을 다 마치고 나서 제가 자길 죽일까 봐 꽤 두려워하는 눈치였습니다."

"점점 더 모를 일이로군."

그때, 머리를 박박 민 꼽추 노인이 다가와 슬쩍 물었다.

"추격부대를 구성해 소교주를 추적하시겠습니까?"

"놈들이 전송진으로 도망쳤다면 소용없는 짓이다. 오히려 우리의 전력을 나누는 꼴만 되겠지. 흐음, 이왕 이렇게 된 거 결행 날짜를 서두르는 게 좋겠구나. 대장로가 유마교, 북신교 장로를 만나 일정을 서두르도록 해라. 최대한 빠르게."

꼽추 노인이 고개를 갸웃거리며 물었다.

"소교주가 도망쳤으니 본교도 이젠 우리의 계획을 다 알지 않겠습니까? 그런 상황에서 결행을 서두르시겠단 말입니까?"

"소교주와 소교주를 납치해 간 그 파라산이란 놈의 기척이 마지막으로 느껴진 방향은 도악산맥(屠惡山脈)이었다. 그 근처에는 전송진이 없으니 우리보다 먼저 도착하진 못한다."

"역시 성화신(聖火神)께서는 신화주 님을 굽어살피시나 봅니다. 놈들이 도망쳐도 하필 도악산맥으로 도망치다니요, 흐흐."

규한은 꼽추 노인이 신화주에게 아부하는 말을 들으면서 자신이 뭔가 놓친 게 있단 느낌을 받았다.

그러나 그 말을 하면 왠지 살아서 내일 해를 보기 어렵단 예감이 들었기에 규한은 입을 꾹 다물고 자기만의 비밀로 삼았다.

한편, 신화주에게 아부한 꼽추 노인은 바로 몸을 날려 전송진이 있는 중앙 광장으로 날아갔다.

신화주는 붉은 얼음에 덮인 빈 침대를 보며 씹어뱉듯 중얼거렸다.

"어머님, 곧 불초 소자가 성화를 모시기 위해 찾아뵙겠습니다."

그 순간, 완전히 떠오른 아침 해가 수천만 리에 달하는 거대한 성에 찬란한 햇빛과 어두운 그림자를 동시에 안겨 주었다.

거대한 성 중앙에는 수백 층에 달하는 마천루들이 즐비했고 외곽에는 산맥과 강, 호수, 그리고 밭과 농장이 끝없이 이어져 있었다.

그리고 무엇보다 가장 놀라운 장관은 거의 마천루와 같은 높이로 건설된 크고 단단해 보이는 초대형 성벽이었다.

사실 말이 성이지, 이곳은 하나의 거대 국가나 다름없었다.

한편, 단방향 전송진으로 달아난 유건은 정신을 잃은 상태에서 바닥으로 추락했다.

"공자님!"

규옥이 뇌음으로 부르는 소리를 듣고 정신을 차린 그는 급히 주위를 둘러보았다.

바로 옆에서 자오진인이 정신을 잃은 상태로 추락하고 있었다.

그는 바로 법술을 펼쳐 정신을 잃은 자오진인을 영목낭으로 불러들였다.

그때, 규옥이 좀 전보다 훨씬 다급한 목소리로 다시 뇌음을 보내왔다.

"공자님, 밑을 보십시오!"

규옥의 목소리가 워낙 다급했던 탓에 그는 바로 밑을 내려다보았다.

한데 고개를 밑으로 돌리기 무섭게 기이하게 생긴 식인 식물이 톱 두 개를 붙여 놓은 듯한 입을 벌려 그를 삼키려 들었다.

"젠장!"

그는 급히 청랑을 타고 내뺐다.

단방향 전송진 후유증 때문에 몸 상태가 정상이 아니어서 지금은 청랑을 타고 달아나는 편이 훨씬 빨랐다.

식인 식물은 쉽게 포기하지 않았다.

식인 식물은 입이 달린 가느다란 가지를 고무줄처럼 길게 늘어트려 청랑 뒤를 맹렬히 쫓아왔다.

그때, 규옥이 다시 뇌음을 보내왔다.

"소롱화(嘯籠花)란 악수인데 제가 선사님께 배운 내용에 따르면 다 자랄 경우, 입이 무려 100리까지 늘어난다고 합니다!"

"그럼 약점도 아느냐?"

"얼음 속성 공격을 사용해 보십시오!"

고개를 끄덕인 그는 바로 녹각사령소 안에서 빙혼검을 꺼내 소룡화의 입 쪽으로 날려 보냈다.

소룡화는 뭐든 씹어 삼키고 보는 녀석이라 그가 던진 빙혼검을 확인도 하지 않고 바로 덥석 물었다.

소룡화가 빙혼검을 삼킬 때까지 기다린 그는 재빨리 뇌력으로 보물을 조종해 차가운 한기를 뿜어냈다.

쩌어어억!

멍청한 소룡화는 빙혼검의 한기에 당해 입 안이 전부 얼어붙었다.

그는 다시 뇌력으로 빙혼검을 조종했다.

빙혼검은 곧 소룡화의 얼어붙은 입을 가르며 튀어나와 사방에 검기를 쏟아 냈다.

얼음 속성 기운이 담긴 검기 수백 가닥이 다양한 각도와 궤도, 속도로 날아가 가장 중요한 무기를 잃은 소룡화를 단숨에 갈기갈기 찢어 버렸다.

공격을 마친 빙혼검은 허공을 한 바퀴 돌고 나서 그의 법보낭으로 재빨리 돌아왔다.

아니, 돌아오려 하였다.

빙혼검은 마치 보이지 않는 그물에 걸린 것처럼 공중에 멈춰 서서 움직일 생각을 하지 않았다.

다급해진 그는 급히 뇌력 대신, 법결을 날려 빙혼검을 불러들였다.

그러나 빙혼검은 법결을 맞을 때만 잠시 꿈틀거리고 나서 다시 먹통으로 변했다.

실력이 엄청난 고인이 숨어서 그에게 장난치고 있다고 생각한 그는 급히 머리를 조아리며 소리쳤다.

"후배는 이곳이 선배님께서 기거하시는 선부인지 몰랐습니다! 이번 한 번만 용서해 주신다면 다신 귀찮게 해 드리지 않겠습니다!"

그러나 아무리 용서를 구해 봐도 정체를 알 수 없는 고인은 빙혼검을 풀어 주지 않았다.

그때, 규옥이 뭔가 짚이는 게 있단 목소리로 뇌음을 보냈다.

"공자님, 절 빨리 내보내 주십시오."

그는 즉각 반대했다.

"이곳에 누가 숨어 있는지도 모르는데 널 어떻게 내보낸단 말이냐."

"제 예상이 맞는다면 저는 털끝 하나 다치지 않을 것입니다."

규옥의 거듭된 요청에 그도 다른 방법이 없어 그녀를 녹각사령소 밖으로 내보내 주었다.

밖으로 나온 규옥은 땅 쪽으로 큰절부터 올렸다.

절을 올린 다음에는 간절한 목소리로 용서를 구했다.

"선배님의 선부를 지키는 소룡화인 줄 알았다면 공자님께서는 절대 살수를 쓰지 않았을 것입니다. 또, 애초에 소룡화의 약점을 가르쳐 준 건 저이니 벌하시려면 절 벌해 주십시오."

그는 규옥의 행동이 이해 가지 않았다.

그러나 규옥은 그보다 훨씬 오래 살아온 영선이었다.

분명 뜻하는 바가 있기에 이러는 거라 생각에 간섭하지 않았다.

그저 옆에서 지켜보다가 무슨 일이 생기면 그녀부터 챙겨 도망칠 작정이었다.

그때, 놀라운 일이 벌어졌다.

들판에 피어 있는 이름 모를 들꽃 하나가 갑자기 점점 자라다가 마지막 순간에 이르러서는 광택이 흐르는 보드라운 금발을 땅에 닿을 정도로 길게 기른 요염한 미녀로 변신했다.

요염한 미녀는 당장이라도 사내의 마음을 빼앗아 버릴 것 같은 유혹적인 금빛 눈동자와 백옥보다 더 흰 피부를 지녔다.

무엇보다 들꽃을 엮어 만든 얇은 속옷으로 대충 가린 가슴과 엉덩이가 풍만하기 짝이 없어 눈을 어디에 둬야할지 모를 지경이었다.

그는 얼른 시선을 돌려 그녀의 몸을 쳐다보지 않았다.

그녀에게서 언뜻언뜻 풍기는 기운이 심상치 않은 탓이었다.

'맙소사, 그녀의 경지를 가늠할 수가 없다. 거의 나융사조랑 비슷한 것 같아.'

나융사조는 그가 만나 본 수사 중에서 가장 강했다.

그렇단 뜻은 그녀도 최소 장선 후기 최고봉 수사란 뜻이었다.

그는 긴장 탓에 입술이 타들어 가는 듯했다.

'아, 단방향 전송진으로 달아난 장소가 하필이면 그녀와 같은 강자가 기거하는 선부일 줄이야. 더구나 규옥의 말에 따르면 내가 뭣도 모르고 그녀의 선부를 지키는 악수 중 하나를 죽인 모양인데 대체 이번 일을 어떻게 넘어간담?'

규옥은 즉시 요염한 미녀 앞으로 날아가 머리를 조아렸다.

"후배가 인사 올립니다."

요염한 미녀는 그를 한 번 힐끗 쳐다보고는 규옥에게 물었다.

"공공 늙은이의 제자더냐?"

"그렇습니다, 선배님. 공공자 어르신의 마지막 제자인 규옥이라 합니다. 선배님은 거령대륙 제일 영선이신 금화(金花) 선배님이시지요? 선사님께서 영면하시기 전에 선배님에 대해 언급하시는 것을 몇 번 들은 적이 있습니다."

요염한 미녀가 코웃음을 치며 물었다.

"그래, 공공 늙은이가 본녀에 대해 뭐라 지껄이더냐?"

규옥은 주저하면서 요염한 미녀의 질문에 대답하지 못했다.

"그게……."

"흥, 내가 그의 사제인 황수진인과 바람을 피우는 바람에 우리가 대판 싸우고 나서 다신 서로의 얼굴을 보지 않게 되었다고 말하더냐?"

규옥은 절대 아니라는 듯 고개를 세차게 저었다.

"아닙니다, 선배님. 그건 선배님의 오해십니다!"

"뭐라? 네 말은 그게 다 본녀의 오해 때문에 빚어진 사달이란 것이냐?"

규옥은 억울하다는 듯 눈물까지 흘려 가며 대답했다.

"선사님도 황수 사숙에게 속았던 것입니다!"

"뭣이?"

"당시 황수 사숙은 선사님으로부터 영선 일맥의 도통(道統)을 빼앗아 오려고 음모를 꾸몄습니다. 당시, 선사님과 선배님이 부부나 다름없이 지내면서 서로를 사랑하시긴 하셨지만, 문제가 약간……."

규옥은 말을 하다 말고 금화의 눈치를 살폈다.

금화가 회한에 젖은 표정으로 중얼거렸다.

"네가 무슨 말을 하려는지 알고 있다. 난 그의 사제들과 교류가 많았고 공공 늙은이, 아니 공공자는 그걸 질투해 우린 가끔 대판 싸우고는 몇 년 동안 따로 살곤 했었지……."

안도한 규옥은 기어들어 가는 목소리로 대꾸했다.

"선사님이 질투하신 건……, 선사님께서 선배님을 너무 사랑하셨기 때문일 겁니다."

"낯간지러운 얘긴 그쯤하고 황수진인 얘기나 계속해 보아라."

"알겠습니다. 황수 사숙, 아니 황수는 선사님과 선배님이 대판 싸우고 별거 중이실 때, 선사님이 부리던 시동 하나를 협박해 선사님이 언제 선배님을 찾아가 용서를 구할지 알아냈습니다."

금화는 그제야 알겠다는 듯 고개를 끄덕였다.

"본녀는 여느 날처럼 공공자와 대판 싸우고 나서 그의 동부를 나와 내가 원래 살던 동부로 돌아가 지내고 있었지. 그러나 내심으로는 그가 빨리 본녀의 동부를 찾아와 용서를 구하길 기다렸다. 그는 우리가 별거할 때마다 본녀의 동부를 찾아와 진심으로 용서를 구했고 본녀는 또 그때마다 못 이기는 척 그를 따라나서곤 했으니까. 그날도 마찬가지였다. 오늘쯤이면 올 것 같아 예쁘게 단장하고 그를 기다리고 있었다. 한데 기다리던 그가 아니라, 그의 사제인 황수진인이 찾아왔더구나. 난 당시 어려서부터 선사님을 따라 그쪽 문하 제자들과 자주 왕래하며 지낸 탓에 그의 사제들과 두루두루 친분이 있긴 했지만, 황수진인과는 친분이 없었다. 그가 사제인 황수진인을 극도로 싫어했기 때문에 본녀도 어느 정도 영향을 받은 셈이지. 그래서 의외긴 했지만 어쨌든 그의 사제였기에 대충 상대해 주고 바로 돌려보냈다."

그다음은 규옥이 설명했다.

"한데 공교롭게도 황수가 선배님의 동부를 막 떠나는 모습을 선사님께서 보신 겁니다. 그 모습을 보고 단단히 오해한 선사님은 욱하는 혈기에 선배님을 찾아가 화를 내며 따졌고 선배님은 잘못한 일이 전혀 없었기에 불같이 화를 내며……."

금화가 한숨을 내쉬었다.

"우린 정말 상대를 죽일 것처럼 싸우다가 우연히 그 근처를 지나던 남호자(南好子)의 중재로 싸움을 멈췄지. 남호자는 우리 둘 다 친하게 지내는 친구였으니까. 아마 남호자가 중재하지 않았으면 우린 한 명이 죽을 때까지 싸웠을 것이다. 실제로 우린 그 당시에 이미 중상을 입고 있었으니까."

규옥이 자기 일처럼 안타까워하며 말했다.

"그땐 이미 두 분 마음에 치유할 수 없는 깊은 상처가 생긴 상태여서 선배님이 먼저 선사님의 얼굴을 다신 보지 않겠다고 맹세하고 거령대륙으로 거처를 옮기셨다고 들었습니다."

"그랬지, 그랬어."

"선배님과 헤어진 선사님은 녹원대륙에 남아 후회와 한탄의 세월을 보냈다고 들었습니다. 한데 두 분의 싸움을 중재했던 남호자가 적의 기습을 받아 갑자기 돌아가셨단 소식을 접한 선사님은 바로 친구분의 죽음을 조사하셨습니다. 한데 그 결과는 놀랍기 짝이 없었습니다. 원래 황수는 그때 선배님의 동부를 떠나지 않고 선사님과 선배님이 싸우는 모습을 숨어서 몰래 지켜보고 있었다고 합니다. 그러다가 두 분이 양패구상(兩敗俱傷)하면 그때 나가서 선사님을 죽여 영선 일맥의 도통을 빼앗은 다음에 선배님을 협박해 강제로 자기 부인으로 삼으려 했던 겁니다. 황수는 아주 오래전부터 선배님을 짝사랑하고 있었으니까요. 이런 사실을 우연히 알아낸 남호자 선배님이 선사님을 찾아가 그분이 알아낸 사실을 알려 주려 할 때, 황수가 어떻게 알았는지 그 근처에 매복해 있다가 선사님의 동부로 가는 남호자 선배님을 기습해 살해한 것입니다. 이러한 사실을 알아낸 선사님께서는 황수를 죽이기 위해 몇백 년을 고생하셨으나 끝내 뜻을 이루지 못하고 돌아가셨지요. 아마 선사님께서 황수를 죽이는 데 성공했다면 어떤 어려움이 있더라도 거령대륙을 찾아 선배님을 뵙고 용서를 구하셨을 것입니다."

너무나 충격적인 얘기라 금화는 한동안 정신을 차리지 못했다.

금화는 한참 후에 긴 한숨을 내쉬고선 손가락을 튕겼다.

그 순간, 발밑에서 금빛 이파리를 지닌 화려한 꽃 세 송이가 농염한 향기를 뿜어내며 피어올라 금화와 규옥, 그리고 그를 꽃잎에 태우고 어딘가로 빠르게 날아갔다.

물론, 금화가 법술로 잡아 둔 빙혼검은 이미 그의 법보낭으로 안전하게 돌아온 상태였다.

얼마 후, 그들은 사방에 꽃이 만발한 향기로운 별천지에 도착했다.

유건이 정신없이 주위를 둘러보고 있을 때, 금화의 목소리가 들려왔다.

"너흰 여길 구경하고 있거라. 난 급히 처리할 일이 생겨 가 볼 데가 있다."

금화는 급히 처리할 일이 생겼다고 했지만, 그녀의 목소리에는 그가 감히 짐작할 수조차 없는 깊은 슬픔이 배어 있었다.

'아마 규옥이 한 충격적인 얘기 때문에 마음을 추스를 시간이 필요한 걸 테지.'

금화의 불운한 인생사에 연민이 가긴 했지만 어쨌든 지금은 그녀와 잠시 떨어질 수 있어 다행이었다.

지금 그에게는 그 앞에 산더미처럼 쌓인 문제를 처리할 시간이 간절히 필요했다.

그러나 금화의 이목이 닿는 장소에서 일을 처리할 순 없었다.

그는 주변을 천천히 둘러보았다.

말 그대로 별천지란 단어 외에는 달리 설명할 길이 없었다.

따스한 햇볕이 내리쬐는 가운데 코를 아릴 정도의 짙은 꽃향기에 온 천지에 진동했다.

그가 있는 곳은 온 사방이 이름 모를 꽃으로 뒤덮인 어떤 언덕이었는데 언덕 밑에는 수면이 은어 비늘처럼 반짝이는 옥빛 호수가 있었고 호수 너머에는 잘 가꾼 과수원이 있었다.

그는 돌아서서 언덕 뒤를 보았다.

너른 평원에 산이 드문드문 솟아 있었는데 비슷하게 생긴 산을 찾아보기 어려울 정도로 저마다 독특한 멋을 자랑했다.

너른 평원 전체를 마치 하나의 정원처럼 꾸며 놓은 듯했다.

그는 너른 평원 안쪽으로 날아갔다.

금화가 돌아다니는 것을 허락했으므로 진법이나, 금제에 당할 일은 없었다.

그는 너른 평원 안을 돌아다니며 다시 한 번 탄성을 터트렸다.

어떤 산은 지면이 수천 종의 꽃으로 가득 덮여 있어 거대한 화분 같았고 또 어떤 산은 대나무 수백 종이 하늘을 찌를 듯이 자라 있어 거대한 빗자루를 거꾸로 세워 놓은 듯했다.

'산마다 정해진 주제가 따로 있는 모양이구나.'

그는 너른 평원 안쪽으로 거의 100여 리 이상 들어갔지만, 지금까지 주제가 겹치는 산을 보지 못했다.

그때, 크기와 형태가 전부 다 다른 폭포 100여 개에서 오색 물방울이 분수처럼 흐르는 탑 형태의 돌산이 눈에 들어왔다.

심지어 돌산 한편에는 거대한 칠색 무지개까지 떠 있었다.

돌산이 마음에 든 그는 중간 크기의 폭포 안을 둘러보았다.

예상대로 폭포 안쪽에 몇 사람이 몸을 누일 만한 아늑한 공간이 있었다.

그는 공간 전체에 방어 진법, 뇌력 금제, 방음 결계를 차례로 설치하고 나서 규옥에게 먼저 물었다.

"칠교보에서 황수진인의 비술을 얻을 때, 공공자 어르신과 황수진인이 원래는 원수였단 사실을 왜 말하지 않은 것이냐?"

규옥이 난처한 낯빛으로 대답했다.

"공자님이 제 주인이시긴 하지만 이는 사문의 비사이기에 함부로 말씀 드릴 수 없었습니다."

"좀 전에 녹각사령소에서 내보내 달라 했던 것은 소룡화가 금화 선배님이 부리는 악수라는 것을 알아보았기 때문이더냐?"

"그렇습니다. 전에 선사에게서 삼월천 수사 중에 오직 금화 선배님만이 소룡화와 같은 변이 악수를 감화시켜 선부를 지키게 한단 말을 들은 적 있습니다. 악수를 영수로 만들지 않고 길들이는 것은 평범한 수사는 부릴 수 없는 조화지요."

의문을 해소한 그는 더 캐묻지 않고 화제를 다른 쪽으로 돌렸다.

"그건 그렇고 탑 안에서는 정말 잘해 주었다."

그가 사문 비사와 관련한 일을 더 캐묻지 않고 넘어가는 모습을 보고 마음이 놓인 규옥은 한결 밝은 표정으로 대답했다.

"전 그저 공자님이 시키신 대로 했을 뿐인걸요."

그는 고개를 저었다.

"그래도 그게 어디 쉬운 일이더냐? 규한 같은 강자의 이목을 완벽히 속여야 하는 일인데."

원래 규한이 그의 연기에 속아 넘어가 괴뢰 진법을 발동시키겠다고 생난리를 피울 때, 그는 규옥에게 무광무영복을 몰래 쥐여 주고 영선 비술을 써서 침대 안으로 숨어들게 하였다.

다행히 규옥은 규한을 완벽히 속이고 침대 안으로 잠입하는 데 성공해 그가 원하는 시간에 맞춰 인질을 빼내 올 수 있었다.

아마 규옥이 조금만 늦거나, 반대로 조금만 빨랐어도 성공하기 힘들었을 것이다.

그는 이어 영목낭에서 쉬고 있는 자오진인을 불러냈다.

자오진인은 단방향 전송진의 후유증에 의해 정신을 잃은 게 아니었다.

자오진인이 정신을 잃은 이유는 그가 마지막 순간에 금강진천뢰가 지닌 공간의 힘으로 전송진을 강제로 발동시켰기 때문이었다.

자오진인은 그때 애꿎은 놈 옆에 있다가 벼락 맞는단 속담처럼 금강진천뢰가 쏟아 낸 충격파에 영향을 받아 잠시 정신을 잃은 것뿐이라, 별다른 치료 없이도 알아서 정신을 차렸다.

자오진인은 아직도 금빛 벼락의 영향으로 머리가 쾅쾅 울리는지 두 손으로 관자놀이를 주무르며 물었다.

"제가 잘못 본 게 아니라면 공자님이 전송진을 강제로 발동시킬 때 쓴 수법이 나융사조님의 금강진천뢰 같은데 맞습니까?"

"나융사조 선배님이 말해 주지 않은 거요?"

"전 듣지 못했습니다."

잠시 고민하던 그는 나융사조와 어떤 거래를 했다고만 알려 주었다.

자오진인은 이해한 듯 그 문제를 다신 거론하지 않았다.

유건이 나융사조와 어떤 거래를 하여 금갑족 수사들도 쉽게 배우지 못하는 금강진천뢰를 얻었는지 궁금하긴 했으나 그가 밝히길 꺼리는 데는 그럴 만한 사정이 있을 거라 여겼다.

자오진인까지 정신을 차림에 따라 이젠 녹각사령소에 갇혀 있는 인질의 처리만 남았다.

녹각사령소 안으로 들어가 문제를 직접 해결하는 편이 나을 것 같단 생각이 든 그는 자오진인에게 호법을 부탁하고 법술을 펼쳤다.

곧 녹각사령소의 크기가 빠른 속도로 늘어났다.

그는 유적 터 제단에 있던 암녹색 죽간의 내용을 거의 다 이해한 상태여서 녹각사령소의 크기를 마음대로 조절할 수 있었다.

공간을 충분히 확보한 그는 바로 녹각사령소가 변한 작은 호수 안으로 뛰어들었다.

호수의 모습은 전과 별 차이가 없었다.

자근유엽수가 호수의 공간 대부분을 차지한 가운데 해초처럼 길게 늘어진 이파리에는 녹각문 유충이 든 고치가 빈 곳이 보이지 않을 정도로 빽빽하게 붙어 있었다.

한데 전에는 자근유엽수 기둥 쪽 동굴에 옹기종기 모여 있던 3대 녹각문모와 녹각문장 다섯 마리의 모습이 보이지 않았다.

그는 뇌력을 퍼트려 녹각문모와 녹각문장의 위치를 찾았다.

곧 녹각문모와 녹각문장이 수면과 가까운 이파리 위에 모여 있음을 알아낸 그는 급히 그쪽으로 날아갔다.

녹각문모와 녹각문장 다섯 마리는 둥그렇게 모여 머리를 맞대고 무언가를 구경하고 있었다.

그는 쓴웃음을 지으며 그쪽으로 날아가 뇌력을 퍼트렸다.

그제야 주인이 돌아왔음을 안 녹각문모와 녹각문장 다섯 마리는 날카로운 울음소리를 내며 그 주위를 한 바퀴 돌다가 거처로 쓰던 동굴 쪽으로 돌아갔다.

마치 지금까진 자기들이 수고했으니 이젠 주인이 알아서 하라는 듯했다.

그가 보기에 녹각문모와 녹각문장은 주인이 돌아오기 전까지 그들의 거처에 무단으로 침입한 침입자를 감시하고 있었던 듯했다.

그게 아니면 침입자를 주인이 데려온 손님으로 생각해 그가 돌아올 때까지 돌보고 있었거나.

어쨌든 녹각문모와 녹각문장을 돌려보낸 그는 이파리 위로 내려가 여전히 이불에 꽁꽁 싸여 있는 인질의 상태를 확인했다.

다행히 그가 탑 안에서 마지막으로 보았을 때와 크게 달라진 점은 없는 듯했다.

그는 손가락으로 전광석화 불꽃을 발사해 이불을 잘라 냈다.

"이런."

한데 규옥이 인질의 몸을 일부러 이불로 감아 놓은 이유가 있었다.

인질은 몸에 실오라기 하나 걸치지 않은 완벽한 나신 상태였다.

그리고 예상대로 인질은 틀림없는 여인이었다.

백옥처럼 고운 살결과 더불어 여인이라면 반드시 있어야 할 신체적 특징이 고스란히 드러나 있었다.

마치 몰래 나쁜 짓을 하다가 걸린 아이처럼 얼굴이 붉어진 그는 얼른 잘라 둔 이불을 옷처럼 만들어 인질에게 입혀 주었다.

이제 인질의 몸에서 아직도 이불에 싸여 있는 곳은 얼굴뿐이었다.

침을 꿀꺽 삼킨 그는 손으로 인질의 얼굴을 감싼 이불을 벗겨 냈다.

그 순간, 풍성한 금발 머리카락이 물속으로 확 퍼지면서 이불이 가리고 있던 인질의 얼굴이 마침내 드러났다.

고통스러운 듯 미간을 약간 찌푸린 그녀는 금빛 눈썹과 오뚝한 콧날, 작고 도톰한 주홍색 입술을 지닌 엄청난 미녀였다.

한데 그가 기억하는 그녀의 얼굴과는 약간 차이가 있었다.

그러나 그녀의 얼굴을 정면으로 마주하는 순간, 그녀가 그가 그토록 찾아 헤매던 소언임을 바로 알아볼 수 있었다.

그저 전에 보았을 때보다 전체적으로 훨씬 성숙해진 모습이어서 조금 낯설게 느껴졌을 따름이었다.

그는 서둘러 소언을 진맥했다.

다행히 독이나, 금제에 당한 것 같진 않았다.

어떤 수면 약물을 복용해 정신을 차리지 못하는 것뿐이었다.

그는 규옥이 만든 단약을 물에 개어 소언의 입에 흘려 넣었다.

그러나 정신을 잃은 소언은 단약을 먹지 못하고 계속 게워냈다.

그는 하는 수 없이 법술을 써서 단약을 강제로 복용시켰다.

한데 단약을 복용하고 나서 시간이 한참 지났음에도 소언은 정신을 차릴 기미가 없었다.

미간을 찌푸린 그는 다시 한 번 소언을 진맥했다.

규한 일당이 먹인 수면 약물의 효과가 지독해 소언은 복용한 단약을 제대로 흡수하지 못하는 중이었다.

마치 몸의 모든 장기가 깊은 잠이 들어 활동을 중지한 듯했다.

그는 한숨을 내쉬었다.

'이런 상태가 지속되면 원기에 손상을 입을 텐데.'

한참을 고민하던 그는 결국 마음을 굳게 먹고 소언의 입술에 입을 맞추었다.

한데 소언의 입술이 어찌나 보드랍던지 그는 순간적으로 정신이 아득해지는 느낌을 받았다.

화들짝 놀란 그는 재빨리 금강부동공을 끌어올려 정신을 차리고 원신이 지닌 원기를 소언의 입 안으로 밀어 넣었다.

원기를 웬만큼 밀어 넣은 다음에는 법력을 이용해서 원기가 소언의 장기 곳곳으로 흘러가게 하였다.

곧 얼음골처럼 차갑던 소언의 몸에 따스한 온기가 흘렀다.

소언의 장기가 잠에서 깨어나는 중이란 증거였다.

그는 소언이 혼자 힘으로 단약을 흡수하는 모습을 확인하고 입술을 떼었다.

왠지 이대로 입술을 떼기가 아쉽다는 생각이 들었으나 소언이 갑자기 정신을 차리면 오해하기 딱 좋은 그림일 듯했다.

한데 그때, 정말로 소언이 느닷없이 눈을 떴다.

그는 깜짝 놀라 그녀와 입을 맞춘 자세 그대로 얼어붙었다.

그를 본 소언의 벽옥색 눈동자가 찢어질 것처럼 커졌다.

소언은 그녀가 정신을 잃은 틈을 타서 어떤 간 큰 간적(奸賊) 하나가 자신의 정조를 더럽히는 상황으로 보았는지 손을 들어 올려 그를 치려 하였다.

한데 아직 몸 상태가 정상이 아닌 탓에 나름 힘껏 친다고 친 것이 마치 연인이 손으로 그의 뺨을 보드랍게 어루만지는 것처럼 되고 말았다.

그는 소언이 다시 공격해 오기 전에 급히 뇌음을 보냈다.

"소언선자, 나요, 유건이오."

소언의 벽옥색 눈동자에 놀람과 의문의 빛이 동시에 떠올랐다.

그는 그 틈에 재빨리 다시 뇌음을 보냈다.

"아, 지금 모습은 유마교 수사로 위장한 거요."

그러나 소언의 벽옥색 눈동자에는 여전히 의심이 남아 있었다.

그는 하는 수 없이 뇌력으로 심좌기를 꺼내 보여 주었다.

주인을 알아본 심좌기는 즉시 소언의 앞섶을 파고 들어가 다신 나오지 않았다.

그제야 소언의 벽옥색 눈동자에서 의심이 사라졌다.

그리고 그 자리에는 놀람과 기쁨만이 남았다.

그는 내친김에 복령술을 풀어 본 모습을 보여 주었다.

"이제 나라는 것을 확실히 믿겠소?"

그때, 단약의 약효가 도는지 얼굴에 혈색이 뽀얗게 돌아온 소언이 손바닥으로 그의 두 뺨을 천천히 어루만졌다.

그는 소언의 행동을 말리지 않았다.

그 대신, 소언이 놀라지 않도록 뇌음을 보내며 입술을 떼었다.

"오해하지 마시오. 이건 그냥 선자를 치료하는 중에 생긴 불상사 같은 거요. 이젠 입술을 뗄 테니 혼자 운기해 보시오."

한데 그때였다.

소언이 두 팔로 그의 목을 껴안으면서 입술을 떼려는 그를 막았다.

그다음 일은 그도 잘 기억나지 않았다.

그저 정신없이 소언의 보드라운 입술과 아름다운 몸을 탐했다는 기억 정도였다.

그렇게 몇 시진이 흘렀을 무렵, 그들은 녹각문 고치를 떼어낸 이파리 위에 실오라기 하나 걸치지 않은 태초 본연의 모습으로 나란히 누워 있었다.

소언은 그를 보기 부끄럽단 듯이 그의 가슴에 얼굴을 묻으며 중얼거렸다.

"난 처음부터 우리가 이렇게 될 줄 알았어요."

그는 소언의 곱슬곱슬한 금발 머리카락을 매만지며 물었다.

"그 신점이란 것에 이런 것도 나오는 거요?"

소언은 피식 웃었다.

"나올 턱이 없잖아요."

"그럼?"

"음, 이건 그냥 직감 같은 거예요."

그는 소언의 얼굴을 내려다보며 물었다.

"한데 성화교 소교주가 그 빌어먹을 성에는 대체 왜 갔던 거요?"

"그전에 당신이 날 어떻게 구했는지부터 듣고 싶은데요."

"흐음, 그거야 어렵지 않지."

그는 한동안 시간을 들여 거령대륙 동부 해안에 도착한 그가 유마교 영역을 거슬러 올라가다가 장충사 터에 자리 잡은 얘기부터 시작해서 유마교 진법 수사로 변장해 그 빌어먹을 성까지 가야 했던 이야기를 자세히 들려주었다.

그의 이야기를 다 들은 소언은 놀랍다는 듯 그의 이마에 입술을 맞추었다.

"당신이 날 구할 수 있었던 것은 정말 우연에 우연이 겹쳐 일어난 기적 같은 일이었군요."

그는 그녀의 보드라운 등을 쓸어내리며 물었다.

"이제 선자 차례요. 대체 어떻게 된 거요? 그 성은 대체 뭐고?"

소언이 한숨을 내쉬며 대답했다.

"그 성은 천조성(天造城)이에요. 그리고 그 천조성의 성주는 숙부인 소천리(素千里)고요."

3장. 성화교를 찾아서

3장. 성화교를 찾아서

유건은 뭔가 떠오르는 게 있어 급히 물었다.

"설마 그 금빛 장창으로 당신과 양빙란 선배님을 공격한 자가 소천리는 아니겠지?"

소언은 침울한 표정으로 대답했다.

"불행히도 그가 맞아요. 우릴 마지막에 공격한 자가 바로 소천리예요. 소천리의 공격에 이모할머니는 결국 돌아가시고 저는 선학을 불러낸 거울이 깨지면서 정신을 잃었죠."

소언은 결국 참지 못하고 눈물을 쏟았다.

그는 소언의 눈물을 닦아 주며 부드럽게 물었다.

"한데 숙부가 왜 조카를 공격한 거요? 더구나 성화교의 소교주인 조카를 말이오."

"그 얘기를 하려면 성화교의 현 상황부터 알아야 해요."

소언이 그 후에 털어놓은 내용은 전부 깜짝 놀랄만한 이야기들뿐이었다.

간단히 말해 성화교는 현재 내분에 싸여 있었다.

그는 왠지 그럴 거란 느낌이 들었기에 그리 놀랍지는 않았다.

그러나 그 내분을 자세히 들여다보면 그리 간단하지만은 않았다.

성화교는 그동안 어머니가 딸에게, 혹은 할머니가 손녀에게 교주 지위를 물려주는 모계 계승 원칙을 철저히 지켜 왔다.

성화교 교주 가문인 소씨(素氏)의 씨족 특성인 예지력이 모계로만 이어지는 탓이었다.

이 예지력을 성화교에서는 신점이라 부르며 신성시 여겼다.

그럴 수밖에 없는 게 성화교가 수만 년 동안 성공적으로 명맥을 유지해 오는 데 신점이 가장 큰 역할을 했기 때문이었다.

그리고 현재 성화교에서 신점을 칠 수 있는 교도는 소언이 유일했다.

한데 소씨 가문에 몇천 년 만에 광령근(光靈根)을 지닌 수사가 태어나면서 문제가 생겼는데 그 수사가 바로 소언의 숙부인 소천리였다.

광령근을 지닌 수사답게 누구보다 빨리 장선 후기 최고봉에 도달한 소천리는 거기서 멈추지 않고 모계로만 교주직을 계승한다는 불변의 원칙을 깨고 교주가 되겠단 야심을 품었다.

교에는 소천리를 따르는 교도가 최소 3할이 넘었기에 이는 성화교의 내분으로 이어져 현 교주와 그녀의 손녀인 소언을 지지하는 세력을 구화교(舊火教), 소천리가 이끄는 신흥 세력을 신화교(新火教)라 부르며 구분하기에 이르렀다.

구화교와 신화교는 교리에서도 큰 차이를 보였다.

성화교의 핵심 교리인 성화에 관한 입장은 두 분파 모두 같았다.

두 분파 모두 삼월천에 처음 생겨난 불이라는 성화의 신성함을 인정한단 뜻이었다.

그러나 구화교는 성화를 모시는 성화신녀(聖火神女)가 교주를 맡는단 교리를 계속 유지하려 드는 반면에 신화교는 성화신녀 대신에 성화신인(聖火神人), 즉 성화교에서 가장 뛰어난 교도가 교주를 맡아야 한단 새로운 교리를 내세웠다.

신화교의 이런 교리는 소씨 가문이 본교의 주요 직책을 독차지하는 것에 불만을 품은 세력을 손쉽게 끌어들이는 효과를 발휘해 그 영향력이 성화교 영역 전체로 들불처럼 번져 갔다.

소언이 벗어 둔 옷을 다시 걸치며 고개를 저었다.

"그래도 우리 구화교를 지지하는 교도가 7할이 넘기 때문에 이번 내분은 신화교가 질 수밖에 없는 싸움이에요."

"신화교가 유마교, 북신교를 끌어들이지 않았다면 그렇

겠지."

소언은 햇빛이 은어 비늘처럼 부서지는 수면을 바라보며 한숨을 내쉬었다.

"당신 말이 맞아요. 우리도 신화교가 유마교, 북신교를 끌어들일지 모른단 불안감에 교칙을 새로 만들어 가면서까지 엄격하게 감시해 왔어요. 한데 그만 구멍이 뚫려 버리고 말았네요."

"어떤 교칙을 만들었단 거요?"

"우리 성화교 국경 수비대는 3대 종교 중에서 가장 강하다고 정평이 나 있어요. 하지만 신화교가 성화교 영역 안에 전송진을 설치해 유마교와 북신교를 끌어들이면 막을 방법이 없어요. 그래서 우린 모든 진법 수사와 진법 재료를 본교, 즉 우리 구화교가 관리한다는 교칙을 새로 만들었어요. 신화교가 자기네 영역 안에 초대형 전송진을 설치하지 못하게요."

그는 벗어 둔 옷을 걸치며 고개를 끄덕였다.

천조성 중앙 광장에 설치된 초대형 전송진이 거지 같던 이유는 진법 수사와 진법 재료를 모두 구화교가 관리하고 있기 때문이었다.

심지어 진법 수사 부족에 시달리던 신화교 측은 소언을 꼭두각시로 만드는 중요한 계획에 외인인 그를 끌어들이기까지 하였다.

물론, 괴뢰 진법을 발동하고 나서 그를 죽여 흔적을 없애려 했을 테지만 어쨌든 보안에 약점을 드러낼 수밖에 없었다.

실제로 외인인 그를 끌어들였다가 괴뢰 진법도 실패하고 소교주인 소언도 놓치는 멍청한 짓을 저지르지 않았던가.

소언이 고개를 돌리며 말했다.

"그래도 교주님, 그러니까 할머니는 신화교를 마냥 적대시하신 것만은 아니에요. 신화교에 가입한 교도 3할을 없앨 순 있어요. 하지만 그건 장기적으로 보면 본교에 큰 손해를 끼치는 일이 될 거예요. 그래서 할머니는 타협책을 제시하셨죠."

"어떤 타협책이오?"

잠시 주저하던 소언은 결국 한숨을 내쉬며 그의 질문에 대답했다.

"그건 바로 절 숙부에게 시집보내는 거예요. 그리고 내가 교주에 오르면 숙부에게 교주의 권한 일부를 양도하는 거지요. 할머니는 숙부가 그 타협책을 받아들이실 거로 예상하셨어요."

그는 눈을 크게 뜨며 물었다.

"설마 당신이 천조성에 온 이유가?"

"맞아요. 숙부와 약혼하기 위해 온 거예요."

그는 미간을 찌푸렸다.

"한데 놈들은 나를 시켜 단방향 전송진에 당신을 가둘 수 있는 구금 진법을 만들게 했소. 그들은 처음부터 타협책을 받아들일 생각이 없었던 거요. 받아들이는 척만 했던 거지."

"당신 말이 맞아요. 난 그날 아침에 본교에서 단방향 전송진을 이용해 천조성으로 가기로 되어 있었어요. 한데 뭔가 불길한 느낌을 떨칠 수 없어 천조성 근처에 있는 또 다른 전송진을 이용해 성으로 가기로 마음을 바꿔 먹었죠."

"한데 당신이 성에 나타나자마자 놈들이 본색을 드러낸 거로군. 그리고 그땐 단방향 전송진에 설치한 구금 진법을 쓰지 못하게 되는 바람에 직접 공격할 수밖에 없었겠지."

소언이 헝클어진 금발 머리를 정리하며 물었다.

"놈들이 탑 안에 괴뢰 진법을 설치했다고 했었죠?"

"그렇소."

"아마 놈들은 내 몸에 괴뢰 진법으로 만든 혼령 금제를 걸어 날 언제든 조종할 수 있는 꼭두각시로 만들려고 했을 거예요. 그러면 혼인한 후에 날 조종해 숙부가 교주에 오르도록 만들었겠죠. 물론, 그 계획은 당신의 활약 덕분에 보기 좋게 실패했지만 말이에요."

그는 문득 자오진인이 전에 한 말이 떠올라 급히 물었다.

"괴뢰 진법 얘기가 나와 하는 말인데 정말 당신 몸에 금제가 걸려 있는 거요? 다른 수사가 당신 몸에 금제를 걸려고 하면 자동으로 발동하게 되는 반격 금제 말이오."

소언은 빗은 머리를 뒤로 묶으며 대답했다.

"맞아요. 그래서 놈들도 직접 금제를 걸지 못하고 괴뢰 진법을 동원한 걸 거예요. 원래 성화교 소교주는 위협에 시달리는 일이 잦아서 몸에 미리 고명한 반격 금제를 걸어 둬요.

그래야 이번처럼 납치되었을 때, 본교의 피해를 줄일 수 있으니까요."

"어쨌든 그 덕분에 우리가 다시 만날 수 있게 되었으니 완벽한 전화위복이라 할 수 있겠소……."

그는 말을 하다 말고 소언이 요염한 자태로 앉아 햇빛이 쏟아지는 옥빛 물속에서 금발 머리카락을 정리하는 환상적인 모습을 멍한 시선으로 지켜보았다.

마치 전설상에 나오는 요정 같단 생각이 들었다.

그의 표정을 본 소언이 그의 허벅지를 살짝 때리며 눈을 흘겼다.

"오늘은 여기까지예요. 지금은 본교로 돌아가는 일이 급선무니까요."

그는 일어나서 소언에게 손을 내밀었다.

"당신 말이 맞소. 어서 빨리 본교로 돌아가 신화교가 북신교, 유마교와 작당해 본교를 공격하려 한단 소식을 전해야 하오."

"고마워요."

소언은 그의 손을 잡고 일어났다.

그러나 아직 수면 약물의 후유증이 남아서인지 살짝 비틀거리다가 그의 품에 안겼다.

그는 이게 웬 떡이냔 표정으로 그녀를 끌어안고 입을 맞추었다.

피식 웃은 소언은 장난스럽게 그의 가슴을 밀어내고 나서 수면으로 먼저 올라갔다.

그도 그녀를 쫓아 바로 수면으로 올라갔다.

그때, 갑자기 고개를 돌린 소언이 정말 감탄했단 눈빛으로 말했다.

"아깐 경황이 없어 말할 기회가 없었는데 당신은 그사이에 벌써 공선 후기 최고봉에 이르렀군요. 정말 놀라운 속도예요. 내가 성화교의 모든 수사를 다 아는 건 아니지만 당신처럼 경지를 빠르게 돌파하는 수사가 있단 말은 들어 보지 못했어요."

"그사이 공선 중기 최고봉에 이른 당신도 만만치 않소."

소언은 바로 시무룩해져 대답했다.

"당신이 거둔 성과에 비하면 형편없는걸요."

"내가 당신보다 빨리 경지를 돌파한 건 내가 갖고 태어난 선연을 다 끌어다 썼기 때문일 거요. 그러나 당신은 나와 달리 아직 무궁무진한 선연이 남아 있을 게 분명하오. 어쩌면 다음 경지부터는 나보다 훨씬 빨리 경지를 돌파할지도 모르지."

소언이 그를 귀엽게 흘겼다.

"당신은 생긴 거에 어울리지 않게 달콤한 말도 할 줄 아는군요."

"칭찬인지, 욕인지 헷갈리는군."

"헷갈릴 때는 둘 다라고 생각하면 편하죠."

"그거 괜찮은 방법이군."

그들은 나란히 서서 작은 호수 밖으로 몸을 날렸다.

밖으로 나온 그는 먼저 녹각사령소부터 줄여 품에 집어넣었다.

그동안 작은 호수 속에만 있어서 녹각사령소가 어떻게 생겼는지 이제야 처음 보게 된 소언은 신기하단 표정을 지었다.

녹각사령소를 회수한 그는 소언과 자오진인, 규옥을 서로 소개해 주었다.

소언은 이미 자오진인과 규옥의 사정에 관해 들었기에 그들과 반갑게 인사했다.

자오진인과 규옥도 그가 거령대륙을 찾은 이유가 소언에게 빚진 것을 갚기 위해서임을 알기에 그녀를 정중하게 대했다.

한데 그때, 규옥이 조금 당황한 표정으로 다가와 그에게 말했다.

"조금 전에 금화 선배님께서 공자님과 저를 급히 찾으셨습니다."

그는 쓴웃음을 지으며 속으로 생각했다.

'내 뇌력 금제 실력으로는 금화 선배를 속일 수 없는 모양이구나. 그러나 아무리 금화 선배라도 녹각사령소 안까지 뇌력을 퍼트리진 못했을 것이다.'

어쨌든 선배가 급히 찾는다는데 머뭇거리고 있을 수는 없어 그는 일행을 데리고 금화가 평소 기거하는 동부로 출발했다.

그와 나란히 날아가던 소언이 뇌음을 보내 경고했다.

"금화 선배를 대할 때는 말과 행동을 조심하는 게 좋을 거예요."

"당신도 금화 선배를 잘 아시오?"

"잘은 모르지만, 성격이 불같은 선배여서 도악산맥 안으로 들어오는 수사는 지위 고하, 이유 여하를 막론하고 반드시 죽여 없앤다는 말을 어려서부터 할머니께 들으며 자랐어요. 아마 금화 선배가 그녀의 선부에 무단으로 침입한 당신과 당신의 귀여운 영선을 살려 둔 이유는 선배 본인도 영선이기 때문일 거예요."

그는 눈을 크게 뜨며 뇌음으로 물었다.

"맙소사, 도악산맥 전체가 금화 선배의 선부였단 말이오?"

"그래요."

"그 말은 성화교가 도악산맥이 금화 선배의 영역임을 인정했단 소리잖소?"

"그 얘기를 하려면 먼저 금화 선배가 왜 성화교 영역으로 들어왔는지부터 설명해야 해요."

"시간은 충분하오."

"할머니께 듣기론 금화 선배가 거령대륙에 처음 나타났을 때, 대륙 전체가 시끄러웠대요. 왜 그렇지 않겠어요? 당신도 알다시피 영선을 영단으로 제련해 복용하면 경지 상승할 가능성이 아주 크니까요. 당연히 고계 영선인 금화 선배를 잡기 위해 유마교의 여러 고계 수사들이 대거 나섰죠. 물론, 금화 선배도 비선이 아닌 다음에야 그들을 어찌 다 상대할 수 있겠어요. 싸우다가 패한 금화 선배는 훗날을 기약하고 영선 비술을 펼쳐 달아났다더군요."

"금화 선배의 성격상 바로 복수에 들어갔겠군."

"맞아요. 부상을 회복한 금화 선배는 그날 비겁하게 협공해 온 유마교 고계 수사들을 전부 찾아내 차례차례 복수했어요. 한데 그게 일반적인 복수가 아니라서 더 큰 파장을 불러일으켰죠."

"어떤 복수였소?"

소언이 몸을 부르르 떨며 대답했다.

"그날 협공에 참여한 유마교 고계 수사의 제자, 친족, 심지어 인척까지 전부 찾아내 깡그리 몰살시킨 다음에야 마지막으로 고계 수사를 찾아가 정면 대결로 죽였다더군요. 한데 그게 끝이 아니에요. 죽인 고계 수사의 원신을 특수한 법보에 가두어 영원히 살지도 죽지도 못하게 만들었다고 들었어요."

"금화 선배가 성화교 영역인 도악산맥에 선부를 마련하게 된 이야기는 아직 하지 않았소."

소언은 그를 살짝 흘기며 웃었다.

"거의 다 왔으니 조금만 참아요. 금화 선배가 혈풍을 몰고 다닐 때는 마침 나처럼 신점을 칠 줄 아시는 분이었던 고조할머니가 성화교 교주로 계셨을 때예요. 고조할머니는 금화 선배가 장차 성화교에 득이 될지, 해가 될지 신점으로 점치셨는데 이상한 점괘가 나왔어요."

"어떤 점괘였소?"

"처음에는 작은 해가 되겠지만 나중에는 그게 아주 큰 득으로 돌아온다는 점괘였어요."

그는 고개를 끄덕였다.

"그래서 그대의 고조할머니께서는 금화 선배를 성화교 영역으로 불러 안전을 보장해 준 것도 모자라, 도악산맥을 선부로 쓰라며 흔쾌히 내준 것이군."

"맞아요. 심지어 고조할머니는 도악산맥에서 벌어지는 일은 성화교 본교가 절대 간섭하지 않겠단 특혜까지 베푸셨어요."

"금화 선배가 성화교 영역에 있는 도악산맥에서 성화교 교도들을 마구 죽이고 다녀도 지금까지 무사한 이유가 그래서였군."

그들이 대화를 마쳤을 때는 이미 옥빛 호수 건너편에 있는 과수원 입구를 지나고 있었다.

금화의 동부는 바로 이 과수원 중앙에 있었다.

그는 좀처럼 그 끝이 보이지 않는 과수원을 지나면서 감탄을 금치 못했다.

과수원에는 수천 종이 넘는 과일나무가 수십 장 높이로 자라 있었는데 모든 과일나무가 가지가 휘어질 정도로 풍성한 과실을 맺은 채 짙은 과일 향기를 바람에 실려 보내고 있었다.

'무릉도원(武陵桃源)은 이런 풍경을 보고 만들어진 말이

겠지.'

그때, 과수원 중앙에 솟은 돌산 가운데서 금빛 빛줄기 하나가 날아올라 그들을 향해 엄청난 속도로 다가왔다.

그는 처음에 금화 선배가 직접 나온 줄 알았다.

한데 금화 선배가 아니었다.

금빛 빛줄기의 정체는 3장 크기의 대형 금모(金毛) 성성이였다.

성성이는 마치 사람처럼 모자, 윗옷, 치마를 단정하게 차려입었는데 옷차림으로 봐선 아마도 암컷인 모양이었다.

'금화 선배가 기르는 영수인 모양이구나.'

한데 영수치고는 엄청나게 강해 거의 장선 중기 최고봉에 해당했다.

금모 성성이가 그들에게 자길 따라오라는 듯 고개를 살짝 끄덕이고 나서 다시 금빛 빛줄기로 변해 돌산으로 돌아갔다.

일행과 눈빛을 교환한 그는 얼른 금빛 빛줄기의 뒤를 좇아갔다.

금모 성성이를 따라 도착한 곳은 돌산 중앙에 있는 광장이었다.

광장에 내려선 유건은 재빨리 주변을 확인했다.

천장에 뚫린 구멍을 통해 새어 들어온 햇볕 한 줄기가 광장 중앙에 놓인 고풍스러운 나무 의자를 조명처럼 비추었다.

흔치 않은 보라색 목재를 이용해 만든 나무 의자였는데 의자 곳곳에 꽃잎을 닮은 선문이 잔뜩 그려져 있어 문외한이 보더라도 범상치 않은 보물임을 알 수 있었다.

그러나 그를 진정으로 놀라게 한 광경은 따로 있었다.

바로 광장의 사면 벽이었다.

광장 사면 벽의 재질은 분명 돌이었다.

한데 마치 투명한 유리창처럼 밖을 선명하게 내다볼 수 있어 그를 놀라게 하였다.

'영선의 비술이 독특하단 말을 듣긴 했지만 직접 보니 정말 명불허전이군.'

그들을 광장으로 안내해 준 금모 성성이는 보라색 의자 옆에 가서 두 손을 앞으로 모은 공손한 자세로 서 있었다.

온몸을 뒤덮은 부드러운 금빛 털과 입가 양쪽에 튀어나온 날카로운 송곳니를 제외하면 거의 인간 수사와 다를 바 없는 모습이었다.

그때, 자오진인이 뇌음을 보냈다.

"왔습니다!"

그 말을 들은 그는 급히 고개를 돌려 보라색 의자를 확인했다.

한데 금모 성성이 쪽으로 시선을 돌릴 때만 해도 비어 있던 의자에 꽃 그림을 그린 검은 치마를 입은 금화가 앉아 있었다.

그는 급히 한쪽 무릎을 꿇고 존장을 뵙는 예를 올렸다.

주인이 먼저 존장을 뵙는 예를 행했기에 자오진인, 규옥, 청랑도 같은 예를 올렸다.

다만, 성화교 소교주인 소언은 무릎을 꿇는 대신에 손가락 열 개로 불꽃 문양을 만드는 것으로 예를 대신했다.

요염한 자세로 다리를 꼰 금화가 보라색 의자 팔걸이에 올린 손에 한쪽 턱을 괴며 나른한 목소리로 물었다.

"본녀는 내 선부가 있는 도악산맥에 인간 수사가 냄새를 풀풀 풍기며 돌아다니는 것을 끔찍이 싫어한다. 가끔 뇌가 반만 있는 멍청한 놈들이 도악산맥의 영초나, 영화를 채취하겠다고 몰래 숨어들곤 하지만 그럴 때마다 육신을 갈기갈기 찢어 본녀가 취미 삼아 기르는 영화에 거름으로 주곤 하지. 한데 본녀는 널 죽이지 않았다. 그 이유를 아느냐?"

그는 여전히 한쪽 무릎을 꿇은 자세로 대답했다.

"후배가 영선과 함께 있는 것을 아셨기 때문이라 생각합니다."

그는 대답하면서 동시에 옆에 있는 소언에게 뇌음을 보냈다.

"당신 말대로 그녀가 날 살려 둔 이유는 규옥 때문이었던 것 같소."

소언은 최대한 티를 내지 않으려 애쓰며 그의 뇌음에 대답했다.

"당신, 정말 담이 크군요. 지금은 금화 선배에게만 집중하세요."

그때, 금화가 미간을 찌푸리며 대꾸했다.

"맞다. 네 몸에선 영선의 기운이 진동하더구나. 그건 네가 좀 전에 영선을 잡아먹었거나, 아니면 영선을 데리고 있단 뜻이었지. 그래서 본녀는 널 잠시 살려 두기로 마음먹었다."

"살려 주신 은혜는 절대 잊지 않겠습니다."

"오해하지 마라. 널 잠시 살려 두겠다고 했지, 널 살려 준다고는 하지 않았다."

그는 고개를 들며 침착하게 물었다.

"그럼 제가 어떻게 해야 여기서 살아 나갈 수 있겠습니까?"

"다행히 멍청하진 않구나."

"방법을 가르쳐 주십시오."

"네가 데리고 다니는 영선을 본녀에게 넘겨라. 아, 나쁜 뜻으로 달라는 건 아니니까 본녀의 의도를 넘겨짚을 필욘 없다. 본녀는 그 아이를 내 유일한 제자로 삼아 내 모든 공법과 비술, 그리고 보물을 물려줄 생각이다."

그는 잠시 고민해 보고 나서 대답했다.

"규옥의 의향이 아닌, 제 의향을 물어보시는 거라면 선배님이 절 이 자리에서 갈기갈기 찢어 영화의 거름으로 준다고 하서도 제 영선을 내드릴 생각은 추호도 없습니다."

“흥, 용기는 가상하군. 하지만 너 같은 놈들은 실력은 형편없는 주제에 입만 산 경우가 많지.”

말을 마친 금화가 금빛 눈동자로 무형의 압력을 쏟아 내 그를 찍어 눌렀다.

그러나 그는 압력에 대처하는 방법을 아는 데다, 금골단을 복용한 후 전보다 몸이 더 튼튼해져 피만 흘릴 뿐 쓰러지진 않았다.

금화의 한쪽 입꼬리가 슬쩍 올라갔다.

“호오, 그래도 입만 산 놈은 아니었군.”

그는 대답 없이 금화가 가하는 압력을 버티는 데만 집중했다.

그때, 규옥이 그의 앞을 용감히 막아서며 금화에게 간청했다.

“선배님, 공자님을 괴롭히지 말아 주십시오!”

금화의 목소리에 노기가 어렸다.

“그럼 넌 인간 수사의 하찮은 종노릇이나 하며 사는 지금 네 모습이 마음에 든단 것이냐?”

“그건…….”

규옥이 입술을 깨물며 대답을 망설일 때, 규옥이 코웃음을 쳤다.

“흥, 설령 네가 저 이상한 인간 수사 녀석이 마음에 들어 종노릇을 하며 사는 게 좋다고 해도 본녀는 그이의 제자가 이런 꼴로 살게 놔둘 마음이 없느니라."

"하지만……."

규옥은 또다시 대답을 망설였다.

그저 엄청난 고통으로 인해 점점 일그러져 가는 그의 얼굴을 보면서 애처로운 표정을 지을 뿐이었다.

그때, 뭔가 마음의 결정을 내린 듯 표정을 굳힌 규옥이 금화에게 뇌음으로 말했다.

"선배님도 제가 칠채령 일족이란 사실을 알아보셨을 것입니다."

"그게 뭐 어쨌다는 것이냐?"

"아시다시피 칠채령 일족은 수명을 깎아 미래를 내다볼 수 있는 예지력을 가지고 태어납니다. 일전에도 목숨이 달린 큰 위기에 봉착해 서둘러 비술을 펼친 적이 있었는데 그때 본 예지에 따르면 제가 공자님을 따라가야지만 목숨을 건질 수 있을 뿐만 아니라, 병해(兵解)를 거치지 않고 대도를 이룰 수 있을 거라 하였습니다. 부디 후배가 대도를 이룰 수 있게 공자님을 살려 주십시오."

금화의 금빛 눈동자가 찢어질 것처럼 커졌다.

"뭣이? 그게 정말이냐?"

"어찌 후배가 금화 선배님 앞에서 거짓을 고할 수 있겠습니까?"

규옥이 알아챌 정도로 금화의 목소리가 많이 누그러졌다.

"흐음, 우리 같은 영선은 병해가 일평생의 걸림돌이 되곤 하지. 한데 네가 저 이상한 인간 수사를 따라만 다녀도 병해를 거치지 않을 수 있다니 참으로 기이한 인연이구나."

"그럼 공자님을 인제 그만 용서해 주시는 건지요?"

금화가 다시 서늘한 표정으로 돌아와 고개를 가로저었다.

"본녀는 지금까지 살아오면서 입 밖으로 꺼낸 말을 철회한 적이 없다. 네가 본녀의 제자가 되지 않으면 저 이상한 인간 수사 놈은 오늘 여기서 죽는다."

그때, 규옥이 기지를 발휘했다.

"공자님의 영선으로 살면서 동시에 선배님의 제자가 되겠습니다. 그럼 선배님은 입 밖으로 꺼낸 말을 철회하지 않아도 되고 전 공자님을 따라다니면서 병해를 피할 방법을 찾을 수 있겠지요."

금화가 규옥을 날카롭게 쏘아보았다.

"넌 본녀가 우습게 보이나 보구나. 감히 그런 돼먹지 않은 말장난 따위로 본녀를 속이려 들다니."

규옥은 깜짝 놀라 얼른 그 자리에 엎드렸다.

"전 맹세코 선배님께 불경을 저지를 생각이 없었습니다."

한데 그 순간, 갑자기 금화가 깔깔거리며 웃어 젖혔다.

"호호호, 하지만 그렇게 나쁜 생각은 아니야!"

규옥은 금화의 성격을 종잡기 어려워 고생한 적이 한두 번이 아니라는 공공자의 말을 떠올리며 최대한 침착하려 애

쎴다.

웃음을 그친 금화가 고개를 끄덕였다.

"좋다. 네 말대로 해 주마."

"감사합니다, 선배님."

"이제 넌 내 제자다. 그새 까먹은 것이냐?"

"감, 감사합니다, 사부님."

"아니, 사부보단 사모가 낫겠구나. 지금부턴 본녀를 사모라고 부르도록 해라."

"알겠습니다, 사모님."

"호호호, 그이가 그래도 죽기 전에 꽤 괜찮은 제자를 남겨 주었구나."

금화는 규옥에게 한 약속을 지켰다.

그를 짓누르던 압력이 곧 눈 녹듯이 자취를 감추었다.

재빨리 그 자리에 가부좌한 그는 단약을 복용하고 나서 금강부동공을 끌어올려 내상을 치료했다.

금화와 금모 성성이가 지켜보는 앞이었지만 상관없었다.

어차피 금화가 그를 죽일 마음을 먹었다면 그는 이미 한참 전에 이 세상 사람이 아니었다.

내상을 치료한 그는 일어나서 머리를 깊숙이 숙였다.

"좀 전엔 후배가 불경을 저질렀습니다."

금화는 코웃음을 치며 차갑게 대꾸했다.

"본녀는 제자와 한 약속을 지킨 것뿐이다. 물론, 그렇다고 해도 너처럼 이상한 아이를 죽여 후환을 만들 생각은 없었다만.”

“제가 그렇게 이상합니까?”

“이상하고말고. 넌 아주 기운이 복잡한 아이더구나. 네 몸에서 영선 기운 외에도 좀처럼 만나기 힘든 몇 가지 존귀한 영물의 기운이 느껴지는데 대체 누구 밑에서 수학한 것이냐?”

“제 사문은 따로 없습니다.”

“흥, 말하기 싫으면 하지 마라. 본녀는 다른 아이와 할 얘기가 있으니 넌 잠시 구석에 찌그러져 있거라.”

“예, 선배님.”

그는 시키는 대로 광장 구석으로 걸어가 두 눈을 감았다.

금화의 눈치를 살피던 자오진인과 규옥도 그를 따라 물러났다.

금화의 시선이 보라색 의자 앞에 혼자 남은 소언을 향했다.

“넌 얼굴이며 몸매가 소진 교주(素進敎主)를 빼다 박았구나.”

소언은 침착한 목소리로 대답했다.

“성화교 소교주 소언이 금화 선배님께 처음 인사드립니다.”

“그럼 네 할미가 소월(素月)이더냐?”

“그렇습니다.”

“본녀는 소진 교주가 구구말겁을 치르기 전에 성화교 본교를 찾아가 그녀와 잠시 이야기를 나눈 적이 있었다. 한데 그때 소진 교주의 소개로 네 할미를 잠깐 만나 본 적이 있었지.

물론, 그때 네 할미는 새파란 애송이였지만. 어쨌든 넌 보면 볼수록 네 할미인 소월보다 소진 교주를 더 빼다 박았구나."

소언은 공손하게 대답했다.

"고조할머니와 할머니를 모두 보신 선배님께서 그렇다면 그게 맞는 거겠지요."

"저 이상한 인간 수사와는 어떻게 엮이게 된 것이냐?"

소언은 침착한 어조로 지금까지의 일을 요령 있게 설명했다.

소언이 유마교가 쳐들어올 가능성이 크단 말을 하기 무섭게 금화의 몸에서 불꽃같은 살기가 광장을 태울 것처럼 피어올랐다.

"감히 이 유마교 잡것들이 이곳이 어디라고 쳐들어온단 말이냐?"

소언은 그 틈을 놓치지 않고 재빨리 청했다.

"고조할머니와 나눈 교분을 생각해서라도 선배님이 이번 전쟁에서 저희 편에 서 주실 순 없겠는지요?"

그때, 금화의 몸에 피어오르던 살기가 순식간에 사라졌다.

그 대신, 질식할 것 같은 냉기가 금화를 중심으로 퍼져 나갔다.

"흥, 본녀를 홍분시켜서 너희와 유마교, 북신교의 전쟁에 끌어들이려 한 모양인데 어림도 없는 이야기다. 본녀는 이미 너희 성화교를 위해 몇 번이나 몸소 나섬으로써 예전 소진 교주에게 진 빚을 전부 갚았느니라. 그러니 소진 교주를 내세워 본녀의 도움을 받을 생각은 안 하는 게 좋을 것이다."

입술을 깨문 소언이 도전적인 눈빛으로 소리쳤다.

"유마교 고계 수사들은 선배님께 당한 원한을 아직 잊지 않고 있다 들었습니다. 한데 그런 유마교가 성화교 영역을 침범하면 이곳 도악산맥도 언젠간 그들 손에 유린당하고 말 것입니다."

"이년이 감히 어느 안전이라고 허락도 없이 본녀의 과거를 언급하는 것이냐!"

버럭 소리를 지른 금화가 갑자기 손가락을 튕겼다.

그 순간, 여덟 개의 금빛 꽃잎을 지닌 화려한 꽃송이가 발밑에서 피어올라 소언의 몸을 순식간에 에워쌌다.

그는 깜짝 놀라 급히 소언 쪽으로 몸을 날렸다.

"소언 선자!"

금화는 그런 그를 비웃으면서 다시 한 번 손가락을 튕겼다.

그 즉시, 금빛 꽃이 다시 꽃잎을 벌려 소언을 풀어 주었다.

소언은 그사이 몸이 많이 상한 듯 꽃이 그녀를 풀어 주자마자 바닥에 털썩 주저앉아 창백한 얼굴로 피를 여러 번 토했다.

금화가 서늘한 목소리로 경고했다.

"소진 교주의 체면을 봐서 이 정도로 끝내는 것이다. 앞으로 또 본녀의 과거를 허락도 없이 언급하면 그땐 네년을 갈기갈기 찢어 죽이고 나서 성화교 본교로 찾아갈 것이니라."

금화의 서슬 퍼런 경고에 놀란 소언은 그저 암담한 표정으로 고개를 숙일 뿐이었다.

그는 급히 소언에게 단약을 복용시키고 나서 금화에게 물었다.

"선배님, 저희는 신화교가 유마교, 북신교와 작당해 성화교 본교를 노리고 있단 소식을 빨리 전해야 하는 처지입니다. 선배님께서 허락해 주신다면 바로 출발했으면 하는데 허락해 주시겠습니까?"

금화가 냉랭히 대답했다.

"본녀는 새로 얻은 제자에게 내 의발을 전수해야 한다. 즉, 너희들은 본녀가 허락하기 전엔 이곳을 떠날 수 없단 뜻이지."

그 말을 남긴 금화는 바로 금빛 꽃잎으로 규옥을 감싸 광장에서 사라졌다.

한편, 광장에 남은 그는 금모 성성이를 보며 물었다.

"혹시 이곳에 우리가 머물 거처가 있습니까? 없다면 과수원 밖에서 찾아보겠습니다."

금모 성성이가 자길 따라오라는 듯 손가락을 까닥거리더니 광장 천장에 뚫린 구멍으로 사라졌다.

소언을 부축해 일으킨 그는 자오진인과 함께 천장으로 올라가 금모 성성이를 찾았다.

금모 성성이는 뒷짐 쥔 자세로 돌산 뒤쪽에 세워진 정갈한 분위기의 2층 건물 앞에서 그들을 기다리고 있었다.

그들이 도착하길 기다린 금모 성성이는 이 건물을 쓰라는 듯 고개를 끄덕이고 나서 금빛 빛줄기로 변해 광장으로 돌아갔다.

자오진인에게 건물 전체에 진법을 설치해 달라 부탁한 그는 소언을 부축해 건물 2층에 있는 조용한 방으로 들어갔다.

방에 도착한 그는 바로 소언을 눕히고 진맥했다.

내상이 심했지만, 치료에 애를 먹을 정도는 아니었다.

그는 바로 소언에게 다른 단약을 복용시키고 나서 방을 나왔다.

방 밖에는 자오진인이 초조한 기색으로 서서 그를 기다리고 있었다.

자오진인이 광장 쪽을 힐끔 보며 뇌음을 물었다.

"어떻게 하시겠습니까?"

그는 한숨을 내쉬며 대답했다.

"금화 선배의 성격으로 짐작건대 우리가 허락 없이 선부를 떠나면 우릴 모두 죽여 영화의 거름으로 삼고도 남을 분인 것 같소."

"같은 생각입니다."

각자 마음에 드는 방을 하나씩 골라 들어간 그들은 조용히 정양하며 규옥이 돌아오길 기다렸다.

규옥이 걱정되긴 했으나 금화가 자기 입으로 그녀를 자기 제자라 공언한 이상, 해를 끼치진 않을 것 같았다.

다행히 소언은 그로부터 사흘이 지났을 때, 내상에서 완벽히 회복해 그와 자오진인을 만나러 왔다.

그들이 머리를 맞대고 앞으로의 일정을 논의하고 있을 때였다.

갑자기 그들 앞에 기척도 없이 금빛 꽃송이가 피어올랐다.

금빛 꽃은 금화의 독문 공법이기에 그들은 긴장한 기색으로 상황을 주시했다.

그때, 금빛 꽃의 꽃잎이 사방으로 벌어지면서 전보다 외모가 약간 성숙해진 것 같은 규옥이 나타났다.

"여러분, 어서 이 꽃잎으로 오르세요. 사모님이 축지술을 써서 우릴 성화교 본교 가까운 곳까지 데려다주신댔어요."

그는 규옥을 믿었기에 의심하지 않고 바로 꽃잎 위로 올라갔다.

자오진인과 소언도 서로의 얼굴을 쳐다보고 나서 그를 따라 꽃잎으로 올라왔다.

그때, 꽃잎이 그들을 감싸더니 엄청난 속도로 날아가기 시작했다.

외부와 완벽히 차단된 금빛 꽃에 갇혀 있어 시간이 얼마나 흘렀는지 정확히 가늠하기 어려웠다.

대충 하루쯤 지나지 않았을까 싶었을 때, 금빛 꽃이 예고도 없이 그들을 공중으로 뱉어 냈다.

'금빛 꽃도 제 주인을 닮았는지 배려가 전혀 없군.'

툴툴거리며 자세를 바로잡은 유건은 뒤를 슬쩍 돌아보았다.

그들을 데려다준 금빛 꽃은 순식간에 금빛 점으로 변해 사라졌다.

그때, 소언이 기뻐하며 외치는 소리가 들렸다.

"아, 여긴 웅곡성(雄谷城)이에요!"

그는 시선을 돌려 전면을 보았다.

곰을 닮은 거대한 산맥 사이에 반경이 수백만 리에 달하는 초대형 성채가 동면에 든 흑곰처럼 웅크리고 앉아 있었다.

'저 성이 좀 전에 소언이 말한 웅곡성인 모양이군.'

소언은 웅곡성을 잘 아는지 그들을 성채 정문으로 데려갔다.

그는 소언을 따라가면서 규옥과 자오진인을 영목낭에 숨겼다.

소언이 잘 아는 성인 듯하지만, 그동안 상황이 어떻게 변했을지 모를 일이었다.

웅곡성의 성벽은 높이만 수백 장에 달해 마치 나룻배에 몸을 싣고 거대한 검은 해일 쪽으로 돌진하는 느낌이 들었다.

성채 정문으로 그를 안내한 소언이 당당한 태도로 정문 수비대장을 불렀다.

곧 장선 중기 수비대장이 정문에 설치된 초소 위에 나타났다.

수비대장은 뇌력으로 그들의 경지를 확인했기에 거침없이 물었다.

"누가 날 불렀느냐?"

소언이 수비대장을 똑바로 올려다보며 예의를 갖춘 단호한 목소리로 명령했다.

"소언이에요. 지금 당장 웅곡성의 전송진을 이용해야겠으니 어서 안내하세요."

수비대장은 약간 움찔한 표정으로 요청했다.

"정말 소교주라면 신분을 증명하는 신분패를 먼저 보여 주시오."

"도중에 곤란한 일이 생겨 현재는 신분패를 지니고 있지 않아요."

"그럼 교의 규칙에 따라 성문을 열어 드릴 수 없소."

입술을 살짝 깨문 소언이 어쩔 수 없단 표정으로 말했다.

"나도 교의 규칙을 함부로 위반할 생각은 없어요. 그래서 난 신분패보다 더 확실한 걸 수비대장에게 제시할 생각이에요."

"그게 뭐요?"

"바로 이거예요!"

소언이 손가락 열 개로 불꽃 문양을 만들기 무섭게 그녀의 몸에서 서늘한 냉기를 머금은 새하얀 화염이 피어올랐다.

기묘한 기운이 느껴지는 새하얀 화염은 곧 천사처럼 긴 날개를 펼치며 소언을 닮은 젊은 여인의 형상으로 변신했다.

수비대장은 깜짝 놀라 즉시 한쪽 무릎을 꿇고 두 손으로 불꽃 모양을 만들었다.

"성화신녀공(聖火神女功)이라면 이보다 더 확실한 신분 증명 방법은 없겠지요. 교도 무선(武善)이 소교주를 뵙습니다."

성화신녀공을 거둔 소언이 약간 힘들어하는 기색으로 물었다.

"성주님은 잘 계신가요?"

그때, 무선 옆에 체구가 작은 대머리 노인이 나타나 대답했다.

"전 덕분에 잘 지내고 있습니다."

대머리 노인의 몸에서는 웅곡성 성벽을 떠올리게 하는 거대한 해일 같은 기세가 흘러나오고 있었다.

대머리 노인의 경지가 최소 장선 후기 최고봉임을 알아본 그는 소언에게 모든 일을 맡기고 뒤로 물러났다.

그때, 대머리 노인이 십자 형태의 해진패(解陣牌)로 웅곡성 정문에 설치한 각종 진법과 금제, 결계를 한 번에 해제했다.

소언은 그를 데리고 자동문처럼 저절로 열린 정문으로 들어갔다.

한데 정문과 웅곡성을 잇는 통로가 워낙 길어 300장 정도를 날아가고 나서야 웅곡성 내부에 다다를 수 있었다.

통로 끝에는 대머리 노인이 뒷짐을 쥐고 서서 그들을 기다리고 있었다.

소언을 본 대머리 노인이 먼저 열 손가락으로 불꽃 모양을 만들었다.

"웅곡성 성주 이찬(移贊)이 소교주를 뵙습니다."

소언도 몸가짐을 바로 하고 손가락으로 불꽃 모양을 만들었다.

"오랜만에 뵙는 것 같군요, 이찬 성주님."

이찬은 다시 뒷짐을 쥐며 소언을 칭찬했다.

"교의 호교 법보를 완성했을 때 뵈었으니 얼추 30년은 지난 듯하군요. 이 늙은이는 그동안 쓸데없이 나이만 먹었는데 소교주님은 본교의 소교주에 어울리는 성과를 얻으신 듯하여 기쁘기 짝이 없습니다."

"과찬이십니다."

이찬은 소언과 그를 데리고 웅곡성 중앙으로 날아가며 물었다.

"듣자 하니 본성의 전송진을 이용하려 하신다고요?"

"그렇습니다."

"그럼 본 성주를 따라오시지요. 본교와 연결된 전송진을 준비해 두었습니다."

"배려에 감사드립니다."

그다음부터는 이찬과 소언이 뇌음으로 대화를 나누는 바람에 그가 끼어들 틈이 없었다.

그는 그들을 따라가면서 웅곡성 전경을 둘러보았다.

웅곡성도 전체적인 모습은 천조성과 다르지 않았다.

다만, 거리를 걸어 다니는 교도들의 표정이나, 행동이 좀 더 밝고 활기찼으며 기선술을 이용한 문명도 훨씬 발전해 있었다.

마천루 벽에 걸린 대형 전광판에는 쉴 새 없이 제품을 선전하는 광고가 나왔고 상점가에서는 간판이 휘황찬란한 빛을 쏟아 내는 가운데 밝고 경쾌한 음악이 끊임없이 흘러나왔다.

상점가나, 마천루가 모여 있는 도심 지역을 벗어나면 한적한 교외 풍경이 드러났다.

그리고 아예 성 외곽 쪽으로 나가면 목가적인 풍경이 쭉 이어졌다.

가축을 키우는 넓은 목장과 그 규모를 짐작할 수 없을 정도로 큰 대형 농장이나, 과수원이 즐비했고 가끔은 웅장한 사원도 보였는데 사원 지붕에 성화 문양이 있어 성화교 사원이란 사실을 금방 알아볼 수 있었다.

그때, 규옥이 영목낭에서 뇌음을 보내왔다.

"제가 사모님과 지낸 사흘 동안 무슨 일이 있었는지 궁금하지 않으신가요?"

"그건 너와 금화 선배님 사이에 있었던 개인적인 일이다. 아마 금화 선배님은 네가 선배님과 있었던 일을 미주알고주알 떠들어 내가 알게 되는 것을 그리 좋아하지 않으실 거 같구나."

잠시 생각해 본 규옥은 그 말이 맞는다 여겼는지 더는 그 일을 거론하지 않았다.

그사이, 이찬이 기거하는 30층 유리 건물에 도착한 그들은 건물 옥상 한편에 마련되어 있는 전송진으로 향했다.

전송진은 어느 종파에서든 가장 엄중한 보호를 받기 마련이었다.

웅곡성도 마찬가지여서 성주의 거처 바로 위에 전송진이 있었다.

즉, 전송진을 이용하는 모든 수사가 이찬의 감시를 피할 수 없단 뜻이었다.

이찬의 경지가 장선 후기 최고봉이란 점을 고려하면 전송진에 몰래 숨어드는 것은 불가능한 일이었다.

소언이 전송진에 먼저 오르며 이찬에게 성화교의 예를 올렸다.

"직접 배웅해 주셔서 감사해요."

"웅곡성은 걱정하지 않으셔도 된다고 교주님께 전해 주십시오."

"그럴게요."

그는 이찬에게 선배를 뵙는 예를 올리고 나서 소언을 쫓아 전송진으로 걸어갔다.

그때, 이찬이 갑자기 그에게 뇌음을 보냈다.

"소교주님을 잘 부탁하네."

그는 돌아서서 이찬을 보며 뇌음으로 물었다.

"그게 무슨 뜻입니까?"

이찬은 다 안다는 듯 묘한 미소를 지어 보이며 뇌음을 보냈다.

"말 그대로 잘 부탁한단 뜻이네."

"알겠습니다."

대답한 그는 전송진으로 걸어가 소언 옆에 섰다.

잠시 후, 진법 수사가 다가와 전송진 진핵에 법결을 던져 넣었다.

그 즉시, 전송진이 웅웅 울면서 그들을 다른 곳으로 전송시켰다.

이번에는 단거리 전송진이어서 후유증이 크지 않았다.

한데 문제는 그런 전송을 세 번 더 해야 한다는 점에 있었다.

원래 전송진을 연달아 사용하면 아무리 수사라도 몸이 버텨 나질 못했다.

그러나 지금은 촌각이라도 아껴야 할 때였기에 무리인 줄 알면서도 연달아 세 번 더 전송을 감행해 마침내 성화교 본교에 도착했다.

그는 전송 후유증에 힘들어하는 소언을 부축하면서 주변을 둘러보았다.

그들은 수백 개의 전송진이 설치된 거대한 전당 같은 곳에 와 있었다.

그때, 소언이 이를 악물더니 그녀를 부축하던 그의 손길을 뿌리쳤다.

그는 이상하게 생각하지 않고 그녀와의 거리를 약간 벌렸다.

'소언은 성화교 소교주다. 다른 대륙 출신인 나와 친밀한 모습을 보이면 소교주란 그녀의 체통에 문제가 생길 수 있다.'

잠시 후, 소언을 알아본 성화교 본교 수사 수십 명이 그들 쪽으로 날아왔다.

성화교 본교 수사들은 즉시 전송진을 둘러싸고 손가락으로 불꽃 모양을 만드는 성화교 특유의 예를 올렸다.

소언도 그들의 예에 답례하고 나서 수사 중 한 명에게 물었다.

"정 장로(政長老)님이 직접 나오신 걸 보니 제가 온단 기별을 미리 받으신 모양이군요?"

정 장로라 불린 중년 사내가 앞으로 나와 고개를 숙였다.

"그렇습니다. 이찬 성주님이 통신 기선으로 기별을 보내 소교주께서 전송진으로 도착하실 예정이니 맞을 준비를 해두라고 하셨습니다."

"교주님은 어디에 계신가요?"

"성화전(聖火殿)에서 소교주님을 기다리고 계십니다."

"알았어요."

대답한 소언이 그를 데리고 전당을 막 나가려 할 때였다.

갑자기 전송진 수십 개가 밝은 광채를 거의 동시에 쏟아

내며 수사 수백 명을 전당으로 쏟아 냈다.

한데 전송진을 이용해 도착한 수사 대부분이 크게 다친 상태였다.

정 장로가 그중 멀쩡해 보이는 수사에게 날아가 급히 물었다.

"무슨 일인가?"

수사가 아직도 떨림이 가시지 않은 목소리로 대답했다.

"신화교가 유마교, 북신교 수사 수십만 명과 함께 유준성(柳俊城)을 공격해 왔습니다."

그때, 옆에 있던 다른 수사들이 앞다투어 소리쳤다.

"제가 있던 모일성(毋日城)도 공격을 받았습니다!"

"함라성(咸羅城)도 마찬가지입니다!"

"칠수성(七手城)도 같은 상황입니다!"

정 장로가 당황한 얼굴로 소언을 보았다.

"소교주님, 신화교 놈들이 기어코 일을 저질렀나 봅니다!"

이미 이런 상황이 있으리라 예견한 소언은 침착한 목소리로 대답했다.

"우선 교주님부터 만나야겠어요."

"제가 직접 모시겠습니다. 한데 이 수사는?"

정 장로가 소언 옆에 있는 그를 보며 물었다.

지금은 전시 상황이었다.

적이 암살자를 보냈을지도 모르는 상황에서 처음 보는 자를 소교주와 동행시켜 교주에게 보낼 순 없는 일이었다.

소언이 급히 대답했다.

"이 수사의 신분은 소교주인 내가 직접 보장하겠어요."

"알겠습니다."

수긍한 정 장로는 소언과 그를 엄중히 호위한 상태에서 전당 밖으로 나갔다.

전당 밖의 세상은 놀라움의 연속이었다.

그동안 천조성, 웅곡성과 같은 거대한 성에 들른 적이 있던 그로서도 처음 보는 규모의 초거대 성에 놀라지 않을 수 없었다.

얼마나 넓은지 그의 안력으로도 성벽이 보이지 않을 정도였다.

'이곳이 성화교의 본교가 있는 성화성(聖火性)이구나.'

성화성 안에는 거대한 산맥도 있었고 바다처럼 넓은 호수도 있었다.

또, 하늘을 뚫을 듯이 솟은 마천루의 숲도 있었고 거의 작은 나라 하나만큼 큰 거대한 농장도 있었다.

신화교가 일을 벌였단 소식이 전해졌는지 성 곳곳에서 대형 전함 수천 척이 날아올라 성벽이 있는 방향으로 이동했다.

마치 벌 떼가 벌집에서 일제히 빠져나오는 것 같은 광경이었다.

정 장로는 전송진이 있는 전당에서 그리 멀지 않은 곳에 있는 거대한 궁전으로 그들을 데려갔다.

궁전은 그 자체로 성화성 안에 있는 또 다른 성이어서 성벽도 있고 해자도 있고 수천 채의 건물과 사원도 있었다.

정 장로는 궁전을 보호하는 방어 진법에 해진패로 통로를 열어 그들을 안으로 들여보내 주었다.

그들을 궁 안으로 들여보내 준 정 장로는 부하들을 데리고 다시 전송진이 있는 전당으로 돌아갔다.

궁 안의 지리를 잘 아는 소언은 앞장서서 나아가며 뇌음을 보냈다.

"이 궁이 나와 할머니가 평소에 머무르는 성화궁(聖火宮)이에요."

소언의 말처럼 궁 안 곳곳에 성녀를 상징하는 탑이 있었다.

흰 치마를 입은 성녀 세 명이 등을 맞댄 자세로 바깥을 보면서 열 손가락으로 성화교의 불꽃 표식을 만든 모습을 조각한 탑이었는데 성녀 세 명의 머리 위에 둥그런 화로가 놓여 있었다.

그리고 그 화로에서는 지금도 하얀 화염이 타오르고 있었다.

소언을 본 성화궁의 경비 수사들이 바로 비켜서서 공손한 자세로 길을 열어 주었다.

그들은 경비 수사들을 지나 교주가 머무르는 내궁(內宮)으로 들어갔다.

내궁에는 남수사가 들어올 수 없는지 시중을 드는 저계 수사부터 내궁을 수호하는 고계 수사까지 전부 여수사로만 이루어져 있었다.

더구나 마주치는 여수사마다 미색이 무척 출중해 그로서는 마치 천사들이 머무르는 천국에 와 있는 느낌이었다.

출입자를 검문하는 검문소를 몇 개 지났을 무렵, 마침내 푹신한 흰 양탄자가 바닥 전체에 깔린 거대한 통로가 나타났다.

통로 양쪽에는 벽 대신에 거대한 통유리로 만든 창문이 쭉 이어져 있었는데 밖을 보기 위한 용도는 아니었다.

색을 칠한 유리를 오려 붙여 만든 창문은 성화교의 역사나, 그동안 성화교를 위기에서 구해내 성웅(聖雄) 칭호를 받은 수사의 활약상을 표현한 일종의 예술 작품에 더 가까웠다.

끝없이 이어질 것 같은 통로가 마침내 그 끝을 드러냈을 때, 불꽃 모양 문고리가 달린 웅장한 두짝문이 나타났다.

“이곳이 성화전이에요.”

뇌음을 보낸 소언이 먼저 저절로 열린 문을 통해 안으로 들어갔다.

그도 심호흡한 후에 소언을 따라 성화전 안으로 들어갔다.

4장. 신점의 진짜 의미

4장. 신점의 진짜 의미

성화전 안으로 들어간 유건은 속으로 탄성을 내뱉었다.

성화전은 티끌 한 점 없는 흰 대리석으로 지은 거대한 원형 전각이었다.

원형 전각 바깥에는 성화교 성웅을 조각한 장엄한 조각상 수백여 점이 원을 그리며 위풍당당한 자세로 서 있었다.

그리고 전각 가운데에는 성녀 세 명이 화로를 짊어진 모습을 조각한 탑이 우뚝 솟아 있었다.

탑 자체는 성화전으로 오면서 수없이 마주친 다른 탑들과 똑같이 생겨 흥미를 자아내지 못했다.

그러나 그 크기는 오면서 본 탑들과 달랐다.

성화전으로 오면서 마주친 탑은 커 봐야 10장 안팎이었다.

그러나 성화전 가운데 우뚝 솟은 성화탑(聖火塔)은 그 크기가 100장이 넘어 지켜보는 이를 압도하고도 남음이 있었다.

또, 성화탑 화로 속에서 불타고 있는 하얀 화염의 위력도 차원이 달라 마치 차가운 태양을 바라보는 듯한 느낌이었다.

그는 화로 안에서 맹렬히 타고 있는 이 하얀 화염이야말로 성화교의 시작과 끝을 의미하는 성화란 사실을 알 수 있었다.

그때, 강렬한 햇빛을 느낀 그는 고개를 들어 천장을 보았다.

원형 전각 천장은 반구형 통유리로 지어져 있어 투명한 유리를 통과한 햇빛이 전각 안으로 폭포수처럼 쏟아져 내렸다.

성화탑의 성화는 그 빛의 폭포수 속에서 한층 더 신령한 광채를 발산해 마치 다른 세상에 와 있는 듯한 기묘한 느낌을 주었다.

말 그대로 성화를 모신 신전(神殿)이라 할 만했다.

성화탑 앞에는 소언처럼 곱슬곱슬한 금발 머리카락을 허리까지 기른 젊은 여인이 그들을 등진 채 성화를 바라보며 서 있었다.

조심스럽게 다가간 소언이 젊은 여인을 불렀다.

"할머니."

젊은 여인은 그제야 뒤로 돌아서며 그들을 바라보았다.

그는 깜짝 놀랐다.

젊은 여인은 소언과 엇비슷한 나이대로 보였다.

'그녀가 소언의 할머니라니 믿기지 않는군. 물론, 선도에

주안술을 이용해 나이를 젊게 하는 수사들이 많다곤 해도 성화교의 교주가 기를 쓰고 손녀와 비슷한 나이대의 외모를 유지하는 건 왠지 썩 좋아 보이는 그림이 아니군.'

젊은 여인의 외모는 소언과 비슷한 것 같으면서도 약간 달랐다.

멀리서 보면 얼굴, 몸매가 아주 비슷해 쌍둥이처럼 보였다.

그러나 가까이서 보면 두 여인이 다르단 사실을 바로 알 수 있었다.

소언은 이목구비와 턱선이 붓으로 그린 것처럼 부드러워 붉은 장미처럼 화사한 느낌을 주었다.

그러나 소언의 할머니인 소월은 눈썹 끝이 살짝 올라가 있어 차가운 인상을 풍겼다.

소월의 시선을 느낀 그는 재빨리 한쪽 무릎을 꿇고 존장을 뵙는 예를 올렸다.

소월은 그가 예를 올리는 모습을 분명 보았음에도 그에 대해서는 별다른 반응을 보이지 않고 바로 소언 쪽으로 시선을 돌렸다.

"여긴 성화전이다."

소월의 쌀쌀한 대꾸에 입술을 잘근 깨문 소언은 결국 한쪽 무릎을 꿇고 열 손가락을 맞대어 불꽃 문양을 만들었다.

"소교주 소언이 교주님을 뵙습니다."

짜증이 많이 난 듯 소월의 눈꼬리가 파르르 떨렸다.

"넌 대체 어떻게 처신했기에 혼례를 치르기도 전에 소박을 맞은 것이냐?"

"소녀가 처신을 잘못해서 소박을 맞은 것이 아닙니다. 숙부는 처음부터 이번 협상을 받아들일 생각이 없었습니다. 제가 이모할머니와 천조성에 발을 들여놓자마자 수하들에게 우리 일행을 공격하라 지시한 게 명백한 증거일 것입니다. 심지어 수하들이 제가 고조할머니께 물려받은 보경선학(寶鏡仙鶴)에 쩔쩔매는 모습을 보이자 숙부가 직접 금황섬창(金凰閃槍)으로 보경선학을 죽이고 이모할머니를 돌아가시게 했습니다."

항변하던 소언은 양빙란의 장렬한 최후가 떠올랐는지 금세 눈시울이 붉어졌다.

소월이 그 모습을 보고 차갑게 코웃음을 쳤다.

"그리 슬퍼할 것 없다. 양빙란은 네 호위로서 할 일을 하다가 죽은 것뿐이니."

소언은 눈물을 닦으며 따졌다.

"이모할머니는 고조할머니의 소생이 아니어서 소씨 성을 물려받지 못했지만 그래도 할머니, 아니 교주님의 하나뿐인 동생이지 않습니까? 손녀인 저를 지키려다가 비참하게 돌아가신 분에게 어찌 그런 말씀을 하실 수 있습니까?"

소월이 눈을 부릅뜨며 소리쳤다.

"네가 감히 이 할미의 말에 토를 다는 것이냐?"

"용서하십시오, 교주님."

소언은 즉시 고개를 숙이고 사죄했다.

그런 소언을 보면서 혀를 끌끌 찬 소월이 마침내 고개를 돌려 그를 보았다.

그는 앞으로 나아가서 다시 한 번 정중한 인사를 올렸다.

"유건이라 합니다."

"인사는 한 번이면 족하다."

"후배가 눈치가 없어 교주님을 번거롭게 해 드린 점 사죄드립니다."

소월이 뇌력으로 그를 샅샅이 훑으며 물었다.

"넌 녹원대륙 출신이더냐?"

"그렇습니다."

"흐음, 그럼 네가 소언의 신점에 나온 그 아이인 모양이구나."

그는 공손하게 대답했다.

"후배는 소언 선자 덕분에 목숨을 두 번이나 건진 적이 있습니다. 소언 선자의 신점이 무엇을 의미하는지 아직 잘 모르겠으나 그 은혜를 갚기 위해서라도 후배가 할 수 있는 일이면 뭐든 하겠습니다."

소월이 어이가 없다는 듯 깔깔거리며 웃었다.

"호호호, 공선 후기 최고봉 수사가 이런 상황에서 뭘 할 수 있단 말이냐?"

그는 소월의 비꼬는 말에도 동요하지 않았다.

"소언 선자의 신점은 지금까지 틀린 적이 없다고 들었습니다. 비록 후배의 경지가 낮긴 하지만 뭔가 도움이 될 만한 일이 분명 있을 것입니다."

소월은 코웃음을 쳤다.

"네가 신점에 나온 대로 소언을 천조성에서 구해 왔으니 그녀에게 입은 은혜는 다 갚은 셈이다. 괜히 걸리적거리지 말고 조용히 있다가 떠나거라."

그는 속으로 쓴웃음을 지으며 대답했다.

"후배가 그렇게 하길 원하신다면 그렇게 하겠습니다."

그때, 소언이 다급한 표정으로 대화에 끼어들었다.

"교주님, 소녀가 본 신점은 그런 내용이……."

소월이 소언에게 눈을 부라리며 꾸짖었다.

"도악산맥 근처에서 너희 둘 사이에 무슨 일이 있었는지까진 내 알 바 아니지만, 우리 소씨 가문은 지금까지 녹원대륙 출신 수사를 화정(火精)으로 쓴 적이 없다!"

그는 미간을 찌푸렸다.

'화정, 그게 뭐지?'

소언이 얼굴을 붉히며 급히 변명했다.

"소녀는 그런 의도로 그를 데려온 것이 아닙니다. 소녀가 본 신점에 따르면 그는 분명 우리 성화교를 재난에서 구해 줄……."

소월은 바로 손을 들어 소언의 말을 잘랐다.

"그 이야기는 이제 되었다. 좀 전에 신화교가 유마교, 북신교 놈들과 작당해 성화성을 지키는 외곽 성들을 점령했단 보고가 들어왔다. 지금은 장로들을 만나 그 일을 먼저 처리해야 한다."

반박할 말을 찾지 못한 소언은 입술을 깨물며 그에게 뇌음을 보냈다.

"성화전를 나가면 온고(溫古)라는 수사가 기다리고 있을 거예요. 그녀에게 숙소를 안내해 달라고 해요. 어떻게든 시간을 내서 당신을 만나러 갈 테니까요."

"무리하지 않아도 되오. 난 이대로 떠나도 상관없소. 거령대륙을 찾은 이유는 당신에게 입은 은혜를 갚기 위해서지만 그것 말고도 한 가지 볼일이 더 있소."

"그래선 안 돼요!"

그는 소언의 다급한 외침에 속으로 한숨을 내쉬며 대답했다.

"알겠소. 온고라는 수사에게 부탁해 숙소에 가 있겠소."

"고마워요……."

소언과 약속한 그는 바로 소월에게 예를 올렸다.

"후배는 이만 나가 보겠습니다."

그러나 소월은 가타부타 대답이 없었다.

아니, 대답이 없는 정도를 넘어 찬바람이 일 정도로 홱 돌아선 소월은 다시 성화탑 꼭대기의 성화 쪽으로 시선을 돌렸다.

속으로 쓴웃음을 지으며 성화전을 빠져나온 그는 주변을

둘러보았다.

곧 머리를 단발로 자른 파란 머리카락의 여수사가 그를 발견하고 다가왔다.

여수사는 오선 중기로 청초한 분위기를 지닌 대단한 미녀였다.

여수사가 그를 보며 물었다.

"유건 수사인가?"

"그렇습니다. 선배님은 온고선자시지요?"

"그렇다네. 어찌 된 사정인지는 이미 소교주님에게 들었네. 나를 따라오게."

"그럼 선배님께 신세를 지겠습니다."

그는 온고를 따라 성화전에서 멀리 떨어진 작은 별채로 향했다.

별채는 수사가 조용히 정양하기에 적당한 곳으로 괜찮은 연공실과 아담한 약초밭 등이 딸려 있었다.

물론, 수사가 머무르는 곳답게 밖에는 방어 진법이, 내부에는 결계와 금제 등이 촘촘하게 설치되어 있었다.

그리고 진법, 결계, 금제 모두 천조성에서 보았던 것보다 수준이 한 차원 높았다.

신화교를 압박하기 위해 구화교가 진법 수사와 진법 재료를 통제하고 있단 소언의 말이 사실로 드러나는 순간이었다.

온고는 그에게 진법 등을 통제하는 해진패를 주고 나서 바로 돌아갔다.

그는 온고가 완전히 사라질 때까지 기다렸다가 뇌력을 퍼트렸다.

뇌력이 미치는 범위에서 다른 수사의 움직임은 감지되지 않았다.

그러나 그의 뇌력을 속일 수 있는 수사가 숨어 있을지도 모르는 일이기에 그는 자오진인에게 부탁해 별채에 최고 수준의 방어 진법과 뇌력 금제를 이중으로 설치하게 하였다.

그는 진법을 설치하는 자오진인에게 물었다.

"이 진법으로 성화교 본교 수사들을 어느 선까지 속일 수 있겠소?"

"장선 후기 정도는 되어야 어떤 진법인지 어렴풋이나마 파악할 수 있을 것입니다."

그는 감탄했단 표정으로 물었다.

"성화교의 진법 수사는 다른 종문의 진법 수사보다 실력이 뛰어나다고 들었는데도 그 정도란 말이오?"

"제까짓 게 뛰어나 봤자 벼룩이지요. 진법은 걱정하지 마시고 앞으로 어떻게 하실 건지나 말씀해 주시지요."

그러면서 주위를 슬쩍 둘러본 자오진인이 뇌음을 보냈다.

"전 그 소월이란 교주가 왠지 마음에 걸립니다. 소언선자가 중간에서 공자님을 보호해 주긴 할 테지만 그래도 교주보다는 힘이 약하지 않겠습니까?"

그도 자오진인과 같은 생각이었다.

그러나 소언과 한 약속이 떠올라 고개를 저었다.

"지금은 일단 지켜보도록 합시다."

"공자님의 뜻이 그렇다면 저도 더는 그 일을 거론하지 않겠습니다."

대답한 자오진인은 다시 진법 설치에 매달렸고 그는 연공실에 들어가 심신을 가다듬으며 소언이 돌아오길 기다렸다.

한데 소언은 일이 무척 바쁜지, 사흘이 지나서야 간신히 짬을 내서 그를 만나러 올 수 있었다.

소언은 자오진인이 새로 설치한 진법에 큰 관심을 보였다.

"이건 어떤 진법인가요?"

"나도 어떤 진법인지 잘 모르오. 자오영감이 설치한 거라서. 다만, 이 진법 덕분에 우릴 염탐할 수 있는 수사가 거의 없단 점만은 확실하오."

그래도 소언은 마음이 놓이지 않는단 표정으로 뇌음을 보냈다.

"지금부터는 뇌음으로 대화를 나누는 게 좋겠어요."

그도 바로 뇌음으로 대답했다.

"그게 편하다면 그렇게 하시오."

"우선 며칠 전에 성화전에서 있었던 일부터 사과할게요. 그건 아무리 교주인 할머니라도 너무 무례한 짓이었어요."

"마음 쓸 거 없소."

"할머니는 분명 절 사랑하시긴 하지만……."

"하지만?"

"손녀인 내 입으로 말하긴 좀 그렇지만 할머니는 소씨 가문의 특성인 예지력이 없는 상태에서 소교주에 오래 머무르다가 교주에 오르셨기 때문에 성격에 모난 곳이 좀 있는 편이에요."

그는 고개를 끄덕이며 속으로 생각했다.

'조금 모난 편은 아니었지. 그녀의 태도는 마치 손녀인 당신을 질투하는 것 같았으니까.'

소언은 그 얘기가 불편한지 화제를 전황 쪽으로 급히 옮겼다.

"현재 우리 구화교가 처한 상황은 그리 좋은 편이 아니에요. 유마교와 북신교가 작정했는지 고계 수사를 대거 투입해 신화교를 돕고 있어요. 그 바람에 성화성을 지키는 주요 방어거점이 속속 함락당하는 중이에요."

그는 걱정스러운 목소리로 물었다.

"해결 방법은 없는 거요?"

"그게……."

소언은 망설이며 그의 질문에 제대로 대답하지 못했다.

그때, 어떤 생각이 떠오른 그가 급히 물었다.

"설마 신점으로 이번 전쟁에서 이길 방도를 찾아보려는 거요?"

소언은 입술을 깨물며 고개를 끄덕였다.

그는 한숨을 내쉬며 물었다.

"천기를 훔쳐보기 위해선 반드시 그 대가를 치러야 한다고 알고 있소. 신점을 치면 당신에게 어떤 영향을 주게 되는 거요?"

"30년 동안 성화동(聖火洞)에서 잃어버린 성화를 다시 보충해야 해요. 아주 고통스러운 일이죠. 물론, 잃어버린 성화를 되찾으면서 법력도 많이 늘어나기에 그렇게 나쁜 일만은 아니에요."

"그럼 신점을 치면 바로 성화동에 들어가야 하는 거요?"

"그건 아니에요. 성화동에 들어가기 전에 준비할 게 많거든요."

그들은 잠시 서로의 얼굴을 바라보며 침묵했다.

먼저 침묵을 깬 쪽은 그였다.

"한데 교주님이 일전에 언급한 화정은 무얼 뜻하는 말이오?"

"그건……."

순간적으로 얼굴이 붉어진 소언은 결국 말을 잇지 못하고 그의 시선을 피했다.

그는 그녀의 태도를 보고 화정이 무엇인지 확실히 알게 되었다.

화정은 그녀가 아이를 가질 수 있게 해 주는 사내를 뜻했다.

소씨 가문이 지금까지 철저한 모계 계승을 지켜 왔단 뜻은 속세에서 말하는 데릴사위를 들여 후손을 보았음을 의미했다.

그가 화정이 의미하는 바를 알아냈음을 직감한 소언은 어색해진 분위기를 깨려는 듯 얼른 품에서 작은 깃발을 하나 꺼냈다.

"이건 당신에게 심좌기를 주고 나서 새로 연성한 새 심좌기예요. 만약, 감당할 수 없는 일이 생기거든 이걸 이용해 달아나세요."

"두 번째 심좌기가 있었다면 천조성에서 위기에 처했을 때 왜 사용하지 않은 거요?"

소언이 약간 부끄러워하며 대답했다.

"두 번째 심좌기는 평소에 들고 다니지 않았어요. 당신이 돌아왔을 때 선물로 주고 싶어서요."

"고맙소."

소언의 마음에 감동한 그는 심좌기를 받아 품속에 간직했다.

그때, 소언이 전혀 예상하지 못한 부탁을 한 가지 더 해 왔다.

유건은 굳은 표정으로 물었다.

"진심이오?"

"진심이에요."

"왜 그런 위험한 생각을 한 거요?"

"당신은 내 신점을 믿나요?"

"믿으니까 그 고생을 해 가며 당신을 만나러 온 거잖소."

"할머니가 내 신점에 관해 한 말에 대해선 어떻게 생각해요?"

"내가 당신을 천조성에서 구해 왔으니까 신점대로 된 거라던 말씀 말이오?"

"그래요."

"흠, 난 왠지 교주님의 말이 더 맞는 것 같단 느낌이 드오. 난 처음에 유마교와 북신교가 작당해 성화교를 쳐들어갈 거라는 정보를 당신에게 전해 주는 게 그 신점이 의미하는 바라고 예상했소. 한데 우리가 도착하기 전에 이미 적이 쳐들어왔지 않소? 그렇다면 그 신점은 내가 당신을 구한 일을 예견한 쪽이 더 맞지 않겠소? 성화교의 소교주를 구하는 것도 분명 성화교를 재난에서 구하는 일일 테니 말이오."

소언은 고개를 저었다.

"난 그렇게 생각하지 않아요. 신점을 칠 수 있는 내가 죽으면 큰일이긴 하지만 그 정도론 성화교가 멸망하지 않아요. 그렇단 말은 우리가 아직 모르는 무언가가 더 있단 뜻이에요."

소언의 의지가 워낙 강한 탓에 그는 하는 수 없이 그녀의 부탁을 들어주었다.

소언은 고맙단 뜻으로 그의 뺨에 입을 맞추고 나서 돌아갔다.

그는 돌아가는 소언의 뒷모습을 지켜보면서 그녀가 걱정하는 일이 일어나지 않길 기도했다.

그러나 그게 허튼 기대였음을 그는 얼마 안 가 깨닫게 되었다.

다음 날, 자오진인이 그를 찾아와 뇌음으로 말했다.

"조금 전부터 뇌력 금제가 반응하기 시작했습니다."

그는 팔짱을 끼며 물었다.

"누가 별채를 염탐하고 있단 뜻이오?"

"한, 두 명이 아닙니다. 열 명까지 세다가 그만두었을 정도니까요."

"저들의 의도를 모르니 지금은 일단 지켜보도록 합시다."

자오진인이 걱정이 가시지 않은 목소리로 물었다.

"그래도 대비책은 세워 둬야 하지 않겠습니까?"

"방법이 있소?"

"공자님이 파라산으로 위장해 있을 때 받은 재료가 아직 충분합니다. 그걸로 초소형 전송진 하나 정돈 만들 수 있을 겁니다. 그 전송진의 크기론 성화교 영역을 벗어나기 힘들 테지만 없는 것보단 낫겠지요."

"그럼 그렇게 해 주시오. 그리고 재료에 여유가 있으면 환영 진법(幻影陣法)처럼 시간을 끌 수 있는 진법도 설치해 주시오."

"알겠습니다."

대답한 자오진인은 바로 규옥의 도움을 받아 전송진과 환영 진법을 설치했다.

그는 그사이 연공실에 틀어박혀 백팔초겁을 준비했다.

아마 유마교 진법 수사들이 장충사 터에 나타나지 않았으면 그는 지금도 백팔초겁 준비에 열을 올리고 있을 가능성이 컸다.

일주겁 중에서 구구말겁이 가장 악명 높긴 하지만 백팔초겁, 사구중겁도 만만치 않아 겁을 치르다가 죽는 수사가 부지기수였다.

그는 그 부지기수에 들고 싶지 않아 시간이 날 때마다 백팔초겁 준비에 전력을 기울였다.

그러나 주변 여건이 그에게 백팔초겁을 준비할 시간을 좀처럼 주지 않았다.

소언이 돌아가고 나서 나흘이 지났을 때였다.

별채를 감시하는 수사들이 전보다 더 늘어났을 뿐만 아니라, 이젠 아예 숨을 생각조차 하지 않았다.

그중에는 장선 후기 수사도 있어 더는 연공실에 틀어박혀 있을 수만은 없었다.

별채 앞마당으로 나온 그는 자오진인이 걱정스러운 기색으로 서서 하늘을 올려다보는 모습을 보고 고개를 들어 위를 보았다.

하늘 위에는 전함을 엮어 만든 대형 공중 요새가 떠 있었다.

대충 세어 봐도 공중 요새를 만드는 데 들어간 전함이 수백 척은 넘을 듯했다.

그때, 자오진인이 고개를 내리며 말했다.

"성화성에 저런 공중 요새가 최소 100개는 더 있는 것 같습니다."

깜짝 놀란 그는 안력을 높여 하늘 전체를 둘러보았다.

자오진인의 말처럼 전함을 엮어 만든 대형 공중 요새가 성화성 상공 곳곳에 떠 있었다.

심지어 그중에는 거의 천여 척을 묶어 만든 초대형 공중 요새까지 있었다.

그 순간, 그리 멀지 않은 지상에서 발진한 전함 수백 척이 한곳으로 일사불란하게 집결해 공중 요새를 이루는 엄청난 광경이 바로 눈앞에서 벌어졌다.

자오진인이 뇌음을 보냈다.

"제가 금갑족 비술을 써서 확인해 본 결과, 성화궁 외부에서 저런 전함이 하루에도 수천 척씩 안으로 들어오고 있습니다."

"자오영감은 그게 무엇을 의미하는 것 같소?"

"두 가지 가정이 가능할 것입니다. 첫 번째는 신화교 연합 세력에 패한 구화교 측 패잔병이 성화성에 집결해 최후의 결전을 준비 중이란 가정입니다."

그는 첫 번째 가정에 대해 생각하며 다시 물었다.

"그럼 두 번째는?"

"구화교 측이 의도적으로 신화교 연합 세력을 성화성으로 끌어들이고 있을지 모른단 가정입니다."

"만약, 의도적이라면 구화교 측에 신화교 연합 세력을 성화성으로 끌어들여 일망타진할 수 있는 비책이 있단 뜻이 아니오?"

"그렇지요."

그는 뭔가 떠오르는 생각이 있어 급히 물었다.

"얼마 전부터 외부에서 전함이 들어오기 시작했소?"

"제가 확인한 바로는 소언선자가 공자님을 뵙고 돌아간 다음 날부터입니다."

그는 그제야 뭔가 알겠단 듯 고개를 끄덕였다.

자오진인이 급히 뇌음으로 물었다.

"구화교 측의 의도를 알아내신 겁니까?"

그는 자오진인에게 소언이 이번 전쟁에서 이길 방법을 찾기 위해 신점을 칠 거란 소식을 알려 주었다.

자오진인이 놀라 물었다.

"그럼 구화교 측에서 정말 신점으로 이길 방법을 찾아냈단 말입니까?"

"아무래도 그런 것 같소. 그리고 그게 맞는다면 우리가 머무르는 별채를 감시하는 수사들이 갑자기 늘어난 이유도 그 때문일 것이오."

자오진인의 눈이 번쩍 뜨였다.

"설마 그들이 찾아낸 방법이 공자님과 관련 있다는 말입니까?"

뒷짐을 쥔 그는 성화궁이 있는 방향을 바라보며 대답했다.

"곧 알게 되겠지."

그의 말처럼 정말 곧 알게 되었다.

다음 날, 그들을 별채로 안내해 준 파란 머리카락의 여수사가 느닷없이 나타나 명령조로 말했다.

"지금 당장 나를 따라오게."

온고라는 이름의 여수사가 나타나기 전에 자오진인과 규옥을 영목낭으로 불러들인 그는 이유를 묻지 않고 그녀를 따라나섰다.

그는 곧 온고의 안내를 받아 성화전을 두 번째로 방문했다.

그를 성화전까지 안내해 준 온고는 그에게 안으로 들어가보란 손짓을 하고 나서 전각과 이어진 행랑 쪽으로 사라졌다.

그는 그사이 저절로 열린 성화전 두짝문을 지나 성화탑 쪽으로 걸어갔다.

성화탑 앞에는 소월과 처음 보는 장선 후기 최고봉 수사 두 명이 서 있었다.

그는 재빨리 처음 보는 장선 후기 최고봉 수사 두 명을 살폈다.

소월 왼쪽에는 보라색 머리카락을 단정하게 묶은 미부인이 서 있었는데 깊은 샘물처럼 그윽한 눈빛과 몸에서 풍기는 차분한 분위기로 봐서는 몸보다는 머리를 쓰는 쪽일 듯했다.

그때, 그의 이목구비를 요리조리 뜯어보던 미부인이 돌연 흥미롭단 표정을 지었다.

반대로 소월 오른쪽에 서 있는 젊은 사내는 지금 상황에 불만이 많은지 팔짱을 낀 채 마뜩잖은 표정으로 그를 쳐다보았다.

그는 장선 후기 최고봉 수사 두 명의 관심을 한 몸에 받으면서도 별다른 표정 변화 없이 담담히 걸어가 한쪽 무릎을 꿇고 예를 올렸다.

"교주님을 뵙습니다."

소월은 위협이 담긴 목소리로 물었다.

"넌 분명 이곳에서 본 교주를 처음 만났을 때, 네가 할 수 있는 일이라면 뭐든 하여 우리를 돕겠다고 했었지?"

그는 고개를 가로저었다.

"정확히 말하면 성화교가 아니라, 소언선자를 돕겠다고 했습니다. 후배에게 은혜를 베푼 당사자는 소언선자니까요."

소월은 어이가 없다는 듯 코웃음을 치며 물었다.

"넌 도대체 뭘 믿고 이리 뻗대는 거지? 네 배후에 엄청난 거물이라도 있는 것이냐? 아니면 소언이 널 지켜 줄 거라 믿기 때문에 이러는 것이냐? 본 교주는 지금까지 살면서 너처럼 기고만장한 공선 후기 최고봉 수사를 본 적이 없다."

그는 담담한 표정으로 대답했다.

"후배는 그저 사실 관계를 바로잡고 싶었을 뿐입니다."

소월의 눈썹 끝이 하늘을 찌를 것처럼 곧추섰다.

"그게 바로 뻰대는 것이다! 넌 네 앞에 있는 우리가 어떤 경지의 수사들인지 정녕 모르는 것이냐?"

"세 분 다 장선 후기 최고봉 경지에 이른 대단하신 선배님들이란 사실을 후배가 어찌 모를 수 있겠습니까?"

"그럼 우리가 손가락 하나만 까딱해도 널 죽일 수 있단 사실도 잘 알겠구나."

"압니다."

소월은 여전히 꼬박꼬박 말대꾸하는 그가 마음에 들지 않는지 좀 더 노골적으로 나왔다.

"공선 후기 최고봉 수사들은 우리가 두려워 감히 눈도 마주치지 못한다. 더구나 말대답할 생각은 아예 꿈도 꾸지 못하지."

"교주님은 후배가 그들처럼 선배님 앞에서 겁을 먹은 개처럼 납작 엎드린 모습을 보고 싶어 이러시는 겁니까?"

소월이 서늘한 목소리로 물었다.

"넌 그들과 다르다는 것이냐? 아니면 그들처럼 하지 않겠다는 것이냐?"

"정확히 말하면 그들처럼 할 필요가 없단 뜻에 가깝겠지요."

"그게 무슨 뜻이지?"

그는 일어나서 소월을 똑바로 바라보며 대답했다.

"구화교 측이 소언선자의 신점에 나온 방법으로 신화교 연합 세력과의 전쟁에서 승리하려면 이 후배의 도움이 꼭 필요한 일이 있을 것입니다. 그렇지 않습니까, 교주님?"

"그렇다면?"

"도움을 드릴 순 있습니다. 그러나 왠지 도움을 드린 후에 제 목숨도 같이 날아가 버릴 것 같아 겁이 나는군요."

소월은 흥미롭단 표정으로 물었다.

"지금 본 교주와 거래를 해 보겠단 뜻이냐?"

"그렇습니다. 아마 세 분은 손가락 하나만으로도 절 이 자리에서 죽일 수 있는 능력을 지니고 계실 것입니다. 그러나 전 이곳으로 오기 전에 제 몸에 금제를 하나 걸어 두었습니다. 아주 위험한 금제라 제 몸에 다른 수사의 손가락 하나라도 닿는 날에는 제 본신과 원신은 그 자리에서 먼지 한 톨 남기지 않고 사라질 것입니다. 믿지 못하겠으면 지금 당장 시험해 보셔도 상관없습니다."

볼을 부르르 떨며 분노하던 소월은 뭔가가 떠오른 듯 곧 원래 표정으로 돌아왔다.

그는 고개를 저었다.

"아마 조금 전에 교주님께서는 절 지금 죽일 수 없다면 일을 다 마친 후에 죽여 버리면 그만이라 생각해 화를 가라앉히셨을 것입니다. 이건 후배의 억측이긴 하지만 아주 고통스러운 방법으로 죽이려 하셨을 것이고 이미 그 자세한 방법도 생각해 두셨을 테지요. 하지만 교주님은 며칠 전에 소언선자가 신점을 치기 전에 후배가 머무르던 별채에 들렀던 일을 이미 알고 계실 겁니다. 별채를 감시하는 인원이 한둘이 아니니 모르고 계셨다면 그건 부하들이 태만하단 증거일 테지요. 어쨌든, 그때 전 왠지 머지않은 미래에 이런 일이 있을 듯해 소언선자의 몸에 몰래 이젠 명맥이 끊어졌다고 알려진 아주 위험하고 복잡한 금제를 걸어 두었습니다."

그때, 소월 오른쪽에 서 있던 젊은 사내가 팔짱을 풀며 소리쳤다.

"이놈, 여기가 어디라고 그런 말도 안 되는 거짓말을 하는 것이냐!"

그는 젊은 사내를 바라보며 물었다.

"소언선자의 몸에 걸려 있는 반사 금제를 말씀하시는 것입니까?"

젊은 사내가 미간을 잔뜩 찌푸렸다.

"소교주가 네놈에게 그녀가 수련한 반사 금제와 같은 본교의 극비 정보까지 털어놓은 것이냐?"

"오해하지 마십시오. 신화교 측이 그녀의 몸에 괴뢰 진법까지 동원해서 혼령 금제를 걸려는 모습을 보고 알아낸 사실이니까요."

젊은 사내는 다시 팔짱을 끼며 눈을 감았다.

유마교 진법 수사로 위장해 있던 유건이 괴뢰 진법에 당할 뻔한 소언을 구해 낸 얘기는 이미 성화교 내에 쫙 퍼져 있었다.

젊은 사내는 그가 그때 얻은 정보로 소언의 몸에 걸려 있는 반사 금제를 알아냈다고 해도 이상한 일은 아니라 생각해 순순히 물러난 것이다.

젊은 사내를 말 몇 마디로 물러서게 만든 그가 말을 이어갔다.

"좀 전에 하던 말을 마저 하자면 후배가 익힌 금제는 아주 강력해 반사 금제를 비롯해 혼령을 보호하는 그 어떤 금제도 무력화할 수 있습니다. 덕분에 후배는 소언선자의 본신과 제 본신을 연결해 둘 중 하나가 죽거나, 다치면 상대편도 똑같이 죽거나, 다치는 동고(同蠱) 금제를 걸 수 있었습니다."

그때, 미부인이 그 자리에서 감쪽같이 사라졌다.

그는 미부인이 사라진 이유를 알았기에 전혀 당황하지 않았다.

한편, 자리를 떠나지 않은 소월과 젊은 사내는 그를 죽일 듯이 노려보았다.

그러나 그들도 마음에 걸리는 게 한두 가지가 아닌 탓에 섣불리 손을 쓰진 못했다.

잠시 후, 미부인이 돌아와 소월과 젊은 사내에게 뇌음을 보냈다.

뇌음을 들은 소월이 눈꼬리를 파르르 떨며 소리쳤다.

"당장 동고 금제의 해법을 내놓아라! 내놓지 않으면 지금 당장 네놈의 원신을 뽑아 영침륜(永針輪)에 집어 처넣을 것이다!"

수사의 원신을 고문하는 데 쓰는 지독한 형구인 영침륜은 원신에 고통을 가할 목적으로 특별히 연성한 독침을 빽빽하게 박은 수레바퀴였다.

영침륜으로 수사의 원신을 고문하는 방법은 간단했다.

수사의 원신을 바닥에 못 박아 둔 상태에서 그 위로 영침륜을 물레방아처럼 계속 돌려 수레바퀴에 박아 둔 독침이 원신을 끊임없이 찌르게 하였다.

아무리 대가 센 수사라도 영침륜으로 고문하면 하루를 버티지 못한단 말이 있을 정도로 악명이 자자한 고문 방법이었다.

그는 소월의 지독한 협박에도 담담한 표정을 유지했다.

"말씀드렸다시피 제 몸에는 다른 수사의 손가락만 닿아도 본신과 원신이 먼지로 변하는 위험한 금제가 걸려 있습니다."

"이놈이 그래도!"

분을 참지 못한 소월이 막 손을 쓰려 할 때였다.

미부인이 급히 소월 앞을 막아서며 뇌음으로 무슨 말인가를 하였다.

한참을 듣고 있던 소월이 마지못해 물었다.

"소언의 몸에 걸린 동고 금제는 언제 풀어 줄 것이냐?"

"후배가 안전한 장소에 도착하면 그쪽에서 풀어 달라고 하지 않아도 제가 먼저 풀어 줄 것입니다. 전에 말씀드렸다시피 전 녹원대륙에서 소언선자의 도움을 받아 목숨을 건진 적이 있습니다. 그것도 한 번이 아니라, 두 번이나요. 지금은 비록 상황이 이렇게 되어 마음이 아프지만 소언선자는 변함없이 제 생명의 은인입니다. 그리고 전 은혜를 한번 입으면 잊지 않고 반드시 갚고 원한을 한번 맺으면 그 원한을 풀기 전에는 절대 잊는 법이 없습니다."

"그 말을 꼭 지키길 바란다."

경고를 잊지 않은 소월은 그를 결국, 미부인 손에 넘겼다.

그리고 미부인은 그를 성화전 지하로 데려갔다.

성화전 지하에는 상상도 못 한 것이 그를 기다리고 있었다.

그 시각, 성화성의 바깥 성벽을 지키던 구화교 수사들은 긴장한 표정으로 전방을 주시하고 있었다.

성화성은 성화교 본교를 수호하는 핵심 시설답게 성벽이 바깥 성벽, 가운데 성벽, 안쪽 성벽 세 개로 이루어져 있었다.

각 성벽은 높이가 5천 장, 너비가 1리였으며 성벽 앞과 뒤, 그리고 중앙에 강력한 방어 진법이 설치되어 있어 비행 전함이나, 공성 병기의 공격을 웬만하면 막아 낼 수 있었다.

또, 성벽 곳곳에 수사가 지키는 망루와 방어 병기를 설치해 성벽을 공격해 오는 적을 이쪽에서 먼저 물리칠 수도 있었다.

성화성 동쪽 성벽을 지키던 수사들은 긴장한 기색으로 안력과 뇌력을 총동원해 전방을 수색했다.

성화성과 활발히 연락을 주고받던 정찰부대의 소식이 반 시진부터 뚝 끊긴 상태였다.

한, 두 부대라면 그럴 수 있어도 전 정찰부대와 동시에 연락이 끊겼다는 뜻은 적이 성화성 근처에 당도했음을 의미했다.

용의 머리를 닮은 망루를 지키던 수사들은 안력을 높여 하늘을 관찰했다.

성벽 자체가 워낙 높아 구름은 한참 밑에 있었고 그들 위에는 오직 태양만이 떠 있었다.

평소라면 비단 이불처럼 깔린 거대한 운해와 마주보기 힘들 정도로 가까이 다가온 태양이 만들어 낸 환상적인 경관에 시선을 빼앗겼을 테지만 지금은 주변 경관을 구경할 틈이 없었다.

그때, 까마득한 고공에 독수리를 닮은 까만 점이 하나 나타났다.

성화성 성벽을 확인한 검은 독수리는 곧장 하강에 들어갔는데 속도가 엄청나게 빨라 눈 깜짝할 사이에 망루 위 500장 근처까지 내려왔다.

망루를 지키던 구화교 수사들은 독수리를 보기 무섭게 용머리 안에 설치한 방어 병기를 조작해 독수리를 조준했다.

망루 방어를 지휘하던 수사가 소리쳤다.

"쏴라!"

그 순간, 용머리가 진동하며 붉은 광선을 발사했다.

근처에 있던 다른 망루들도 공격에 나섰는지 붉은 광선 수십 개가 앞다투어 솟아올라 독수리 쪽으로 쏘아져 갔다.

신화교의 정찰 비행 전함인 검은 독수리는 붉은 광선 사이를 미꾸라지처럼 피해 다니며 구화교의 공격을 무위로 돌렸다.

그때, 붉은 광선 몇 개가 갑자기 공중에서 대나무 쪼개지듯 갈라지며 파편을 불꽃놀이 할 때처럼 사방에 퍼트렸다.

검은 독수리도 이때만큼은 피하지 못해 파편에 여러 군데를 얻어맞았다.

그러나 검은 독수리에도 방어 진법이 설치되어 있어 투명한 보호막이 비행 전함을 감쌀 때마다 파편이 뒤로 튕겨 나갔다.

그 틈에 시간을 번 검은 독수리는 검은 포탄 수천 개를 성벽 상공과 지상에 닥치는 대로 살포했다.

검은 포탄은 공중에서 폭발하기도 하고 성벽이나, 지상에 충돌하고 나서 폭발하기도 했는데 그때마다 검은 연기가 사방으로 퍼져 나가 그 일대를 뿌옇게 만들었다.

용머리 망루를 지키던 수사가 주먹으로 난간을 내리쳤다.

"통신 방해 입자로군."

기선술이 극한까지 발달한 성화교에서는 유선, 무선, 위성 통신 기선을 이용해 먼 곳에 있는 수사와 통신할 수 있었다.

이 때문에 전투에 돌입하면 가장 먼저 통신을 방해하는 입자를 퍼트려 전투가 벌어질 전장을 통신 불능 상태로 만들었다.

물론, 이렇게 하면 아군도 통신 불능 상태에 빠지지만 공성하는 쪽에서는 이렇게 하는 편이 훨씬 효율적이었다.

이런 이유로 인해 통신 방해 입자 살포는 일종의 선전포고와 같은 기능을 하기도 하였다.

검은 독수리와 같은 정찰 비행 전함 수천 척이 성화성 바깥 성벽 곳곳에서 같은 작업을 벌여 곧 성화성 전체가 통신 불능 상태에 빠졌다.

그 와중에 적지 않은 검은 독수리가 붉은 광선에 격추되어 지상으로 추락했지만 신화교 연합 세력은 전혀 아까워하지 않았다.

검은 독수리들이 물러간 후에는 본격적인 침공이 이루어졌다.

가장 먼저 다양한 형태와 크기를 지닌 비행 전함 수만 척이 성화성 동쪽 하늘을 새까맣게 메우며 등장했는데 바로 신화교 수사들을 태운 비행 전함 대부대였다.

신화교 비행 전함들도 구화교처럼 서로 합체해 동쪽 하늘 상공에 거대한 공중 요새 수십 개를 건설했다.

마치 섬 수십 개가 구름바다 위에 떠 있는 듯한 모습이었다.

한데 그것이 끝이 아니었다.

마지막에 등장한 금색 비행 전함 1천 척이 합체해 만들어진 초대형 공중 요새는 다른 공중 요새를 꼬마로 만들어 버렸다.

공중 요새를 구성하는 비행 전함 1천 척이 전부 금색이었기에 초대형 공중 요새도 당연히 금색을 띠어 마치 공중에 또 다른 태양이 떠 있는 듯한 강렬한 인상을 주었다.

잠시 후, 이번에는 성화성 북쪽 하늘에 잎과 가지가 무성하게 달린 초대형 보라색 나무 한 그루가 나타났다.

한데 조금만 자세히 살펴봐도 보라색 나무의 가지에 달린 이파리가 진짜 이파리가 아님을 금방 알 수 있었다.

그건 바로 이파리를 닮은 작은 전함이었다.

보라색 나무에 달린 이파리의 개수가 엄청나다는 점을 생각하면 작은 전함의 수 역시 엄청나단 뜻이 되었다.

한데 나무는 그 한 그루가 끝이 아니었다.

이번에는 노란색, 파란색, 붉은색 나무가 연달아 나타나 보라색 나무와 합류했다.

그리고 그 세 나무 역시 보라색 나무처럼 이파리가 아니라, 작은 전함을 가지에 매달고 있었다.

마지막으로 앞서 등장한 네 나무보다 세 배 정도 큰 규모의 초대형 금색 나무가 나타났다.

당연히 나무의 크기가 커진 만큼, 금색 나무에 달린 전함도 크기가 같이 늘어나 최소 중형 전함 이상은 되어 보였다.

그리고 금색 나무 중앙, 즉 나뭇가지가 가장 무성한 곳에는 금색 나무를 축소한 것처럼 생긴 초대형 비행 전함 한 척이 마치 선박의 항해를 도와주는 등대처럼 우뚝 솟아 있었다.

보라색, 노란색, 파란색, 붉은색 나무는 맨 마지막에 등장한 금색 나무 주위를 호위하듯 에워싸며 단단한 방어 진형을 구축했다.

네 나무 사이에 우뚝 솟은 금색 나무는 마치 졸병을 거느린 장군처럼 기세가 위풍당당하였다.

북쪽 성벽을 지키던 구화교 수사들이 그 모습을 보고 탄성과 신음을 같이 토했다.

"북신교가 자랑하는 오령수대진(五靈樹大陣)이군."

그날 침공의 마지막을 장식한 것은 남쪽 성벽에 나타난 대형 영수 군단이었다.

코끼리와 날개 달린 비마(飛馬)를 반쯤 섞어 놓은 것처럼 생긴 영수는 크기가 수백 장에 달할 정도로 거대했는데 그런 영수가 수를 세기 힘들 정도로 많아 구화교 측을 주눅 들게 하였다.

그리고 모든 영수의 머리와 등 위에는 수를 세는 게 아예 불가능할 정도로 많은 수사가 개미 떼처럼 들러붙어 있었다.

그러나 남쪽 성벽을 지키는 구화교 수사들을 진짜 놀라게 한 것은 가장 나중에 등장한 초대형 영수였다.

초대형 영수는 앞서 본 영수보다 훨씬 커서 거의 1천 장에 달했으며 날개도 다른 영수들처럼 두 개가 아니라, 네 개였다.

초대형 영수가 발산하는 기세가 워낙 엄청나 주위에 있던 다른 영수들이 겁을 먹은 모습으로 앞다투어 길을 열어 주었다.

대형 영수 대군이 나타나면서 성화성은 동쪽, 북쪽, 남쪽

세 군데가 신화교 연합 세력에 의해 완벽히 포위되기에 이르렀다.

그러나 신화교 연합 세력은 당장 공성에 나서지는 않았다.

구름 한 점 없는 밤하늘에 별이 촘촘히 박히기 시작할 무렵, 신화교 공중 요새 중에서 가장 큰 금색 공중 요새에서 금룡 한 마리가 하늘을 뚫고 승천할 것처럼 용트림하며 치솟았다.

그리고 이에 화답하듯 금색 나무에 정박해 있던 초대형 전함에서 검은 사자 한 마리가 금룡이 올라간 방향으로 솟구쳤다.

마지막으로 날개가 네 개 달린 초대형 영수의 머리 부분에서 고목처럼 마른 사내 하나가 가부좌한 자세 그대로 날아올라 금룡, 검은 사자의 뒤를 쫓았다.

곧 성화성이 내려다보이는 까마득한 고공에서 금룡, 검은 사자, 마른 사내 세 명이 만나 회합을 열었다.

금룡의 정체는 천조성에서 양빙란을 죽이고 소언을 납치한 소천리였다.

또, 검은 사자의 정체는 키가 3장에 달하는 근육질의 거인으로 가슴에 금색 나무가 새겨진 갑옷을 입었는데 사자의 갈기처럼 검은 머리카락과 수염이 얼굴을 제외한 머리 전체를 뒤덮고 있었다.

그러나 그들 셋 중에서 외모가 가장 독특한 자는 고목처럼 마른 사내였다.

사내는 키도 작고 피부색이 어두운 전형적인 유마교 수사였는데 두 팔만은 기이할 정도로 길어 바닥에 질질 끌릴 정도였다.

소천리가 먼저 검은 사자 같은 사내에게 예를 표했다.

"본 교주의 요청에 응해 주셔서 감사하오, 도등 수사(挑燈修士)."

도등(挑燈)이라 불린 사내는 팔짱을 끼며 퉁명스럽게 대답했다.

"고마워할 필요 없소. 본좌도 소 수사(素修士)에게 물어볼 게 있어 겸사겸사 온 거니까."

소천리는 바로 고개를 돌려 고목처럼 마른 사내와 인사를 나눴다.

"와 주셔서 감사하오, 아징 수사(牙徵修士)."

아징은 긴 팔로 자신의 민머리를 긁적거리며 해맑게 웃었다.

"이번 전쟁의 주장(主將)이 부르는데 당연히 와야지요."

잠시 후, 소천리는 도등, 아징 두 수사에게 작전을 설명했다.

"구화교 놈들은 소교주에게 신점을 보게 하여 이번 재난에서 빠져나갈 궁리를 하고 있을 게 분명하오. 그러나 신점이 용하다곤 해도 약점이 전혀 없는 건 아니오. 바로 준비하는 데 시간이 오래 걸린단 약점이지. 즉, 우린 구화교 놈들이 준비를 마치기 전에 전력을 다해 성화성을 떨어트려야 하오."

도등이 고개를 갸웃거리며 물었다.

"소교주 문제는 그쪽에서 처리하기로 한 줄 알았는데 아니었소?"

소천리가 쓴웃음을 지으며 대답했다.

"미안하오. 일이 중간에 예상치 못한 방향으로 틀어지는 바람에 소교주를 놓쳤소."

"쯧쯧, 일 처리가 그렇게 허술해서야 어찌 믿고 이번 전쟁의 주장을 맡긴단 말이오……."

도등이 소언을 잡는 데 실패한 일을 꼬투리 삼아 뭐라 한마디 하려 할 때, 아징이 갑자기 눈을 반짝이며 끼어들었다.

"한데 성화교의 신점이 소문대로 정말 그리 용하오?"

"지금까지 미래를 잘못 예지한 신점은 한 번도 없었소. 물론, 신점을 잘못 해석해서 사달이 난 경우는 몇 번 있었지만."

아징은 도등의 노려보는 눈길을 무시한 채 다시 물었다.

"이번 일이 끝나면 그 소교주란 아이는 어떻게 하기로 하였소?"

소천리가 미간을 찌푸렸다.

"그게 무슨 말이오?"

아징이 이를 드러내며 씩 웃었다.

"이번에 본교 교주님께서 새 시첩을 하나 더 들이시기로 했는데 그 소교주란 아이가 딱 적당한 것 같아서 하는 말이오. 그러지 말고 그 소교주란 아이를 우리에게 넘기시오. 그럼 우리가 받기로 한 구화교 재산에서 1할을 포기하겠……."

그때, 이번에는 도등이 아징의 말을 끊고 끼어들었다.

"그 소교주란 아이를 내어 주면 우리 북신교는 2할을 포기하겠소."

소천리는 잠시 생각해 본 후에 대답했다.

"유마교와 북신교 중에서 안쪽 성벽을 가장 먼저 돌파한 쪽에 소교주를 내주겠소. 그러나 한 가지 조건이 있소."

아징과 도등이 동시에 물었다.

"그게 뭐요?"

소천리가 두 수사를 번갈아 보며 대답했다.

"소교주가 딸을 낳기 전에는 어느 쪽에도 보내 줄 수 없단 조건이오. 우리도 신점을 볼 수 있는 소교주를 그냥 내줄 순 없는 일 아니겠소?"

도등이 의미심장한 눈빛으로 물었다.

"설마 소 수사도 소교주를 눈독 들였던 거요?"

소천리가 표정을 굳히며 대답했다.

"그건 도등 수사가 간섭할 일이 아닌 듯하오. 그저 본 교주가 한 제안을 따를 건지, 말 건지만 말씀해 주시오."

도등과 아징은 잠시 생각해 보고 나서 고개를 끄덕였다.

"우리 북신교는 제안을 받아들겠소."

"유마교도 마찬가지요."

"좋소. 소교주의 처우는 그렇게 정하도록 합시다."

소천리는 담담한 표정을 유지했지만, 속으로는 쾌재를 불렀다.

'흥, 멍청한 작자들 같으니라고! 신점을 다시 보려면 성화동에 있는 성화를 30년 동안 흡수해야 하는데 소교주의 몸뚱어리를 가지고 있다 한들 그게 대체 무슨 소용이 있겠느냐?'

그때, 도등이 불쑥 물었다.

"한데 정말 성화성 서쪽은 이대로 비워 놔도 되는 거요?"

소천리는 별문제 아니라는 듯 가볍게 대답했다.

"우리가 성화성 동쪽, 북쪽, 남쪽을 포위한 것은 공격의 편의를 위해서지, 성화성을 포위하기 위해서가 아니오."

아징이 알겠다는 듯 고개를 끄덕였다.

"구화교가 도망치지 않을 거란 얘기군."

"바로 그렇소. 성화성이 성화성이라 불리는 이유는 그 안에 진짜 성화가 있기 때문이오. 전멸을 택하면 택했지, 구화교가 성화를 두고 내빼는 일은 절대 없을 것이오."

도등이 또 물었다.

"성화교 교주는 어찌할 거요? 그녀는 당신의 친모 아니오?"

소천리는 비장한 표정으로 대꾸했다.

"신화교의 교리에 따라 성화교에 교주는 한 명만 존재할 수 있소."

아징이 소천리를 칭찬했다.

"친모까지 베겠다는 것은 훌륭한 각오가 아닐 수 없소."

세 수사는 내일 공격 시점과 방법을 상의하고 나서 돌아갔다.

한편, 미부인을 따라 성화전 지하 깊숙한 곳으로 내려간 유건은 눈앞에 펼쳐진 광경을 보면서 믿을 수 없단 표정을 지었다.

성화궁에 비견될 만한 지하 공간에 크기가 300장이 넘는 거대한 괴생명체가 웅크리고 앉아 있었다.

그것도 한, 두 마리가 아니라, 무려 100마리였다.

그러나 그가 놀란 것은 괴생명체의 크기도, 숫자도 아니었다.

그가 놀란 것은 괴생명체의 형태였다.

전체적인 형태는 분홍색 용을 닮아 있었다.

그러나 자하제룡검의 금룡처럼 완벽한 용의 모습은 아니었다.

머리는 뱀을 닮았고 꼬리엔 물고기 지느러미 같은 날개가 달려 있었다.

그는 고개를 내려 자하제룡검의 반응을 살폈다.

예상대로 자하제룡검은 전에 없이 강한 반응을 보였다.

자하제룡검의 반응까지 살펴본 그는 괴생명체의 정체를 확신했다.

괴생명체는 바로 백락장에서 죽었다고 알려진 쇄갑족이었다.

5장. 성화교의 기선술

5장. 성화교의 기선술

흠칫한 유건은 재빨리 뇌력으로 쇄갑족을 조사했다.

다행히 괴생명체는 걱정과 달리 껍데기만 쇄갑족일 뿐이었다.

내부는 기선술로 만든 복잡한 기계 부품으로 이루어져 있었다.

즉, 쇄갑족이라기보단 쇄갑족의 형태로 만든 기선에 가까웠다.

그의 행동을 유심히 지켜보던 미부인이 흥미롭단 표정으로 물었다.

"넌 전에 이런 걸 본 적이 있는 모양이구나?"

그는 태연한 얼굴로 대답했다.

"성화교가 성화전 지하에 이런 괴물을 100마리나 숨겨 두고 있단 사실을 안다면 다 후배와 같은 반응을 보이지 않을까요?"

"그건 그렇겠지."

미부인은 고개를 끄덕이면서도 여전히 의심을 거두지 않는 모습이었다.

그는 화제를 돌릴 목적으로 재빨리 물었다.

"후배가 어떻게 도와 드리면 되는 겁니까?"

"서두르지 마라. 시간은 아직 충분하다."

미부인은 그러면서 뱅어 같은 긴 손가락을 튕겨 지하 공간에 불을 밝혔다.

곧 천장과 사면 벽에 설치한 오행석 전구 수만 개가 쏟아낸 빛이 수십 리에 달하는 거대한 지하 공간을 대낮처럼 밝혀 주었다.

"본녀를 따라오너라!"

지시를 내린 미부인은 대답을 기다리지도 않고 먼저 지하 공간 중앙으로 날아갔다.

그는 미부인을 쫓아가면서 지하 공간을 위에서 내려다보았다.

인제 보니 지하 공간은 공간 자체가 일종의 거대한 진법이었다.

한데 성화교의 진법은 다른 지역의 진법과 차이점이 많았다.

다른 지역의 진법은 선문과 선, 도형, 그림 등으로 밑바탕을 만들고 나서 그 위에 재료와 오행석을 추가해 완성하는 경우가 대부분이었다.

한데 성화교의 진법은 그보다는 훨씬 체계적이었다.

마치 전자 회로를 보는 것처럼 구획이 딱딱 나뉘어 있었다.

또, 각 구획끼리는 수십만 개에 달하는 굵은 전선으로 이어져 있었고 진법에 들어가는 수천 종류의 재료들 역시 정확한 규격대로 가공되어 있어 원래 형태를 알아보기 어려웠다.

심지어 특정한 구획을 통째로 들어내는 일이 가능해 언제든 구획의 위치나, 배치를 바꿀 수 있도록 설계되어 있었다.

영목낭에 있던 자오진인이 참지 못하고 탄성을 터트렸다.

"성화교의 진법과 기선술이 대단하단 말은 들었지만, 이 정도일 줄은 몰랐습니다. 특히, 진법 쪽에 흥미로운 부분이 많군요."

그는 미부인의 뒤를 따라가며 뇌음으로 조용히 물었다.

"위력 쪽은 어떻소?"

"이렇게 봐서는 정확히 알기 어렵습니다. 다만, 이 진법의 장단점이 무엇인진 알 것 같군요."

"장점은 무엇이오?"

"이런 진법은 실패할 일이 드뭅니다. 밑바탕, 재료 등을 전부 규격화한 덕분에 진법 도해대로만 설치하면 실패할 가능성이 거의 없습니다. 그리고 마찬가지로 구획이 나뉘어 있어 수리나, 교체도 훨씬 빠르게 수행할 수 있을 것입니다."

"그럼 단점은 무엇이오?"

"우선, 들인 비용에 비해 진법의 위력이 떨어지는 편입니다. 저라면 이런 재료를 이용해 훨씬 강력한 위력을 내는 진법을 만들 수 있을 것입니다. 물론, 저 정도의 실력을 지닌 진법 수사들만 가능한 얘기이긴 합니다만. 그리고 두 번째 단점은 이런 체계적인 방식에서는 진법 수사가 자유로운 발상을 하기 힘들다는 점일 테지요. 마지막 단점은 두 번째 단점과 일맥상통하는 이야기이긴 한데 어쨌든 돌발 상황에 유연하게 대처하기가 힘들다는 겁니다."

"그럼 장점보다 단점이 더 큰 거요?"

"그보다는 각기 장단점이 있단 말이 맞겠지요. 성화교 진법이 지닌 장점은 배울 가치가 충분히 있습니다."

그사이, 그는 미부인을 따라 지하 공간 중앙에 있는 진법 진핵에 도착했다.

진법 진핵 위에는 쇄갑족을 닮은 투명한 유리 수조가 설치되어 있었다.

안에 물이 담겨 있다는 점을 제외하면 특별할 게 없는 수조였다.

미부인이 수조를 가리켰다.

"넌 이 자리에서 기다리다가 본녀가 신호를 보내면 즉시 정혈 한 모금을 수조에 뿌려라. 그럼 나머진 진법이 알아서 할 것이다."

"정말 그렇게만 하면 되는 겁니까?"

그는 물어보면서 진핵 주위를 재빨리 둘러보았다.

진핵 둘레에는 통나무 굵기의 분홍색 전선 100개가 꽂혀 있었다.

그리고 그 전선 100개는 진핵 사방에 배를 붙이고 엎드려 있는 쇄갑족 기선 100마리의 머리 부분과 각각 이어져 있었다.

이런 분야에 전혀 문외한인 수사가 보더라도 그의 정혈이 진법에서 어떤 역할을 하는지 알 수 있는 간단한 구조였다.

'내가 정혈을 수조 안에 뿌리면 물과 섞인 정혈이 전선을 타고 쇄갑족 기선 100마리의 머리 안으로 들어가는 모양이군.'

그렇게만 하면 된다는 듯 고개를 끄덕인 미부인이 물었다.

"궁금한 사항이 있느냐?"

그는 미부인 쪽으로 돌아서며 되물었다.

"선배님을 어떻게 불러 드리면 좋겠습니까?"

미부인은 그림처럼 곱게 뻗은 아미를 살짝 찌푸렸다.

"본녀의 이름은 왜 궁금한 거지?"

"앞으로 선배님의 도움을 받아야 할 일이 많을 듯한데 선배님의 함자도 모르면서 부탁을 드릴 순 없는 일 아니겠습니까?"

미부인은 어이가 없단 표정이었다.

"교주님의 말씀처럼 당돌하기 이를 데 없는 녀석이로군.

본교에서는 장선 수사들조차 본녀를 어려워하는데 넌 본녀가 대하기 편한가 보구나."

"싫으시다면 계속 선배님으로 부르겠습니다."

미부인은 피식 웃었다.

"본녀의 이름이 본교의 대단한 비밀도 아니니 알고 싶다면 말해 주마. 본녀는 자훤(紫暄)이다. 본교의 진법 대장로를 맡고 있지."

그는 일부러 호들갑을 떨며 대답했다.

"아, 자훤 대장로(紫暄大長老)님이셨군요. 소언선자에게 대장로님의 함자를 몇 번 들은 적이 있습니다. 제가 진법과 기선술에 관심 있다고 하니까 소언선자가 대장로님의 함자를 언급한 적이 있었거든요."

자훤은 바로 호기심을 드러냈다.

"흠, 소교주가 본녀의 이름을 언급하면서 뭐라 했었는지도 기억하느냐?"

"거령대륙에서 진법과 기선술 쪽으로는 자훤 대장로님을 따라올 수사가 없다고 하더군요. 전 그때 기회가 되면 자훤 대장로님께 진법과 기선술을 배워 보고 싶단 생각을 했었습니다. 후배가 거령대륙을 찾은 이유는 당연히 소언선자에게 진 빚을 갚기 위해서지만 녹원대륙이나, 칠선해에서는 배우기 힘든 기선술을 배워 보고 싶다고 생각해서 이기도하니까요."

자훤은 입가에 엷은 미소를 지었다.

"네 녀석의 입에 발린 말이 듣기 싫진 않았다만 진법과 기선술 역시 본교의 비전에 속한다. 네가 본교의 교도로 정식 입교하지 않는 이상에는 배울 방법이 없단 뜻이지."

그는 혀를 차며 대답했다.

"그것참 아쉽게 되었습니다."

"넌 소교주와 친분이 있는 것 같은데 본교에 입문해 볼 생각을 하지 않은 것이냐?"

그는 고개를 저었다.

"전 낭선인 지금이 좋습니다."

"소교주가 실망하겠군."

"소언선자가 왜 실망합니까?"

"성화궁의 교도치고 소교주가 너에게 푹 빠져 있단 소문을 듣지 못한 자는 아마 없을 것이다. 소교주가 널 화정으로 점찍었단 소문까지 있을 정도지. 한데 인제 보니 소교주의 일방적인 짝사랑인 모양이구나. 소교주에게 마음이 있었다면 누가 옆에서 부추기지 않더라도 네가 먼저 본교에 입교하겠다고 나섰을 테니까."

그는 어깨를 으쓱거렸다.

"아시다시피 소언선자는 제 생명의 은인입니다. 만약, 소언선자가 제 목숨을 구해 준 일을 내세워 성화교에 입교하길 요구한다면 전 그렇게 할 용의가 있습니다. 그러나 제가 아는 소언선자라면 그런 식으로 입교를 강요하려 들지 않을 겁니다."

자훤은 코웃음을 쳤다.

"흥, 잘 빠져나가는군. 어쨌든 지금부터 넌 이 진핵 위에서 대기하다가 본녀가 신호를 보내면 정혈을 수조에 뿌려라. 그러면 앞서 말한 대로 나머진 진법이 알아서 할 것이다."

"그 정도쯤은 문제없습니다. 단, 한 가지 조건이 있습니다."

자훤은 고운 아미를 다시 한 번 찌푸렸다.

"조건 걸길 잠 좋아하는 아이로구나."

그는 능청스럽게 대꾸했다.

"그게 후배가 지금까지 죽지 않고 살아남을 수 있었던 비결이니까요. 그렇지 않았으면 후배는 이미 이 세상 사람이……."

자훤이 더는 듣기 싫다는 듯 그의 말을 자르며 물었다.

"뭐냐? 그 조건이란 게?"

"이곳에 설치된 진법과 사용된 기선술이 성화교의 비전이라 외인인 후배가 배울 수 없단 점은 잘 알겠습니다. 한데 후배가 자력으로 진법과 기선술을 배우는 것도 안 되는 겁니까?"

자훤은 어이없단 듯이 물었다.

"지금 본녀에게 본교의 진법과 기선술을 훔쳐 배우는 것을 허락해 달라고 하는 것이냐?"

"몰래 훔쳐 배우는 것보다는 그편이 낫지 않겠습니까? 그리고 그럴 확률이 크다곤 생각하지 않습니다만 어쨌든 적이 이곳까지 쳐들어왔을 때, 후배가 이곳에 있는 기선과 진법에 대해 아무것도 모르고 있는 상태에서 당하는 것보단 그래도 어느 정도 아는 편이 훨씬 승산이 있지 않겠습니까?"

자훤은 곰곰이 생각해 본 후에 대답했다.

"네 말이 맞는 것 같구나. 단, 본녀도 조건이 있다."

"어떤 조건입니까?"

"네가 소교주에게 건 동고 금제를 확실히 풀어 준다는 조건이다."

"대장로님께서는 소언선자를 많이 아끼시나 보군요."

"교도가 소교주를 아끼지 않으면 누가 아낀단 말이냐?"

"후배가 멍청한 질문을 드렸군요. 걱정하지 마십시오. 성화전에서 약조한 대로 제가 안전한 장소에 도착하면 소언선자에게 건 동고 금제를 바로 풀어 줄 것입니다."

말없이 고개를 끄덕인 자훤은 광장 입구에 있는 통제 진법으로 돌아갔다.

지하 광장에는 두 가지 진법이 있었는데 하나는 그가 맡은 중앙 진법이었고 다른 하나는 그 중앙 진법을 통제하는 통제 진법이었다.

중앙 진법 진핵에 좌정한 그는 자오진인에게 뇌음을 보냈다.

"성화교의 진법 요체를 알아내는 데 얼마나 걸리겠소?"

"연구해 봐야 알겠지만 사, 나흘은 필요할 것입니다."

"알겠소. 자오영감은 성화교의 진법 요체를 알아내는 데 전력을 기울이시오. 난 그동안 성화교 기선술의 요체를 알아내겠소."

대답한 그는 눈을 감은 상태에서 뇌력을 퍼트려 쇄갑족 기선을 연구했다.

자오진인도 자휜에게 들키지 않는 선에서 진법의 진핵 쪽으로 뇌력을 퍼트려 성화교 진법의 요체를 연구하기 시작했다.

그러나 그는 쇄갑족 기선 연구를 시작하기 무섭게 바로 벽에 부딪혔다.

그가 옹 노인에게 배운 기선술은 그야말로 기초 중의 기초였다.

그러나 성화교가 쇄갑족 기선을 만들 때 사용한 기선술은 삼월천에서도 가장 수준이 높은 기선술이어서 이해 자체가 불가능했다.

이건 막 기어가기 시작한 아기에게 뛰어 보라고 하는 것과 같았다.

그는 결국, 편법을 쓰기로 하였다.

그가 지닌 엄청난 기억력을 활용해 쇄갑족 기선의 해부도를 전부 외워 버리기로 작정한 것이다.

일단, 전부 외워 두고 나서 이해는 나중에 하겠다는 말이었다.

한데 문제가 또 있었다.

쇄갑족 수사의 크기는 머리부터 꼬리 끝까지 거의 300장에 달했다.

당연히 그 안에 들어 있는 부품의 수가 세기 힘들 정도로 많아 완벽히 외우는 것조차 쉬운 일이 아니었다.

'첫술에 배부를 순 없는 법이지. 일단, 해 보는 데까진 해 보자.'

그렇게 한나절이 지났을 때였다.

성화전 지하 깊숙한 곳에 숨겨져 있는 지하 광장에서도 감지할 수 있을 정도의 엄청난 진동이 성화성 전체를 강타했다.

흠칫한 그는 재빨리 통제 진법에 있는 자훤을 확인했다.

통제 진법 위에 가부좌한 자훤은 진동을 느끼기 무섭게 품에서 수정 구슬을 꺼내 천장으로 던졌다.

수정 구슬은 곧 영사기처럼 외부 광경을 천장에 비췄는데 화면이 여러 개여서 전체적인 상황을 한눈에 살필 수 있었다.

방금 감지한 진동은 성화성 북쪽 바깥 성벽이 무너져 내리면서 생긴 충격의 여파였다.

무너진 성벽 주위에선 지금도 치열한 전투가 벌어지고 있었는데 북신교 오령수대진을 구성하는 초대형 나무 다섯 그루 중에 보라색, 붉은색, 노란색 초대형 나무가 전방에 나와 배를 닮은 검은색 비행 전함을 끊임없이 내보내는 중이었다.

자훤은 그 모습을 보자마자 미간을 찌푸렸다.

"북신교가 모골 전함(毛骨戰艦)까지 동원할 줄은 몰랐군."

모골 전함은 무시무시한 이름대로 죽은 자의 뼈를 이어 붙여 갑판을 만들었고 돛도 망자의 머리카락을 엮어 만들었다.

그러나 그만큼 제작하기 어려워 특별한 일이 아니면 좀처럼 동원하는 법이 없었다.

한데 북신교가 그런 모골 전함까지 대거 동원했단 말은 그들이 이번 전쟁에 진심이란 뜻이었다.

성화교를 수호할 책임이 있는 자훤으로서는 당연히 미간에 주름이 더 생길 수밖에 없는 상황이었다.

그때, 무너진 성벽 위에 열을 맞춰 늘어선 모골 전함 수만 척이 짙은 귀기를 머금은 검은 광선을 일제히 발사했다.

마치 검은 바늘 수만 개가 허공에 점을 찍으며 날아가는 듯한 모습이었다.

이에 구화교 측에서도 미리 만들어 둔 공중 요새 30개를 동원해 무너진 성벽 방어에 나섰는데 그들은 전함을 분리하지 않고 공중 요새인 상태에서 바로 빛 속성 기운이 실린 흰 광선을 발사했다.

흰 광선은 바늘보다는 창 쪽에 가까워 두 광선이 공중에서 충돌하는 순간, 검은 바늘은 수수깡처럼 힘없이 꺾여 나갔다.

그러나 반대로 숫자는 검은 바늘 쪽이 훨씬 우세했기 때문에 구화교 공중 요새 곳곳에 구멍이 뚫리며 검은 연기가 치솟았다.

구화교 공중 요새에는 강력한 방어 진법이 설치되어 있었지만, 모골 전함이 발사한 검은 바늘 수천 개에 속절없이 뚫려 나갔다.

검은 바늘에 실린 귀기가 그만큼 지독하단 증거였다.

구화교 측에 그나마 다행인 점을 꼽으라면 그들이 발사한 흰 창도 모골 전함을 뚫고 들어가 큰 손해를 입히고 있단 것이었다.

모골 전함도 당연히 자체 방어 진법을 갖추고 있었지만 흰 창에 실린 빛 속성 기운에 녹아내려 제 위력을 내지 못했다.

잠시 후, 이번에는 양쪽에서 수사를 대거 내보내 상대편 전함을 공격했다.

북신교 수사들은 머리가 세 개 달린 까마귀 비행 영수에 올라 적진으로 쇄도했다.

반대로 구화교 수사들은 흰 독수리를 닮은 비행 기선을 타고 허공을 갈랐다.

전투는 시간이 갈수록 더 격렬해져 갔다.

북신교 수사들은 구화교의 공중 요새를 집요하게 파고들었고 구화교 수사들은 북신교의 모골 전함이 만든 방어진을 뚫고 들어가 초대형 나무를 직접 공격했다.

물론, 전장 중간에서 수사끼리 만나 싸우는 경우도 적지 않았는데 그들은 대부분 장선 급의 강자였다.

이런 기회가 흔치 않았기에 그는 성화교 기선술을 연구하는 틈틈이, 구화교와 북신교 장선 수사의 대결을 지켜보았다.

북신교 장선 수사들은 특이한 공법을 사용해 상대를 공격했다.

그들은 먼저 4, 50장 크기의 대형 소환수(召喚獸)를 불러냈는데 주로 곰, 사자, 호랑이, 표범, 독수리와 같은 맹수 종류의 소환수가 많았다.

유건은 장충사 지하에서 보았던 광경이 떠올라 고개를 끄덕였다.

'그때도 노기라는 북신교 장선 수사가 50장 크기의 불곰을 소환해 차둔이라는 유마교 수사를 위협한 적이 있었지. 아마 북신교 수사들은 저처럼 소환수를 불러내는 공법을 주로 익히는 모양이군.'

북신교 장선 수사들은 불러낸 소환수로 구화교 장선 수사들을 무섭게 몰아붙였다.

소환수는 몸집이 크고 가죽이 두꺼운 데다, 다양한 재주까지 부릴 줄 알아 구화교 장선들도 전력을 다해 상대해야만 했다.

반대로 구화교 장선들은 진법이 새겨진 화려한 갑옷을 걸친 상태에서 칼, 검, 창, 활은 물론이거니와 총, 대포처럼 녹원대륙에선 좀처럼 보기 힘든 무기를 이용해 적을 상대했다.

그는 좀 더 자세히 살펴본 후에야 구화교 장선 수사들의 갑옷과 무기가 전부 기선술로 만든 법보라는 사실을 알 수 있었다.

구화교와 북신교 장선 수사들의 대결은 녹원대륙이나, 칠선해에서 보았던 장선 수사들의 대결과는 차이점이 커 배울 점이 많았다.

그러나 어느 지역 장선 수사가 더 강한지는 판단하기 어려웠다.

둘 다 장단점이 뚜렷하기 때문이었다.

시간이 흐르면서 양측 장선 수사의 피해가 급격히 늘어났다.

워낙 규모가 큰 종문끼리의 대결이어서 그런지 장선 수사가 죽어 나가는 속도가 다른 전쟁의 오선이 죽어 나가는 속도와 비슷할 정도였다.

그때, 전장에 또 한 번 큰 변화의 바람이 불어왔다.

구화교 장선 수사들의 맹렬한 저항 탓에 수세에 몰린 북신교 장선 수사들이 소환수 속으로 들어가 합체하기 시작한 것이다.

북신교 장선 수사와 합체한 소환수는 크기가 더 커지고 형태도 달려져 이게 곰인지, 괴물인지 알아보기 힘들 지경이었다.

곰의 머리 옆에 사람의 머리가 튀어나오고 두 개이던 팔이 여섯 개로 늘어났으며 겨드랑이에는 날개가 돋고 빈손이던 두 팔에는 보물로 보이는 다양한 법보가 들려 있었다.

'귀선이 영귀합체술을 펼쳤을 때의 모습과 비슷하군.'

그때, 자훤이 탄식하는 소리가 들려왔다.

"기령합체술(器靈合體術)이로군."

그는 자훤이 그와 대화하고 싶어 한단 느낌을 받았다.

자훤이 그저 탄식만 할 거였다면 그가 듣지 못하게 속으로 했을 것이다.

한데 자훤은 육성으로 탄식하여 그가 들을 수 있게 하였다.

그는 기회를 흘려보내지 않고 바로 자훤에게 물었다.

"제 눈에는 북신교 수사들의 공법이 귀선의 영귀합체술과 비슷해 보이는데 거령대륙에선 저런 공법을 기령합체술이라 부르나 보군요?"

자훤은 수정 구슬이 만든 화면에서 시선을 떼지 않으며 대답했다.

"기술(器術)이란 말을 들어 본 적이 있느냐?"

"후배가 견문이 얕아 들어 보지 못했습니다."

"녹원대륙에선 잘 쓰지 않는 말일 테니 모르는 게 당연하다. 녹원대륙 수사들이 법술과 비술로 심신의 능력을 끌어올리는 데 중점을 두었다면, 우리 거령대륙 수사들은 반대로 외부 사물을 이용해 수사의 능력을 끌어올리는 데 집중했다. 그게 바로 기술이다. 그러나 아주 먼 옛날에 기술은 다시 두 갈래로 나뉘어 북신교는 그중 기령술(器靈術)을, 우리 성화교는 기선술을 계승했지."

그는 눈을 번쩍 뜨며 물었다.

"그럼 저 소환수처럼 보이는 게 실제로는 소환수가 아니란 말씀입니까?"

"삼월천에선 혈빙라와 황조대륙 수사들이 소환수를 즐겨 쓰는 것으로 안다. 그러나 네가 기령(器靈)을 소환수로 착각한 게 그리 이상한 일은 아닐 것이다. 북신교와 혈빙라의 위치가 가까운 탓에 알게 모르게 서로 영향을 받았을 테니까."

"대장로님 덕분에 견문을 크게 넓히는군요."

자훤의 이어진 설명에 따르면 기령술은 간단히 말해 법보에 생명체의 혼백, 또는 원신을 집어넣는 법술이었다.

그는 자훤의 설명을 듣기 무섭게 바로 사신기가 머릿속에 떠올랐다.

'혹시 자하제룡검과 도천현무패도 기령술로 연성한 법보가 아니었을까?'

반대로 기선술 쪽을 계승한 성화교는 기술 그 자체를 발전시키는 데 중점을 두었다.

그는 급히 물었다.

"그럼 기선술 쪽에도 기령합체술과 같은 법술이 있습니까?"

자훤은 고개를 끄덕이며 화면을 가리켰다.

"마침 시작하려는 모양이구나."

처음엔 기령합체술을 쓴 북신교 장선 수사들이 상대를 압도했다.

그러나 구화교 장선 수사들도 계속 당하고 있지만은 않았다.

그들은 법술로 진법이 그려진 화려한 갑옷을 수십 배 키워 기령합체술을 쓴 북신교 수사들과 비슷한 체격으로 변했다.

물론, 그들이 지닌 법보도 그만큼 커져 북신교 수사들을 상대하는 데 어려움이 전혀 없었다.

자훤이 안도하며 말했다.

"저것이 바로 본교의 비술인 기선합체술(器仙合體術)이다."

구화교 장선 수사들이 기선합체술을 쓰면서 전장은 거대한 병기와 괴물이 대결하는 듯한 양상으로 변했다.

처음에는 북신교 장선 수사들이 우세했지만, 구화교 장선 수사들이 기선합체술로 대항하면서 다시 우위를 가져오는 데 성공했다.

결국, 구화교 측은 그들이 가져온 우위를 잘 살려 북신교의 장선 수사 수십 명을 죽이는 괄목할 만한 성과를 거두었다.

이에 불리함을 느낀 북신교 장선 수사들이 먼저 달아나면서 피 튀기는 추격전이 벌어졌다.

기세가 오른 구화교 장선 수사들은 먼저 눈엣가시 같은 모골 전함부터 닥치는 대로 박살 냈다.

모골 전함은 북신교가 자랑하는 공격 비행 전함이지만, 기선합체술을 쓴 구화교 장선 수사들의 상대가 되지 못했다.

부서진 모골 전함이 폭발할 때마다 공중에 검은 폭죽을 터트린 것처럼 파편이 사방으로 날아갔다.

모골 전함이 만든 방어진을 순식간에 돌파한 구화교 장선 수사들은 마침내 초대형 나무를 직접 공격하기에 이르렀다.

자훤의 설명에 따르면 북신교가 동원한 초대형 나무 다섯 그루는 거령수함(巨靈樹艦)이라 불리는 영목 법보로 모골 전함과 같은 비행 전함의 모함 임무를 수행했다.

자훤이 거령수함에 대해 좀 더 자세히 설명했다.

"거령수함은 북신교가 거령수라 부르는 신목(神木)의 뿌리를 잘라다가 만들기 때문에 평범한 방법으로는 부술 수 없다."

거령수함은 비행 전함의 모함이지만 그 자체도 하나의 병기나 다름없어 대포처럼 보랏빛, 붉은빛, 노란빛 광선 수만 개를 일시에 발사해 물샐틈없는 완벽한 방어막을 구축했다.

뒤이어 세 거령수함은 숫자를 보충한 장선 수사들을 다시 내보내 구화교 장선 수사들을 압도했다.

결국, 장선 수사 숫자에서 현격히 밀린 구화교 측은 바깥 성벽을 포기하고 중간 성벽으로 달아날 수밖에 없었다.

그나마 급히 지원에 나선 구화교 측 장선 후기 최고봉 수사 몇이 적의 추격을 대부분 따돌렸기에 망정이지 그러지 않았으면 소중한 전력을 전부 잃을 뻔했다.

자훤은 구화교가 형편없이 패퇴하는 모습을 씁쓸한 눈빛으로 지켜보면서 깊은 탄식을 토했지만, 중요한 진법의 운용을 맡은 그녀는 이곳을 떠날 수 없었다.

자훤은 수정 구슬에 법결을 날려 화면을 바꾸었다.

화면에 곧 성화성 남쪽에 있는 바깥 성벽 모습이 나타났다.

남쪽 성벽에서는 구화교 측과 유마교 측이 혈전을 벌이고 있었다.

유마교는 거령대륙 세 종파 중에서 유일하게 녹원대륙, 칠선해와 비슷한 공법과 법보로 성화성 성벽에 맹공을 퍼부었다.

화면을 유심히 지켜보던 그가 자훤에게 물었다.

"유마교의 공법이 녹원대륙과 비슷한데 이유가 있습니까?"

"유마교는 원래 녹원대륙에서 건너온 수사들이 세운 종파다. 정확히 말하면 녹원대륙에서 건너온 수사들이 세운 종파 중 하나였지. 그리고 그중에서 유마교만 살아남아 지금의 유마교가 된 것이다. 당연히 녹원대륙의 공법과 비슷할 수밖에."

"원래 그렇게 된 것이었군요."

그때, 유마교의 인해 전술에 밀린 구화교가 바깥 성벽을 내주고 중간 성벽으로 달아났다.

유마교가 보유한 수사의 숫자가 세 종파 중에서 가장 많다는 자오진인의 말처럼 그들이 동원한 수사는 구화교의 몇 배에 달했다.

무엇보다 유마교 수사들이 타고 다니는 비행 영수가 만만치 않았다.

코끼리와 비마를 반쯤 섞어 놓은 듯한 외형의 비행 영수가 긴 코로 성벽을 내려찍으면 아무리 단단한 방어 진법도 오래 버티질 못했다.

자훤이 한숨을 내쉬었다.

"저 비행 영수들은 주상비마(朱象飛馬)라 하는데 영수를 교배하는 데 일가견이 있는 유마교 영수 수사들이 만들어 낸 공성 영수다."

주상비마를 앞세운 유마교는 중간 성벽을 지키는 구화교 수사들을 압도해 금세 승기를 잡았다.

그는 시선을 돌려 신화교 측이 공성 중인 동쪽 성벽 쪽의 전황을 확인했다.

세 전장 중에서 동쪽 성벽의 전황이 가장 치열해 사상자도 가장 많이 나왔다.

다른 종파에는 성벽을 내주더라도 신화교 쪽에는 절대 내줄 수 없다는 듯 성벽을 지키는 구화교 수사들의 각오가 대단했다.

그러나 남쪽과 북쪽 성벽이 거의 동시에 무너지는 바람에 협공당할 처지에 놓인 성화교 수사들은 피눈물을 뿌리며 동쪽 바깥 성벽을 신화교 측에 내주어야 했다.

다른 성벽이 무너질 때는 탄식하는 정도에서 그치던 자휜도 이때만은 분노를 참지 못하고 그도 느낄 정도의 강한 살기를 분출했다.

전투는 밤낮을 가리지 않고 이어져 이틀이 더 지났을 땐 마침내 중간 성벽도 무너져 마침내 안쪽 성벽 하나만 남았다.

안쪽 성벽마저 무너지면 적의 대군이 성화성 안으로 쏟아져 들어오는 것은 시간문제나 다름없었다.

상황이 다급해진 구화교 수뇌부는 결국, 최후의 방법을 동원하였다.

바로 아껴 두었던 장선 후기 최고봉 수사들을 동원하는 것이었다.

이에 신화교 연합 세력도 장선 후기 최고봉 수사를 내보내 바로 맞불을 놓았다.

곧 안쪽 성벽 고공에 양측의 장선 후기 최고봉 수사들이 모였다.

북신교와 유마교는 본교를 지키기 위해 장선 후기 최고봉 수사를 전부 동원하지 않았지만 어쨌든 거령대륙 최강자들이 전부 모인 셈이나 다름없었다.

성화교 교주 소월이 앞으로 나가 아들인 소천리를 냉랭히 꾸짖었다.

"본교의 숙적인 유마교와 북신교를 이번 전쟁에 끌어들일 정도로 교주 자리가 탐나더냐?"

소천리도 지지 않고 당당히 맞섰다.

"소자는 교주 자리가 탐이 나 맹우(盟友)들을 이끌고 성화성으로 쳐들어온 게 아닙니다. 강자존(强者尊)의 법칙이 존재하는 선도에서 구시대의 유물이나 다름없는 성화신녀 교칙을 고수하는 구화교의 행태에 신물이 난 나머지, 전부터 이에 불만을 품고 있던 뜻있는 동료들과 신화교를 세워 정정당당하게 도전장을 내민 것입니다. 아마 소자가 이번 전쟁에서 패하면 본교의 역사에 다시없을 악인으로 기록되겠지요. 하지만 소자는 그런 평판이 전혀 두렵지 않습니다. 성화신녀가 교주를 맡는단 지금의 교칙을 고수하는 한, 언젠가는 이런 일이 반드시 일어날 것이기 때문입니다. 차라리 그럴 바에는 소씨 가문의 장자인 소자가 앞장서서 피를 흘리고 욕을 먹는 쪽이 본교가 받는 타격이 덜하겠지요. 소자는 성화교 교도라면 혈통에 상관없이 누구나 교주 자리에 오를 수 있는 세상을 만들 수만 있으면 지금 이 자리에서 한 줌 먼지로 흩어지더라도 여한이 없습니다."

소월의 얼굴이 딱딱하게 굳었다.

"지금 본교에 쳐들어와 수많은 교도를 학살한 북신교와 유마교 놈들을 맹우라 칭한 것이냐? 네놈은 죽어서 선조들을 어떻게 뵈려고 이런 미친 짓을 저지른 것이냐? 지금 심정으론 네놈을 품고 있던 본 교주의 뱃속을 찢어 버리고 싶구나."

그때, 소천리 옆에 서 있던 아징이 히죽 웃었다.

"흐흐, 교주가 배를 갈라 자결하면 그보다 더 좋은 일은 없겠지요."

분노를 참지 못한 소월이 몸을 부들부들 떨며 소천리에게 물었다.

"네놈은 아가(牙家) 놈이 이 어미에게 하는 개소리를 듣고도 여전히 그를 맹우라 부를 것이냐?"

소천리는 담담한 표정으로 대꾸했다.

"저는 이제 교주님의 자식이 아니라, 신화교의 당당한 교주로 살 것입니다. 아징 수사에게 당한 모욕은 직접 갚으시지요."

소월의 얼굴이 터져 나갈 것처럼 시뻘겋게 달아올랐다.

"북신교와 유마교를 끌어들이면서 그들에게 대체 뭘 주겠다고 약조한 것이냐? 본교의 재산을 나눠 주겠다고 한 것이냐? 저 욕심 많은 승냥이 같은 놈들이 네가 주기로 한 전리품만 나눠 갖고 돌아갈 것 같으냐? 흥, 어림도 없는 일이지. 아마 네놈이 이번 전쟁에서 이긴다면 성화교는 거령대륙의 역사에서 사라지고 말 것이니라. 그리고 네놈은 성화교를 역사에서 지워 버린 놈이란 악명을 뒤집어쓰겠지."

소천리의 표정은 여전히 담담했다.

"그 일은 교주가 신경 쓸 필요 없소. 그땐 이미 교주가 이 세상 사람이 아닐 테니 말이오."

"네 이놈!"

고함을 지른 소월은 곧장 소천리 쪽으로 쇄도했다.

쇄도하는 소천리의 몸에는 어느샌가 성화가 그려진 백색 갑옷이 걸쳐져 있었고 양손에는 크기와 형태가 다른 검 두 자루가 들려 있었다.

실력 없이 혈통만으로 성화교 교주에 오른 게 아니라는 듯 소월이 공격에 나서기 무섭게 그 주변 100리 공기가 납처럼 무거워졌고 하늘에선 하얀 화염이 유성처럼 쏟아져 내렸다.

이미 마음의 준비를 끝낸 소천리도 바로 황금 갑옷을 불러내 걸치고 오른손에는 금황섬창을 들었다.

한데 그때, 소월이 갑자기 방향을 틀어 아징을 기습했다.

소월의 목표는 처음부터 소천리가 아닌, 아징이었던 것이다.

"아차!"

아징은 다급히 방어 법보 수십 개로 몸을 감싸면서 달아났다.

그러나 독이 오를 대로 오른 소월의 매서운 독수를 전부 피하진 못했다.

아징은 결국, 방어 법보 대부분을 잃고 오른팔도 잘려 나가는 수모를 겪었다.

근처에 있던 유마교 수사들의 도움으로 간신히 살아난 아징은 이를 바득바득 갈며 곧장 반격에 나섰다.

소월과 아징이 정면으로 충돌하는 모습을 본 양측 장선 후기 최고봉 수사들도 일제히 공격에 나서 성화성 상공 전역에 눈을 멀게 하는 광채와 귀청을 찢을 듯한 굉음이 폭풍처럼 몰아쳤다.

전투는 순식간에 격렬해져 양측 수사 대부분이 원신까지 동원해 상대의 숨통을 끊으려 들었다.

그러나 애초에 구화교 측의 장선 후기 최고봉 숫자가 훨씬 적었기에 전세는 결국, 신화교 연합 세력의 우위로 판가름 났다.

한데 신화교 연합 세력이 한창 신나게 구화교 측을 몰아붙이고 있을 때였다.

갑자기 사방에서 향기가 진동하는 거대한 꽃이 소리 소문 없이 피어올라 신화교 연합 세력 수사들을 기습했다.

화면을 유심히 지켜보던 그는 참지 못하고 벌떡 일어섰다.

그는 전에 저 거대한 꽃을 본 적이 있었다.

바로 도악산맥의 주인인 금화가 부리던 꽃이었다.

◆ ◈ ◆

자훤은 유건 쪽으로 고개를 돌리며 이상하다는 듯 물었다.

"네가 금화 수사(金花修士)를 어떻게 아느냐?"

머쓱한 얼굴로 다시 가부좌한 그는 한숨을 내쉬었다.

"저와 소언선자가 천조성에서 도망친 곳이 하필이면 도악산맥이었단 말을 교주님께 듣지 못하셨나 봅니다."

"교주님은 그곳이 도악산맥 근처였다고만 했지, 너와 소교주가 그곳에서 금화 수사를 만났다는 말은 하지 않았다."

"도악산맥에서 여러 가지 일이 있었지요. 그리고 그중 태반은 당연히 금화 선배님과 관련된 일이었고요."

자훤은 의미심장한 눈빛으로 그를 쳐다보며 물었다.

"금화 수사는 성격이 불같아 도악산맥에 들어온 수사를 불문곡직하고 전부 죽인단 말을 들었다. 한데 너와 소교주가 멀쩡히 살아 돌아온 것을 보면 뭔가 곡절이 있었던 모양이구나?"

그는 규옥의 신분이 마음에 걸려 두루뭉술하게 대답했다.

"곡절이 있긴 했지요."

그는 자훤과 대화하면서 소언이 교주에게 도악산맥에서 있었던 일을 이야기하지 않은 이유를 알아냈다.

'아마 도악산맥에서 살아 돌아온 이야기를 하려면 규옥을 언급할 수밖에 없어 그랬겠지. 소언선자는 그 때문에 할머니인 교주에게조차 도악산맥에서 있었던 일을 이야기하지 않은 걸 거다.'

소언의 배려에 감동한 그는 다시 화면 쪽으로 시선을 돌렸다.

다행히 자훤도 더 캐묻지 않고 다시 화면에 집중했다.

"금화 수사가 우리 편을 들어 준다면 이번 대결에서 형편없이 패하진 않을 것 같구나."

자훤의 말대로였다.

금화의 가세는 승리의 여신이 구화교 측에 웃어 주는 결과를 불러왔다.

영선은 선도 법칙에 따라 되기도 어렵고 고계 수사까지 올라가기는 더더욱 어려웠다.

그러나 고계 수사가 되기만 하면 같은 경지의 고계 수사를 압도할 수 있는 실력을 갖출 수 있었다.

금화가 바로 그 예였다.

금화가 펼치는 금화주선신공(金花誅仙神功)은 신공이란

명칭이 붙은 공법답게 장선 후기 최고봉 수사도 쩔쩔맬 정도였다.

성화성 상공에는 신화교, 북신교, 유마교 장선 후기 최고봉 수사들이 즐비했지만, 금화는 오직 유마교 수사만 노렸다.

그때, 유마교 장선 후기 최고봉 수사 중에서 제법 명성을 떨치던 문두(文頭)라는 사내가 도끼눈을 뜨고 금화에게 달려들었다.

"이름도 없는 잡년이 감히 누구 앞에서 나대는 것이냐?"

금화가 어이가 없다는 듯 코웃음을 쳤다.

"네놈이 아직 나이가 어려 이 금화에 대한 소문을 제대로 들어 보지 못한 모양이구나."

흠칫한 문두는 그제야 눈을 크게 뜨고 금화를 살폈다.

문두라고 왜 금화에 대한 소문을 들어 보지 못했겠는가.

금화는 유마교 역사에 씻을 수 없는 상처를 안겨 준 철천지원수였다.

당연히 나이가 적고 많음에 상관없이 유마교 수사라면 누구나 다 금화라는 이름만 들어도 이를 갈거나, 치를 떨었다.

그러나 문두는 조금 전에 구화교 장선 후기 최고봉 수사를 중상 입혀 전열에서 이탈시킨 흥분이 아직 가라앉지 않은 나머지, 상대가 누군지 자세히 알아볼 생각을 하지 않았다.

문두는 바로 후회했지만 이미 엎질러진 물이었다.

그때, 금화가 수결을 맺은 손으로 문두를 가리켰다.

그 순간, 장미꽃을 닮은 거대한 금화 한 송이가 소리 소문 없이 피어올라 꽃잎으로 당황한 문두를 잡아먹으려 들었다.

문두는 즉시 법술로 10장 크기의 손바닥을 불러내 꽃잎을 후려쳤다.

그러나 꽃잎은 손바닥을 뚫고 거침없이 올라왔다.

"제길!"

문두는 대항을 포기하고 달아났다.

장선 후기 최고봉 수사답게 발을 구르기 무섭게 100장 밖으로 달아나 있었다.

그러나 꽃잎은 그보다 더 빨랐다.

문두가 이쯤이면 되었겠다 싶어 고개를 돌렸을 땐 이미 꽃잎이 거머리처럼 달라붙어 떨어질 생각을 하지 않았다.

꽃잎으로부터 달아날 수 없단 사실을 깨달은 문두는 방어 법보 10여 개로 몸을 보호하면서 노란 장도를 꺼내 공중에 던졌다.

그 즉시, 노란 장도가 30장 길이의 흉악한 지네로 변신해 금화를 덮쳤다.

"흥."

콧방귀를 뀐 금화가 입을 벌려 금반지처럼 생긴 법보를 꺼냈다.

금반지는 순식간에 10장 크기로 불어났는데 앞뒷면 양쪽에 영선의 선문으로 보이는 복잡한 도형과 그림이 가득했다.

금화는 이어 혀를 깨물어 만든 정혈 한 모금을 금반지에 뱉었다.

그 순간, 정신이 몽롱해지는 달콤한 향기가 빠르게 퍼져 나갔다.

향기가 어찌나 강렬하던지 향에 취한 지네는 나른한 봄 햇볕을 쬐는 노인네처럼 그 자리에서 꾸벅꾸벅 졸기 시작했다.

금화는 그 틈에 금빛 꽃 한 송이를 잠에 취한 지네의 머리에 꽂아 넣었다.

그제야 잠에서 깨어난 지네가 괴성을 지르며 다시 금화에게 달려들었다.

그때, 금화가 서늘한 코웃음을 치며 진언을 외웠다.

그 순간, 풍선에 바람을 집어넣는 것처럼 부풀어 오르던 지네의 머리가 꽃봉오리가 개화하듯 펑 하는 폭음을 내며 박살 났다.

간단한 법술 몇 개로 지네의 머리를 터트린 금화가 손가락을 살짝 튕겼다.

그러자 금화의 정혈을 흡수한 금반지가 사라졌다가 갑자기 문두의 머리 위에 다시 나타나 맹렬히 회전했다.

"개 같은 년!"

체면도 잊고 상스러운 욕설을 뱉은 문두는 급히 검은 투구, 노란 책, 파란 활, 흰 부채를 꺼내 금반지를 에워쌌다.

장선 후기 최고봉 수사가 절체절명의 순간에 꺼내 든 법보

답게 네 법보 모두 가치를 매길 수 없는 보물이었다.

그러나 금화가 수천 년 동안 단전에 품어 배양한 금반지는 그보다 더한 보물이었다.

법보 네 개를 돌파한 금반지는 다시 한 번 감쪽같이 사라졌다가 이번에는 문두의 머리를 고리에 끼운 상태로 나타났다.

"염병할!"

문두는 급히 수명을 깎는 비술을 펼쳐 달아나려 들었다.

그러나 10장 크기이던 금반지는 비술에 아랑곳하지 않고 원래 크기로 재빨리 줄어들어 문두의 머리를 그대로 터트렸다.

하지만 문두도 완전히 포기한 상태는 아니었다.

기회를 엿보던 문두의 원신이 단전을 뚫고 튀어나와 전력으로 달아났다.

이판사판이란 생각에 비술을 연달아 썼는지 문두의 원신은 발을 한번 구를 때마다 수백 장씩 순간 이동하였다.

그러나 금화도 문두의 원신을 살려 보내 후환을 남길 생각이 없었다.

달아나던 문두의 원신 앞에서 느닷없이 금빛 꽃 한 송이가 피어올라 개화하듯 꽃잎을 활짝 벌렸다.

"아뿔싸!"

얼굴이 핼쑥해진 문두의 원신은 급히 방향을 틀어 달아났다.

그러나 금빛 꽃송이가 꽃술을 살짝 흔드는 순간, 금빛 모래

같은 포자가 공중을 덮어 문두의 원신을 그 속에 가두었다.

문두의 원신은 즉각 알고 있는 비술을 전부 펼쳐 달아나려 들었지만 소용없었다.

오히려 바로 뒤쫓아 온 금빛 꽃송이에 잡아먹혀 참혹한 죽음을 당했다.

원래 장선 후기 최고봉 정도 되면 목숨을 건질 수단을 다양하게 마련해 놓기 마련이었다.

그건 본신을 잃고 원신만 살아남았을 때도 마찬가지였다.

한데 금화는 같은 경지인 문두를 시종일관 압도하다가 종내에는 기어코 원신까지 없애는 신통(神通)을 발휘해 지켜보던 다른 수사들을 소스라치게 하였다.

문두 하나론 성이 차지 않은 금화는 곧장 유마교 장선 후기 최고봉 수사를 하나 더 잡아먹는 무시무시한 신위를 드러냈다.

유마교 장선 후기 최고봉 수사 중에서 금화를 상대할 만한 능력을 지닌 수사는 유마교 우호법(右護法)인 아징 정도가 유일했다.

그러나 아징은 구화교 교주 소월을 상대하느라 옴짝달싹 못 하는 상황이었다.

물론, 아징이 몸을 빼지 못하는 가장 큰 이유는 금화가 가세한 것을 보고 기세가 부쩍 오른 소월이 놓아주질 않아서였다.

그러나 눈치 빠른 수사들은 금화를 두려워한 아징이 일부러 시간을 끌고 있단 사실을 간파하고 속으로 혀를 끌끌 찼다.

유마교 우호법 아징은 유마교 서열 3위의 강자였다.

한데 그런 아징이 금화가 두려워 치졸한 수법을 쓴 것이다.

결국, 이번 전쟁에 참여한 유마교 수사 중에서 아징 다음으로 실력이 강한 대장로 시노방(市盧方)이 성난 암고양이의 목에 방울을 다는 어려운 임무를 떠맡았다.

그러나 똥 씹은 얼굴로 금화에게 도전한 시노방도 결국 본신을 잃고 원신만 가까스로 살려 도망치는 추태를 선보였다.

여전히 전황은 신화교 연합 세력 측이 우세했다.

그러나 신화교 연합 세력 수사들이 너 나 할 것 없이 금화를 상대하길 꺼리는 탓에 그들이 가진 우위를 전혀 활용하지 못했다.

시간이 흘러 독이 바짝 오른 금화에게 유마교 장선 후기 최고봉 수사 하나가 더 신세를 망치고 나서야 신화교 연합 세력도 더는 견디지 못하고 후퇴를 결정했다.

신화교 연합 세력이 물러간 것을 확인한 소월이 바로 금화를 찾았다.

"금화 선배님께서 도와주신 덕분에 본교가 또다시 큰 위기를 넘겼습니다. 일단, 성화궁으로 돌아가 이야기를 나누시지요."

"그럽시다."

소월은 금화가 친구로 지내던 소진의 손녀였다.

그러나 지금은 사석에서 만난 친구의 손녀가 아니라, 공식적인 자리에서 만난 성화교 교주였기에 적당히 존대해 주었다.

금빛 꽃을 불러내 그 위에 오른 금화는 소월을 따라 성화궁으로 날아갔다.

남은 수사들은 사방으로 흩어져 신화교 측의 재공격에 대비했다.

성화궁 성화전으로 금화를 안내한 소월은 시녀에게 궁에서 가장 좋은 선차를 내오게 하였다.

금화와 소월은 시녀가 선차를 놓고 물러날 때까지 침묵을 지켰다.

금화에게 차를 권한 소월이 먼저 침묵을 깨며 물었다.

"요 몇백 년 동안 도악산맥 밖으로 외유하신 적이 없단 말을 듣고 거의 포기 상태였는데 어쩌다가 어려운 걸음을 하시게 된 것입니까?"

금화는 선차를 한 모금 마시고 나서 바로 찻잔을 내려놓았다.

"성화교의 교주가 마시는 선차라고 해서 기대를 꽤 했는데 이 맛도 저 맛도 아니군."

소월은 얼굴을 약간 붉히며 머리를 숙였다.

"선배님의 선부가 귀한 영차(零茶)가 자생하는 도악산맥에 있단 점을 고려하지 못한 후배의 불찰입니다. 용서하십시오."

금화가 손을 저었다.

"뭐 속세의 아녀자들처럼 차를 마시면서 수다나 떨자고 온

건 아니니까 상관없네. 본녀가 이번에 어려운 걸음을 한 이유는 한 가지 때문일세."

소월은 긴장한 낯빛으로 물었다.

"그게 무엇입니까?"

"성화성에 본녀의 유일한 제자가 머무르고 있기 때문일세. 신화교 연합 세력이 성화성을 쳐부순답시고 미친개처럼 날뛰다가 본녀의 귀한 제자가 죽기라도 하면 본녀가 어디 가서 그렇게 영특한 제자를 또 구할 수 있겠는가? 어림도 없는 일이지."

소월은 흠칫해 물었다.

"성화성에 선배님의 제자가 머무르고 있는 것이 확실합니까?"

금화의 목소리가 대번에 냉랭해졌다.

"본녀가 노망이 나서 자기 제자가 있는 곳도 모를까 봐 그런 멍청한 질문을 하는 건가?"

소월은 황급히 변명했다.

"아, 아닙니다. 선배님이 어떤 분이신데 그렇게 중요한 일을 착각할 리 있겠습니까. 그저 선배님의 제자가 본성에 머무르고 있단 사실을 사전에 알지 못한 점이 부끄러워 말이 헛나갔을 뿐입니다. 조모님과 나눈 정을 생각해 너그러이 용서해 주시지요."

금화는 이번에 선심 크게 쓴단 표정으로 대꾸했다.

"교주가 그렇게까지 말하니 이번 한 번은 넘어가 주도록 하지."

"감사합니다. 한데 그 제자분의 이름이 어떻게 되는지 알 수 있겠습니까?"

"이름은 규옥이네."

"아, 규옥 수사였군요."

소월은 이제야 알았다는 듯 고개를 끄덕이면서 성화전 밖에 은신해 있던 호법대장로(護法大長老) 가충(家忠)에게 뇌음으로 재빨리 지시를 내렸다.

"성안에 규옥이란 이름을 쓰는 영선이 있는지 빨리 알아보게."

"알겠습니다."

교주의 명을 받은 가충은 그 자리에서 유령처럼 사라졌다.

가충은 일전에 성화전에서 소월, 자훤과 함께 유건을 맞이했던 그 젊은 사내였다.

그때, 금화가 갑자기 피식 웃으며 물었다.

"아마 그 아이 이름이 가충이었지?"

소월은 속으로 흠칫했다.

그러나 어떻게든 당황한 티를 내지 않으려 애쓰며 대답을 이어 갔다.

"본교 호법대장로의 이름이 가충입니다."

"그 아이에게 그냥 돌아오라고 하게. 가 봤자 헛수고일 거야."

"그렇습니까?"

"본녀의 제자는 지금 다른 수사와 함께 있다네."

"그 수사가 누군지 알 수 있겠습니까?"

"유건이라는 이름을 쓰는 인족 수사일세."

"그렇군요."

대답하는 소월의 눈꼬리가 미세하게 흔들렸다.

물론, 금화 같은 초강자가 그런 변화를 놓칠 턱이 없었다.

금화가 흥미롭단 표정으로 물었다.

"교주도 유건이란 애송이를 아는 모양이군?"

"어떻게 선배님의 혜안을 속일 수 있겠습니까? 맞습니다. 유 수사는 후배도 알고 있습니다. 심지어 지금은 유 수사가 본교의 중요한 일을 도와주기까지 하는 중입니다."

"교주의 손녀 때문인가?"

"그렇습니다. 유 수사가 소교주에게 은혜를 입은 적이 있는데 본교가 위기에 처한 모습을 보고 은혜를 갚겠다며 자원했지요."

금화가 의미심장한 표정을 지었다.

"교주가 그렇다면 그런 거겠지. 하지만 그 유건이란 아이는 본녀의 유일한 제자와 친구란 점을 명심하는 게 좋을 거야."

"여부가 있겠습니까."

고개를 끄덕인 금화가 일어나서 금빛 꽃을 불러냈다.

"내일쯤이면 그대들이 신화교 연합 세력을 끌어들인 이유가 드러나겠군. 본녀는 오늘처럼 뒤에서 지켜보다가 위험해지면 나서 주지."

소월은 급히 머리를 숙였다.

"감사합니다, 선배님."

잠시 후, 금화는 불러낸 금빛 꽃을 타고 성화전을 빠져나갔다.

금화가 성화성 밖으로 나간 것을 확인한 소월은 그 자리에 털썩 주저앉아 안도의 숨을 내쉬었다.

그때, 가충이 놀란 얼굴로 달려와 물었다.

"금화 선배가 교주님께 무슨 말을 했기에 그러십니까?"

소월은 대답 대신, 지하 광장에 있는 자훤에게 뇌음부터 보냈다.

"지금부터는 그 유건이란 아이에게 절대 손을 대선 안 되네."

자훤은 깜짝 놀라 중앙 진핵 위에 앉아 있는 유건을 쳐다보았다.

6장. 구화교의 반격

유건은 그를 쳐다보는 자훤의 표정이 심상치 않아 얼른 물었다.

"무슨 일이 생겼습니까?"

"아무것도 아니다."

"그렇다면 다행이고요."

고개를 끄덕인 그는 다시 화면 쪽을 주시했다.

그러나 금화가 한바탕 휩쓸고 지나간 다음부터는 화면에 변화가 없었다.

그저 폭풍 전야처럼 고요하기만 할 뿐이었다.

한편, 그사이 원래 표정으로 돌아온 자훤은 소월에게 뇌음으로 물었다.

"무슨 일인데 그러십니까?"

"나중에 자세히 설명해 주겠네. 지금은 그냥 본 교주의 말대로 해 주게. 그리고 그 아이가 원하는 게 있으면 최대한 들어주도록 하고."

"알겠습니다."

대답한 자훤은 교주가 이런 지시를 내린 이유가 뭘까 고민해 보았다.

그러나 지금은 가진 정보가 너무 부족했다.

그저 왠지 금화와 관련 있을 것 같단 느낌만 살짝 받았다.

그래도 교주의 지시를 마냥 깔아뭉개고 있을 수만은 없었다.

자훤은 그에게 뇌음으로 물었다.

"그래, 성과는 좀 있는가?"

그는 자훤의 말투가 전과 달라졌음을 느꼈다.

그러나 굳이 당사자 앞에서 그걸 지적해 어색한 분위기를 만들 생각은 조금도 없었다.

그는 티를 내지 않고 전처럼 담담하게 물었다.

"어떤 성과 말입니까?"

"전에 본교의 기선술을 훔쳐 배우겠다고 하지 않았는가?"

"아, 기선술 말입니까? 역시 성화교의 기선술은 명불허전이었습니다. 무식하면 용감하다고 처음엔 대장로님께서 허락만 해 주시면 성화교의 기선술을 훔쳐 배울 자신이 있었는데 쇄갑족 기선을 연구하다 보니 그게 얼마나 어리석은 생각이었는지 깨닫게 되었습니다. 아마 후배의 우둔한 머리론 10년을 주어도 기선술의 요체를 깨닫지 못할 것입니다."

그는 그러면서 정말 아쉽다는 듯 한숨을 길게 내쉬었다.

그러나 그의 말은 사실이 아니었다.

기선술의 요체는 깨우치지 못했지만, 요 며칠 밤을 새워 연구한 덕에 대충 어떤 식으로 흘러가는지는 알아낼 수 있었다.

자훤은 헛웃음을 지었다.

"자넨 장선 후기 최고봉 수사를 너무 물로 보는 것 같구먼."

그는 흠칫해 물었다.

"그게 무슨 말씀이십니까?"

"자네의 눈빛은 본녀도 평생 몇 번 본적이 없을 정도로 맑고 깊은 데다, 영기와 총기까지 가득하네. 아마 좋은 선근을 타고났단 증거일 테지. 한데 그 정도로 뛰어난 선근을 지닌 자가 기선술의 감도 잡지 못했단 말을 한다고 해서 그걸 본녀가 곧이곧대로 믿을 수 있겠는가. 본녀의 말이 틀렸는가?"

그는 솔직하게 시인했다.

"그렇게까지 말씀하시는데 후배가 아니라고 하면 그건 대장로님을 기만하는 짓이겠지요. 하지만 기선술의 요체를 깨닫지 못했단 말은 사실입니다."

"당연하지. 자네가 비선이 아닌 이상, 다른 수사의 도움 없이 기선술의 요체를 깨닫는 일은 불가능에 가까울 걸세."

그는 입맛을 다셨다.

"후배는 비선이 아니니까 기선술의 요체를 깨닫는 일은 요원할 수밖에 없겠군요."

"본녀가 도와주면 불가능한 일만은 아니지."

자훤은 그러면서 의미심장한 눈빛으로 그를 쳐다보았다.

그는 눈을 번쩍 뜨며 물었다.

"그게 정말이십니까?"

"자넨 속고만 살았는가?"

"속고 살 때가 더 많았지요."

"자넨 한마디도 지지 않으려 드는군."

"그게 후배가 지닌 가장 큰 단점입니다."

자훤은 이런 식으로 대화하다간 끝이 없을 것 같아 바로 본론으로 들어갔다.

"그래, 어떤 부분이 가장 어렵던가?"

"재료에 진법을 적용하는 부분이 가장 어려웠습니다."

그럴 줄 알았다는 듯 고개를 끄덕인 자훤은 자상한 사부가 제자를 가르칠 때처럼 기선술의 요체에 대해 자세히 설명해 주었다.

그는 이게 웬 횡재냐 싶어 눈도 깜빡이지 않고 자훤의 설명에 집중했다.

자훤은 그녀의 가르침을 솜이 물을 빨아들이듯 흡수하는

그의 놀라운 습득력에 감탄했다.

자훤은 100여 명이 넘는 적전 제자를 거두었으나 그처럼 빠른 속도로 배우는 제자를 본 적이 없었다.

다른 제자들은 몇 년을 가르쳐도 제대로 이해하지 못하는 복잡한 변화를 그는 불과 한 시진 만에 완벽히 이해했다.

자훤은 그를 가르치면 가르칠수록 그가 지닌 재능이 욕심났다.

그러나 그는 전에 말한 대로 성화교에 입교할 의향이 전혀 없어 보였다.

자훤으로서는 땅을 칠 만큼 아쉬운 일이었으나 성화교 교도가 아닌 수사를 제자로 거두는 일은 중대한 교칙 위반이라 대장로인 그녀도 엄벌을 피하지 못했다.

남은 시간이 많지 않단 사실을 둘 다 알았기 때문에 그는 이해하기 힘든 점이 생기면 주저하지 않고 바로바로 질문했고 자훤은 그때마다 귀찮아하지 않고 자세히 가르쳐 주었다.

그러나 기선술이 워낙 방대한 분야다 보니 밤을 새워 가며 배웠음에도 아직 이해하지 못한 부분이 많았다.

그는 실망한 기색을 숨기지 않았다.

"시간이 조금만 더 있었으면 좋았을 텐데 너무 아쉽습니다."

그때, 잠시 고민하던 자훤이 갑자기 품에서 검은 옥간을 꺼냈다.

"이건 본녀가 기선술을 평생 연구하면서 깨달은 점을 정리해 둔 옥간이네. 이 옥간을 자네에게 줄 테니 기선술을 제대로 익혀 보게. 물론, 그냥 주는 것은 아니네."

그는 자리에서 벌떡 일어나 자훤에게 큰절을 올렸다.

"후배도 그런 귀한 물건을 공짜로 받을 생각은 없습니다."

"자넨 성화전에서 원수를 맺은 자에게는 반드시 복수하고 은혜를 입은 자에게는 반드시 그 보답을 한다고 하였지. 지금도 그 생각에 변함이 없는가?"

그는 단호하게 대답했다.

"이는 후배가 지금까지 어기지 않았고 앞으로도 어길 생각이 절대 없는 신조이자 철칙입니다. 그 점은 걱정하지 마십시오."

"그렇다면 안심하고 옥간을 넘기는 조건에 대해 말하겠네. 첫 번째 조건은 자네가 이 옥간으로 깨우친 내용이 있다면 그게 무엇이든 간에 반드시 본교에 전해 주어야 한단 조건일세."

"문제없습니다."

"두 번째이자 마지막 조건은 본녀가 옥간을 주었단 사실을 누구에게도 발설하지 않아야 한단 것이네. 당연히 소교주에게도 말해선 안 되겠지."

그는 잠시 생각해 보고 나서 대답했다.

"두 번째 조건도 문제없습니다."

고개를 끄덕인 자훤은 법술을 써서 검은 옥간을 넘겨주었다.

그는 옥간의 내용을 살펴보지 않고 바로 법보낭에 집어넣었다.

그가 그렇게 한 이유는 화면에 보이는 풍경이 심상치 않아서였다.

그사이 날이 완전히 갰는지 구름 한 점 없는 짙푸른 하늘에 따사로운 햇살을 머금은 태양이 우뚝 솟아 있었다.

그리고 그 태양 밑에서는 구화교와 신화교 연합 세력의 수사 수백만 명이 비행 전함과 영수 등을 타고 공격 명령을 기다리는 중이었다.

태양이 중천으로 이동하기 시작했을 무렵, 마침내 신화교 연합 세력이 선공에 나섰다.

구화교 수사들도 즉각 반격에 나서 전쟁이 벌어진 이래로 가장 큰 규모의 전투가 시작되기에 이르렀다.

물론, 모든 수사가 한곳에 모여 싸우지는 않았다.

그가 겪은 다른 전쟁들과 마찬가지로 지상과 가까운 상공에서는 경지가 낮은 수사들이 주로 싸웠고 태양과 가까운 고공에서는 경지가 높은 수사들이 모여 엄청난 대결을 벌였다.

전투 초반의 전황은 당연히 신화교 연합 세력 쪽이 우세했다.

구화교 측은 전장이 그들의 안마당이란 장점이 있긴 하지만 신화교 연합 세력이 동원한 수사가 많아도 너무 많았다.

그러나 구화교 측도 형편없이 깨지진 않았다.

고공에서 벌어지는 고계 수사들 간의 대결이 아직 팽팽한 덕분이었다.

물론, 고계 수사들의 수도 신화교 연합 세력이 구화교를 압도했다.

그러나 북신교, 유마교 쪽 고계 수사들은 대결에 적극적이지 않았다.

이유야 어쨌든 이번 전쟁은 성화교의 내분이었다.

다른 종파의 내분에 끼어들어 죽을 고생을 해 가며 쌓은 수행을 물거품으로 만들고 싶은 북신교, 유마교 고계 수사는 없었다.

더욱이 금화가 어딘가에 숨어서 그들을 호시탐탐 노리고 있단 사실을 잘 알았기에 적극적으로 임하기가 더 힘들었다.

모난 돌이 정 맞는다고 실력 좀 있다고 괜히 앞으로 나섰다가 금화의 눈에 띄어 신세를 망치고 싶진 않았다.

반대로 구화교 장선 수사들은 성화성을 잃으면 어차피 끝장이라 죽을힘을 다해 싸웠다.

심지어 장선 수사 대부분이 원신까지 동원했을 정도였다.

당연히 수사들은 원신과 같이 싸울 때 가장 큰 위력을 발휘했다.

그러나 반대로 가장 취약할 때 역시 원신과 같이 싸울 때였다.

만약, 원신이 싸우다가 본신보다 먼저 죽어 버리면 여분의

목숨 하나가 날아가 버리는 것과 같았다.

한데 구화교 장선 수사들은 내일이 없다는 듯 원신까지 동원해 몇 배나 많은 신화교 연합 세력의 장선 수사들을 막아냈다.

그러나 신화교 연합 세력에도 내일이 없는 수사들이 있었다.

바로 신화교 장선 수사들이었다.

이번 전쟁이 구화교의 승리로 돌아가는 날에는 그들 역시 끝장이긴 마찬가지였다.

구화교는 신화교와 관련 있는 것은 수사고 교도고 영수고 상관없이 싹 다 잡아 죽여 다신 이런 반란이 일어나지 않게 본보기로 삼으려 할 게 뻔했다.

신화교 장선 수사들이 분전하면서 고계 수사 간의 대결에서도 마침내 신화교 연합 세력이 확실한 우위를 가져왔다.

원래 제방 같은 것도 구멍을 처음 뚫기가 어려워서 그렇지, 일단 구멍이 뚫리고 나면 그 구멍이 삽시간에 커지는 것은 시간문제였다.

지금도 마찬가지여서 구화교 장선 수사들은 순식간에 신화교 연합 세력에 안쪽 성벽을 내어 주고 성안으로 후퇴했다.

고계 수사들이 패했다는 소식이 전해지기 무섭게 지상과 가까운 곳에서 싸우던 구화교 저계 수사들은 전함이고 기선이고 다 상관없다는 듯 몸만 빼서 성안으로 미친 듯이 달아났다.

고계 수사들은 그나마 전열이라도 갖춰 일사불란하게 퇴

각했지만, 저계 수사들은 그런 것도 없어 도망치다가 자기들끼리 엉켜 바닥에 추락하는 경우가 부지기수였다.

당연히 신화교 연합 세력은 달아나는 구화교 수사들을 추격해 엄청난 전과를 올렸다.

그때, 금화가 마침내 소월에게 한 약속을 지켰다.

금화는 신화교 연합 세력에 쫓기는 구화교 장선 수사들을 구해 주었을 뿐만 아니라, 금화주선신공으로 반격까지 하였다.

상황이 아주 똑같진 않지만 어쨌든 어제와 비슷한 상황이 또다시 펼쳐진 셈이었다.

한데 어제와는 확실히 다른 점이 하나 있었다.

바로 신화교 연합 세력 쪽에서 먼저 금화에게 도전한 수사가 있단 점이었다.

그 용감한 수사의 이름은 북신교 오령장(五靈將) 중에서 이령장(二靈將)의 위치에 있는 도등이었다.

유마교가 교의 삼인자인 아징을 이번 전쟁의 유마교 대표로 보냈단 소식을 들은 북신교는 기세에서 밀리지 않기 위해 똑같이 북신교 삼인자인 도등을 책임자로 보냈다.

북신교에서 도등보다 강한 수사는 일령장(一靈將)과 교주 두 명뿐이었다.

팔짱을 낀 금화가 콧방귀를 뀌며 물었다.

"흥, 북신교가 언제부터 유마교 뒤치다꺼리나 하는 종파였지?"

도등은 굳은 얼굴로 선배를 뵙는 예부터 올렸다.

"금화 선배의 높은 명성을 어렸을 때부터 귀가 따갑게 들어 왔기에 언제고 기회가 되면 한번 뵙고 싶단 생각을 하던 차였는데 실제로 만나 뵙게 되어 이 기쁨을 말로 표현하기 힘들 지경입니다. 그러나 선배님이 하신 말 중에 사실 관계가 맞지 않는 점이 있어 그거부터 바로잡아야겠습니다. 북신교는 유마교의 뒤치다꺼리나 하는 종파가 아닙니다. 그저 유마교가 선배님을 두려워하기에 어쩔 수 없이 제가 나선 것일 뿐이지요."

"넌 못생기고 냄새나는 아징과 다르게 제법 사내답게 생긴데다, 선배에 대한 예의도 차릴 줄 아는구나. 한데 설마 너 혼자서 본녀를 기쁘게 해 준다는 건 아니겠지?"

도등이 헛기침하며 대답했다.

"그럴 리 있겠습니까. 교주님이라면 몰라도 후배 혼자서 선배님을 상대하긴 무리겠지요. 그래서 두 명을 더 불렀습니다."

도등의 말이 끝나기도 전에 얼굴에 가면을 쓴 여인과 호랑이처럼 얼굴에 검은 줄무늬가 있는 노인이 모습을 드러냈다.

도등이 여인과 노인을 가리키며 설명했다.

"예군선자(藝君仙子)와 당차 수사(當遮修士)입니다. 둘 다 본교에서 명성을 떨치는 수사들이지요. 아마 우리 셋 정도면 선배님을 도악산맥으로 편안하게 모실 수 있을 것입니다."

금화는 껄껄 웃었다.

“호호호, 말도 재밌게 하는 아이로구나. 그래, 어디 한번 진탕 놀아 보자꾸나!”

금화는 손가락을 튕겨 만들어 낸 금빛 꽃 세 송이를 도등, 예군(藝君), 당차(當遮) 세 수사에게 각각 쏘아 보냈다.

이에 맞서 도등 등 세 수사는 바로 기령합체술을 써서 60장 크기의 거대한 검은 사자와 50장 크기의 흰 독수리, 노란 호랑이로 각각 변신해 금화가 날려 보낸 금빛 꽃을 상대했다.

금화의 실력이 장선 후기 최고봉 수사를 압도할 정도로 대단하긴 해도 도등, 예군, 당차의 실력 또한 북신교에서는 발군으로 통할 정도로 강했다.

거기다 도등 등은 이기려는 의지가 없었다.

그저 어떻게든 금화의 발목을 붙잡고 늘어지려는 생각뿐이어서 아무리 금화라도 단숨에 그 세 수사를 압도하지 못했다.

금화가 도등 등에 발목이 붙잡히는 바람에 구화교 측은 또 다시 풍전등화의 위기에 처했다.

그때, 금화가 주저하는 소월에게 냉랭한 말투로 뇌음을 보냈다.

“뭘 주저하는 것이냐? 설마 넌 본녀가 수행을 포기하면서까지 전력을 다해 이 세 놈을 거꾸러트려 주길 기대하는 것이냐?”

“아, 아닙니다.”

당황한 표정으로 뇌음을 보낸 소월은 서둘러 자훤에게 준비해 둔 작전을 시작하라 일렀다.

잠시 후, 자훤의 신호를 본 그는 쇄갑족을 닮은 투명한 유리 수조 위에 오른팔을 올려놓고 나서 미리 준비한 비수로 손목을 그었다.

곧 손목의 벌어진 상처에서 기이한 향기를 머금은 정혈이 흘러나와 투명한 유리 수조 속으로 방울지어 떨어져 내렸다.

◆ ◈ ◆

유건은 지하에 내려와 쇄갑족 기선을 처음 본 날 이미 자오진인의 도움을 받아 진법이 어떤 방식으로 작용하는지 알아냈다.

그도 정확한 이유는 아직 모르지만 어쨌든, 그의 몸에는 용, 현무와 같은 신수의 정혈이 흘렀다.

그 덕분에 그는 발동하는데 영물의 정혈이 꼭 필요한 자하제룡검, 도천현무패와 같은 보물을 평범한 법보처럼 사용하는 행운을 누렸는데 지금도 얼추 비슷한 상황이었다.

백진의 설명에 따르면 쇄갑족은 원래 태원십류 중 으뜸으로 꼽히는 용족의 먼 후손이었다.

용족은 원래 다른 종족과 혼인해 새로운 종족을 만들어 내곤 했는데 그런 종족 중에 용족이 신수 태어와 혼인해 낳은 종족이 교어족이었다.

교어족은 다시 여러 악수, 영수, 신수 등과 닥치는 대로 혼인해 수많은 종족을 새로 만들어 냈는데 그중 하나가 쇄갑족이었다.

쇄갑족 대에 와서는 용족의 특성이 거의 사라지긴 했어도 어쨌든 정혈 일부에는 아직도 용족의 정혈이 약간 남아 있었다.

한데 아주 오래전에 금우라는 이름을 쓰는 쇄갑족 수사 하나가 삼월천에 흘러들어 왔다가 녹원대륙 백락장에서 칠선해를 제외한 삼월천 전 세력에 공격받아 죽는 사건이 벌어졌다.

그때, 백락장에서 쇄갑족 수사를 포위 공격한 세력 중에는 거령대륙 세력도 몇 군데 끼었는데 그중 하나가 성화교였다.

공격에 참여한 성화교 수사들은 거령대륙으로 돌아올 때, 쇄갑족 수사의 시체 일부를 전리품으로 챙겨 왔다.

쇄갑족 수사가 생전에 보여 준 실력이 어마어마했기에 시체라도 연구해서 그 비밀을 알아낼 요량이었다.

그러나 성화교 수사들은 끝내 그 비밀을 알아내는 데 실패했다.

대신, 몇천 년의 고생스러운 연구 끝에 쇄갑족 수사의 시체에 그들의 전문 분야인 기선술을 접목해 일종의 살아 있는 기선을 만들어 내는 대업을 이룩했다.

그게 지금 그가 가동하려고 하는 쇄갑족 기선 100기였다.

그러나 쇄갑족 기선에는 한 가지 중대한 약점이 있었다.

쇄갑족 기선을 가동하기 위해선 쇄갑족의 정혈이 필요하단 약점이었다.

한데 그땐 이미 백락장 포위 공격에 참여한 삼월천의 유력 종문 몇 군데가 쇄갑족의 정혈을 나눠 가진 후여서 정혈을 새로 구할 방법이 없었다.

그렇게 완성은 했어도 가동할 방법이 없어 가치가 사라진 쇄갑족 기선 100대는 창고에 처박혀 오랫동안 바깥바람을 쐬지 못했다

한데 소언이 이번에 본 신점에 유건의 정혈로 쇄갑족 기선 100대를 가동할 수 있단 점괘가 나왔다.

구화교 고계 수사들은 이게 웬 횡재냐 싶어 바로 유건이 머무르는 별채를 포위해 그가 도망치지 못하게 막고 나서 창고에 처박혀 있던 쇄갑족 기선 100대를 성화전 지하로 은밀히 옮겼다.

옮기고 나서는 성화교 진법대장로인 자훤이 직접 나서서 신점의 점괘대로 쇄갑족 기선을 가동할 수 있는지 조사했다.

한데 놀랍게도 가능하단 결과가 나왔다.

구화교 고계 수사들은 옳다 싶어 바로 행동에 나섰다.

일단, 각지에서 격렬히 저항하던 구화교 수사들을 성화성으로 불러들여 전력을 비축했다.

그리고 다른 한편으론 그를 성화전으로 불러 강제로 그들을 돕게 했다.

물론, 금화가 그의 이름을 거론하면서 생각지 못한 위기가 찾아오기도 했지만 어쨌든 지금까지는 계획대로 가고 있었다.

그가 뿌린 정혈은 금세 물과 섞이면서 투명한 유리 수조를 진홍빛으로 물들였다.

동시에 청량감이 느껴지는 기이한 향기가 지하 공간 전체로 퍼져 나가 이를 지켜보던 자훤마저 경악하게 하였다.

진홍빛 액체는 수조에 연결된 전선을 타고 거대한 봉분(封墳)처럼 늘어서 있는 쇄갑족 기선의 머릿속으로 흘러 들어갔다.

자훤은 눈도 깜빡이지 않고 쇄갑족 기선의 변화를 지켜보았다.

자훤은 소언의 신점을 누구보다도 신뢰했다.

그러나 인족으로 보이는 유건의 정혈이 쇄갑족 정혈이 있어야지만 가동하는 쇄갑족 기선을 깨울 수 있단 사실이 지금도 잘 믿기지 않았다.

대체 저 유건이란 인족과 쇄갑족이 무슨 사이이기에 그런 일이 가능하단 말인가?

자훤은 심지어 쇄갑족이 백락장에서 죽기 전에 인족과 정을 통해 후손을 보았었나 하는 뜬금없는 의심까지 할 정도였다.

그러나 쇄갑족 수사를 연구한 어느 기록에서도 그런 내용은 없었다.

그렇다면 순전히 우연에 우연이 겹쳐 일어난 일이던가, 아니면 여기에 자훤이 모르는 곡절이 숨어 있단 뜻이 되었다.

한데 그는 자훤과 달리, 그가 지닌 정혈이 쇄갑족 기선을 깨울 수 있는 이유를 정확히 알고 있었다.

그가 자하제룡검을 깨울 때 그의 정혈이 필요한 것처럼 쇄갑족 기선을 깨울 때도 그저 그의 정혈이 필요한 것뿐이었다.

쇄갑족 수사의 정혈에 용족의 정혈이 얼마만큼 들어 있었는지는 그도 몰랐다.

어쩌면 웬만한 연못 하나를 가득 채울 정도로 많은 정혈 중에서 손톱만큼도 안 될 가능성도 있었다.

그러나 어쨌든 둘 다 용족의 정혈을 물려받았기에 그와 쇄갑족 수사는 아주 먼 친척 관계라고 봐도 무방했다.

즉, 그의 정혈로 친척이라 할 수 있는 쇄갑족 기선을 가동하는 게 아주 이상한 일까진 아니란 뜻이었다.

그도 자훤처럼 쇄갑족 기선을 뚫어지게 바라보았다.

그러나 자훤처럼 쇄갑족 기선이 깨어나지 않을까 봐 걱정하는 게 아니라, 저 괴상하게 생긴 쇄갑족과 인족인 그가 친척 관계라는 사실이 아직도 믿기지 않아서였다.

향 반대 정도 탈 시간이 지났을 무렵, 철문처럼 굳게 닫혀 있던 쇄갑족 기선의 눈꺼풀이 열리며 광포해 보이는 노란색 눈동자가 드러났다.

이어 뱀을 닮은 머리부터 물고기를 닮은 꼬리까지 천천히 움직여 보던 쇄갑족 기선은 어느 순간, 갑자기 두 다리로 바닥을 딛고 몸을 곧추세웠다.

각각의 쇄갑족 기선은 머리부터 발끝까지의 길이가 300장이 넘었다.

말이 300장이지, 웬만한 산 하나가 옆으로 누워 있는 것과 마찬가지였다.

그런 쇄갑족 기선 100기가 지축을 흔드는 굉음을 내며 동시에 일어나기 무섭게 노란 눈동자를 내리깔며 그를 내려다보는 모습은 아무리 강심장인 그라도 긴장이 되지 않을 수 없었다.

그는 당장 달아날 준비를 하면서 통제 진법 쪽에 있는 자훤을 보았다.

쇄갑족 기선의 지금 모습은 마치 알에서 갓 부화한 병아리가 먹이를 달라며 어미를 쳐다보는 모습과 흡사했다.

즉, 쇄갑족 기선 100기가 그를 주인으로 인식했단 뜻이었다.

이는 어쩌면 당연한 일일지도 몰랐다.

그의 정혈을 이용해 깨웠으니 쇄갑족 기선의 주인도 당연히 그였다.

그러나 그는 쇄갑족 기선과 같은 거대한 혹 덩어리를 달고 다닐 생각이 추호도 없었기에 자훤을 보며 도움을 요청했다.

자훤도 성화교가 몇천 년 동안 공을 들여 제작한 쇄갑족 기선을 그에게 공짜로 내줄 수 없다는 것처럼 바로 통제 진법에 법결을 던져 넣었다.

애초에 통제 진법을 따로 만들어 둔 이유도 쇄갑족 기선이 유건을 주인으로 인식하는 일을 방지하기 위해서였다.

법결을 흡수한 통제 진법이 바로 중앙 진법을 장악해 아직 진법과 연결되어 있는 쇄갑족 기선 100기에 신호를 보냈다.

다행히 신호가 제대로 간 듯 쇄갑족 기선의 노란 눈동자가 강렬한 빛을 뿜어냈다.

통제 진법이 통하는 모습을 본 자훤은 지체하지 않고 진핵에 정혈을 뿜어 쇄갑족 기선이 그녀를 주인으로 인식하게 하였다.

자훤의 정혈을 흡수한 통제 진법은 그 즉시 쇄갑족 기선에 좀 더 강한 신호를 보냈다.

한데 쇄갑족 기선은 마치 둘 중 누굴 주인으로 모셔야 할지 갈등하는 것처럼 그와 자훤 사이에서 계속 쭈뼛쭈뼛했다.

당황한 자훤은 다시 한번 통제 진법에 정혈을 뿌렸다.

그 순간, 마침내 결정을 내린 듯 쇄갑족 기선 100기가 굉음을 내며 동시에 돌아서서 자훤 쪽을 물끄러미 쳐다보았다.

그제야 마음이 놓인 자훤은 쇄갑족 기선 100기에 준비해 둔 법결을 날렸다.

쇄갑족 기선 100기는 새로운 주인인 자훤의 명령을 제대로 따르는 것처럼 보였다.

자훤이 날아오르라 지시하면 번개같이 날아오르기도 하고 그 자리에서 한 바퀴 돌아보라 지시하면 춤을 추는 것처럼 쇄갑족 기선 100기가 동시에 제 자리를 한 바퀴 돌았다.

한데 갑자기 눈빛이 돌변한 쇄갑족 기선 몇 기가 자훤 쪽으로 이빨을 드러내며 으르렁거리다가 몸을 돌려 그에게 돌아왔다.

"멈춰라!"

소리친 자훤은 급히 통제 법결을 날려보았다.

그러나 그에게 돌아온 쇄갑족 기선은 돌아갈 기미가 없었다.

마치 자신들의 주인은 자훤이 아니라, 그라는 듯한 태도였다.

한데 곧이어 더 큰 문제가 발생했다.

이젠 남은 쇄갑족 기선들까지 전부 자훤의 통제를 거부하고 유건 쪽으로 몰려갔다.

그는 그를 호위하듯 둘러싼 쇄갑족 기선 100기를 보면서 속으로 쓴웃음을 지었다.

그는 이렇게 된 이유를 알았다.

자훤이 준비한 통제 법결보다 그가 지닌 용족의 정혈이 더 강해 쇄갑족 기선이 그를 주인으로 인식한 게 분명했다.

그러나 자훤에게 그 얘길 할 순 없는 일이었다.

자훤은 통제 진법에 정혈도 새로 뿌려 보고 더 강한 법결도 날려 보면서 그에게 돌아온 쇄갑족 기선을 다시 통제하려 하였다.

그러나 자훤이 아는 모든 수단을 동원했음에도 쇄갑족 기선은 여전히 그를 떠날 생각을 하지 않았다.

그때, 소월의 다급한 뇌음이 들려왔다.

"왜 아직도 쇄갑족 기선을 내보내지 않는 건가? 설마 그 유건이란 아이의 정혈로도 쇄갑족 기선을 가동하는 데 실패한 건가?"

자훤은 다른 방법이 없어 사실대로 털어놓았다.

"유건이란 아이의 정혈로 쇄갑족 기선을 가동하는 데까진 문제가 없었습니다. 한데 이상하게도 그 후에는 쇄갑족 기선에 통제 법결이 먹히지 않고 있습니다."

소월은 짜증을 내며 물었다.

"그게 대체 무슨 말인가?"

"쇄갑족 기선이 제 통제를 벗어났단 뜻입니다."

"그럼 쇄갑족 기선이 지금 통제 불능이란 말인가?"

"그건 아닙니다. 아마 쇄갑족 기선은 저 대신에 유건이란 아이를 주인으로 인식 중인 것 같습니다."

"맙소사!"

충격을 받은 소월은 말문이 막힌 듯 갑자기 입을 다물었다.

그때, 자훤이 먼저 뇌음을 보냈다.

"이번 사태를 해결한 방법은 하나뿐입니다."

소월은 초조한 목소리로 물었다.

"그게 무엇인가?"

"저 대신에 유건이란 아이가 쇄갑족 기선을 조종하는 것입니다."

"설마 유건이란 아이에게 통제 법결을 알려 주잔 건가?"

"그렇습니다."

"전쟁이 끝난 후에 쇄갑족 기선을 되찾아 올 방법은 있는 건가?"

"지금은 이번 전쟁에서 이기는 게 우선입니다. 쇄갑족 기선을 어떻게 찾아올지는 이긴 후에 생각해도 늦지 않습니다."

소월은 어쩔 수 없다는 듯 한숨을 내쉬며 대꾸했다.

"대장로의 말이 맞는 것 같군. 그렇게 하게."

"알겠습니다."

소월의 허락을 받은 자훤은 바로 그에게 뇌음을 보냈다.

"지금부터 본녀가 알려 주는 구결을 암기하게."

"어떤 구결입니까?"

"쇄갑족 기선을 통제하는 통제 법결의 구결일세."

"설마 저보고 쇄갑족 기선을 조종해 적과 싸우라는 뜻입니까?"

"지금은 그 수밖에 없네. 할 건가? 말 건가?"

그는 잠시 고민해 보고 나서 고개를 끄덕였다.

"어차피 성화성이 무너지면 저도 살아남기 어려울 테니 대장로님 말씀대로 하겠습니다."

"성공하면 본녀가 톡톡히 사례하겠네."

"바깥 상황이 급한 모양인데 구결부터 알려 주시지요."

자훤은 바로 쇄갑족 기선을 통제하는 구결을 가르쳐 주었다.

다행히 그리 어렵지 않아 금방 익힐 수 있었다.

“다 익혔습니다.”

“그럼 바로 쇄갑족 기선에 공격 명령을 내리게.”

“알겠습니다.”

대답한 그는 바로 통제 법결을 만들어 쇄갑족 기선에 날렸다.

법결을 맞은 쇄갑족 기선 100기는 즉각 지하 공간 오른쪽에 있는 거대한 통로를 이용해 성화궁 밖으로 나갔다.

쇄갑족 기선을 본 양측 수사들은 너나 할 것 없이 깜짝 놀랐다.

신화교 연합 세력 수사들은 갑자기 나타난 거대한 기선을 보고 놀랐고 구화교 수사들은 성화궁 지하에 그들이 모르는 대형 기선이 100기나 보관되어 있었다는 사실에 깜짝 놀랐다.

신화교 연합 세력 고계 수사 중에는 쇄갑족을 연구한 이들이 꽤 있어 구화교가 꺼낸 기선의 정체를 바로 알아보았다.

“저, 저건 쇄갑족이다!”

“맙소사!”

그때, 마침내 쇄갑족 기선들이 행동에 나섰다.

쇄갑족 기선 100기는 각자 신화교 연합 세력의 장선 후기 이상의 수사를 한 명씩 목표로 정해 쇄도해 갔다.

크기가 300장에 달하는 쇄갑족 기선 100기가 하늘을 가득 채우며 일제히 날아가는 모습은 장관이란 말로 부족할 정도였다.

신화교 연합 세력의 고계 수사들은 갑자기 나타난 기선이 쇄갑족의 모습을 하고 있어 소스라치게 놀랐다.

그러나 쇄갑족 기선이 뿜어내는 기운이 고작 오선 후기에 불과하다는 것을 알아내곤 헛웃음을 지었다.

막판에 몰린 구화교가 초조한 나머지, 창고에 처박아 두었던 케케묵은 쓰레기까지 동원한 줄 안 것이다.

다시 자신감을 회복한 신화교 연합 세력의 고계 수사들은 그들을 향해 짓쳐 오는 쇄갑족 기선을 향해 맹공을 퍼부었다.

한데 쇄갑족 기선의 몸에 새겨진 진법이 눈을 찌를 듯한 광채를 뿜어내기 무섭게 신화교 연합 세력의 고계 수사들이 가한 공격이 전부 튕겨 나갔다.

평범한 장선 후기가 가한 공격이라면 그럴 수도 있었다.

그러나 아징처럼 장선 후기 최고봉 중에서도 실력이 걸출한 수사들의 공격마저 여지없이 튕겨 나갔다.

이상함을 느낀 신화교 연합 세력의 고계 수사들이 급히 주위를 둘러보았다.

도등 등에게 발목이 붙잡힌 금화를 제외한 구화교의 고계 수사 전부가 성화궁 상공으로 달아나는 모습이 눈에 들어왔다.

그제야 함정에 빠졌음을 직감한 아징이 가장 먼저 비술을 펼쳐 달아났다.

그때, 쇄갑족 기선이 갑자기 순간 이동을 펼쳐 목표로 정한 신화교 연합 세력의 고계 수사 앞에 나타나 몸을 풍선처럼 부풀렸다.

"자폭이다!"

"구화교 놈들이 비겁한 수단을 동원했다!"

비명을 지른 신화교 연합 세력의 고계 수사들은 각자 가장 자신 있는 수단을 동원해 달아났다.

그러나 쇄갑족 기선은 그들의 도주를 허용하지 않았다.

쇄갑족 기선 100기가 입을 벌려 무형의 음파를 발사하기 무섭게 그 일대의 중력이 수천 배 무거워져 장선 후기 수사조차 빠져나가질 못했다.

심지어 장선 후기 최고봉 수사들도 달아나다가 갑자기 철퇴로 머리를 맞은 것처럼 몸을 부르르 떨며 공중에 멈춰 섰다.

목표로 정한 상대를 중력 속성 비술로 공중에 묶어 버린 쇄갑족 기선은 최대한 가까이 접근한 상태에서 한계까지 불어난 몸을 폭탄처럼 터트렸다.

마침내 쇄갑족 기선의 무지막지한 자폭 공격이 시작된 것이다.

쇄갑족 기선이 한 기씩 자폭할 때마다 분홍빛 광채가 태양처럼 피어올라 고양이 눈을 닮은 공간 균열을 일으켰다.

결국, 신화교 연합 세력의 고계 수사 중 상당수가 공간 균열에 빨려 들어가 자취를 감추었다.

◆ ◈ ◆

원래 도등은 아징이 달아날 때 자기도 같이 달아날 생각이었다.

쇄갑족 기선의 기운이 오선 후기에 불과하긴 하지만 왠지 예감이 썩 좋지 않았다.

한데 금화가 마치 도등의 계획을 알아챈 것처럼 이번엔 반대로 그녀가 그의 발목을 붙잡고 늘어졌다.

그때, 쇄갑족 기선이 연달아 자폭하는 바람에 성화성 상공 곳곳에 고양이 눈알을 닮은 공간 균열이 꽃잎처럼 피어올랐다.

공간 균열은 수사들에게 최악의 악몽과 같았다.

공간 균열 안으로 빨려 들어가면 웬만큼 실력이 뛰어나지 않고선 살아 돌아오기 어려웠다.

여기서 말하는 웬만큼은 최소 비선을 의미했다.

즉, 삼월천에서는 공간 균열에 빨려 들어갔다가 살아 돌아올 수 있는 수사가 거의 없단 뜻이었다.

더욱이 공간 균열은 강력한 인력(引力)을 발생시키는데 균열의 규모에 따라 달라지긴 해도 작게는 몇백 장, 크게는 수백 리까지 영향을 미쳤다.

기선술이 극도로 발달한 성화교에서는 오래전부터 공간 균열과 관련한 연구를 쭉 해 왔는데 마침 태어날 때부터 중력을 다룰 줄 아는 쇄갑족 수사의 시체 일부를 구하면서 연구에 탄력이 붙어 공간 균열을 인위적으로 만들어 내는 쇄갑족 기선을 만드는 데 성공했다.

금화는 금화주선신공으로 만들어 낸 1장 크기의 금빛 꽃잎 수백 개를 우박처럼 마구 쏟아부어 도등, 예군, 당차 세 수사를 공간 균열 가장자리 쪽으로 세차게 밀어붙였다.

기령합체술을 펼치는 바람에 60장 크기의 검은 사자이던 도등은 하얀 선문이 깜빡거리는 검은 도끼 두 개로 금빛 꽃잎을 가까스로 쳐내며 옆을 보았다.

예군, 당차 두 수사는 한계에 봉착했는지 법력 소진이 큰 기령합체술을 유지하지 못하고 원래 모습으로 돌아와 있었다.

독한 마음을 먹은 도등은 몰래 역위술(易位術)을 펼쳐 예군을 금화 쪽으로, 당차를 공간 균열 쪽으로 각각 이동시켰다.

그리고 도등 본인은 가장 안전한 곳에 있던 예군과 자리를 바꾸었다.

그다음은 뻔했다.

예군은 우박처럼 쏟아지는 금빛 꽃잎에 먼지로 변했고 당차는 공간 균열이 발생시킨 인력에 의해 균열 안으로 빨려 들어갔다.

부하 두 명을 희생시킨 도등은 그 틈에 금화와 공간 균열 사이를 무사히 빠져나와 안전한 장소에 도착했다.

이젠 또 다른 비술을 펼쳐 달아나기만 하면 되었다.

나중에 이번 일로 교주나, 일령장에게 한 소리 듣겠지만 여기서 개죽음당하는 것보단 나았다.

도등은 금화가 쫓아오기 전에 재빨리 비행 비술을 펼쳐 달아났다.

그러나 이번엔 좀 전과 다르게 결과가 뻔하지 않았다.

갑자기 도등 앞에 사람의 옷을 갖춰 입은 3장 크기의 금모 성성이가 나타나 선문이 적힌 거대한 방망이를 내리쳤다.

"홍!"

금모 성성이의 경지가 장선 중기 최고봉임을 알아본 도등은 콧방귀를 뀌면서 앞발을 내리쳤다.

기령합체술을 펼친 도등은 거의 작은 봉우리만 한 크기여서 그가 내려친 앞발 또한 웬만한 바위보다 훨씬 크고 단단했다.

금모 성성이가 크긴 하지만 그래 봤자 3장에 불과했다.

60장 크기의 거대 사자로 변신한 도등이 앞발로 내려치면 금모 성성이 따위는 접시처럼 납작 짜부라질 것이 분명했다.

그러나 금모 성성이는 방망이를 휘둘러 도등의 앞발을 가볍게 막아 냈다.

오히려 앞발을 내려친 도등이 고통스러운 비명을 지르며 비틀거리다가 몇 발자국 뒤로 물러섰다.

기이한 일은 그뿐만이 아니었다.

금모 성성이가 갑자기 입을 벌려 금빛 안개를 토해 내기 무섭게 그 일대 30여 리 전체가 안개에 가려 안이 보이질 않았다.

수사들은 급히 안력을 높여 금빛 안개를 투시해 보려 하였다.

그러나 금빛 안개도 보통이 아니어서 장선 후기 최고봉 수사조차 2, 3장을 투시하는 게 고작이었다.

깜짝 놀란 수사들은 뇌력으로 금빛 안개를 조사했다.

그러나 이번에도 마찬가지였다.

금빛 안개 속으로 들어간 뇌력은 마치 깊은 호수에 던진 돌멩이처럼 감감무소식이었다.

그제야 두려운 마음이 생긴 수사들은 다신 금빛 안개 속을 훔쳐볼 생각을 하지 않았다.

금빛 안개 속에서는 검은 섬광만 가끔가다 번쩍일 뿐 수사들의 관심을 끌 만한 일은 일어나지 않았다.

차 한 잔 마실 시간이 지났을 무렵, 금빛 안개가 홀연히 종적을 감췄는데 놀랍게도 도등도, 금모 성성이도 안개와 같이 사라져 보이질 않았다.

마치 둘 다 공간 균열에 빨려 들어간 듯한 모습이었다.

수사들은 자연히 금모 성성이와 관계가 있을 듯한 금화를 찾았다.

한데 그사이 금화도 사라져 지켜보던 수사들을 당혹스럽게 만들었다.

어쨌든 쇄갑족 기선의 연이은 자폭 공격으로 신화교 연합 세력의 고계 수사 수십 명이 거의 동시에 목숨을 잃는 반전이 일어나면서 전황은 180도 달라졌다.

이번엔 구화교 수사들이 먼저 치고 나가 이미 기세가 꺾일 대로 꺾인 신화교 연합 세력 수사들을 맹렬히 몰아붙였다.

전투는 반나절 더 이어졌지만, 고계 수사의 수가 확 줄어든 신화교 연합 세력이 대패해 엄청난 손해를 입고 후퇴했다.

소월은 호법대장로 가충에게 달아난 신화교 연합 세력 수사들을 끝까지 추격해 한 놈도 살려 두지 말란 엄명을 내렸다.

가충이 명을 받고 떠나기 전에 조심스러운 목소리로 물었다.

"신화교 교주는 어찌할까요?"

소월은 한겨울에 내린 서리보다 더 차가운 목소리로 대꾸했다.

"그 돼먹지 않은 놈과는 이미 모자의 연을 끊은 지 오래일세. 사로잡거든 그 자리에서 바로 원신을 뽑아 영침륜으로 영원히 고통을 가하게. 그리고 죽었으면 그 시체라도 가져와서 성화성 정문 위에 걸어 두고."

"알겠습니다."

대답한 가충은 부하들을 데리고 신화교 연합 세력의 뿌리를 뽑으러 출동했다.

한편, 자훤을 따라 성화궁 상공으로 올라온 유건은 속으로 쓴웃음을 지었다.

현재 그 주변에는 멀쩡한 쇄갑족 기선 33기가 그를 호위하듯 둘러싸고 있었다.

쇄갑족 기선 100기는 명령받은 대로 신화교 연합 세력의 고계 수사 100명을 목표로 정해 접근했다.

그러나 그중 33명은 실력이 뛰어나서, 혹은 운이 좋아서 쇄갑족 기선이 자폭 과정에 들어가기 전에 도망칠 수 있었다.

그 바람에 자폭 임무에 실패한 쇄갑족 기선 33기가 돌아와 새로운 명령을 내려 달라는 듯 그를 내려다보고 있었다.

자훤은 난감한 기색으로 그를 둘러싼 쇄갑족 기선들을 둘러보았다.

틈이 날 때마다 쇄갑족 기선에 주인을 자훤으로 바꾸는 통제 법결을 날려 보았지만, 여전히 별 소용이 없었다.

자훤은 결국 한숨을 내쉬며 포기했다.

그때, 소월 등 구화교 고계 수사들이 도착해 그 모습을 보았다.

눈살을 찌푸린 소월은 자훤에게 자초지종을 듣고 나서 그에게 물었다.

"쇄갑족 기선에 주인을 다른 수사로 인식시키는 법결을 써 보았느냐?"

그는 어깨를 으쓱하며 대답했다.

"써 봤는데 통하질 않았습니다."

"쇄갑족 기선에 욕심나서 다른 법결을 쓴 건 아니겠지?"

그는 어이없단 표정을 지었다.

"쇄갑족 기선이 탐이 나긴 해도 300장이나 되는 기선을 33

기나 혹으로 달고 다니고 싶은 마음은 죽어도 없습니다. 그리고 기선술에 대해 누구보다 잘 아는 자훤 대장로님이 옆에서 눈을 부릅뜨고 지켜보고 있는데 그런 꼼수가 통하겠습니까?"

소월은 잠시 생각해 보고 나서 고개를 끄덕였다.

"통하지 않을 테지."

그는 정중하게 예를 표했다.

"일단, 전쟁에서 승리하신 것을 축하드립니다. 그리고 만난 김에 말씀드리는 게 좋을 것 같아서 하는 말인데 전 이만 제 갈 길을 가 보도록 하겠습니다. 제가 급히 떠나려는 이유를 굳이 물어보신다면 개인적인 사정이라 해 두지요."

소월의 표정이 금세 냉랭해졌다.

"쇄갑족 기선의 주인을 바꾸지도 않고 네 맘대로 가겠단 말이냐?"

소월 주위에 있던 고계 수사들은 대놓고 살기를 피워 올리며 그를 위협했다.

그저 자훤만이 미묘한 표정으로 아무런 행동도 하지 않고 그저 그와 소월의 대화에 귀를 기울이고 있을 따름이었다.

그는 장선 후기 최고봉 수사들의 위협에도 표정 하나 바뀌지 않고 대꾸했다.

"금화 선배님이 교주님을 만나 뭐라 했는지는 제가 그 자리에 있지 않아 모르지만 아마 제가 금화 선배님의 제자와 관련 있단 말이었을 겁니다. 한데 이런 상황에서 저를 죽이겠다고 협박하는 게 옳은 행동인지는 잘 모르겠군요."

그의 말에 소월을 포함한 구화교 고계 수사들의 표정이 똥 씹은 것처럼 잔뜩 일그러졌다.

소월은 눈꼬리를 바짝 치켜올리며 성난 암고양이처럼 으르렁거렸다.

"그걸 어떻게 알았지?"

"그거야 조금만 생각해 봐도 금방 알 수 있는 일이지요. 금화 선배님 성격에 차나 마시며 수다나 떨자고 교주님의 초대에 응하신 건 아닐 테니까요."

소월은 자훤을 비롯한 구화교 수뇌부와 뇌음을 주고받고 나서 물었다.

"정말 지금 당장 떠나야 하느냐?"

그는 안타깝단 표정으로 대답했다.

"저도 더 머물고 싶지만, 제가 처한 상황이 허락해 주질 않는군요."

소월은 뇌력으로 그를 쓱 훑은 후에 대꾸했다.

"더 머물고 싶단 말은 입에 발린 개소리일 게 뻔하지만, 개인적인 사정이 있단 말은 사실인 것 같구나. 그럼 떠나기 전에 소교주에게 건 동고 금제를 풀어 주고 가거라. 어차피 너도 우리가 널 해칠 수 없단 사실을 알지 않느냐? 더구나 쇄갑족 기선 33기가 널 지켜 주는데 두려울 게 뭐가 있느냐?"

그는 고개를 저었다.

"그래도 세상일은 모르는 거지 않습니까? 차라리 이렇게 하시지요."

"어떻게 말이냐?"

"소언선자에게 신점을 보면 성화동이란 곳에 들어가 성화를 흡수해야 한다고 들었습니다. 하지만 꼭 신점을 본 직후에 성화동으로 들어가야 하는 건 아니라더군요. 그 전에 준비할 게 많아서요. 그렇다면 시간이 좀 있단 소린데 제가 안전하다고 느낄 장소까지 소언선자가 저와 동행하는 게 어떻겠습니까? 안전한 장소에 도착하면 바로 소언선자에게 건 동고 금제를 풀어 주겠습니다."

소월은 자훤과 뇌음을 주고받고 나서 대답했다.

"우리가 널 어떻게 믿고 소교주를 같이 보낸단 말이냐. 그러지 말고 동고 금제의 해제 방법을 옥간에 적어서 누구도 열어 보지 못하도록 봉인 비술을 걸어 두는 게 어떻겠느냐? 네가 안전한 장소에 도착해서 봉인 비술을 풀면 우리가 바로 동고 금제의 해제 방법을 볼 수 있게 말이다."

"좋은 방법이긴 하지만 봉인 비술도 완벽한 건 아니라고 들었습니다. 제가 동고 금제를 풀지 않거나, 혹은 소언선자를 해칠까 염려되어 그러시는 거라면 당사자의 의향을 물어보는 건 어떻겠습니까? 아마 소언선자는 제가 하자는 대로 할 겁니다."

한데 그때였다.

성화궁 깊숙한 곳에서 하얀 빛줄기 하나가 그들 쪽으로 날아오며 소리쳤다.

"교주님, 소녀가 유 수사와 함께 가겠습니다!"

하얀 빛줄기는 바로 요 며칠 얼굴 보기가 힘들었던 소언이었다.

소언은 다행히 얼굴이 약간 창백한 것 빼고는 몸 상태가 괜찮은 듯 보여 마음이 놓였다.

소월은 그게 무슨 말 같지도 않은 소리냐는 표정으로 소언을 쏘아보았다.

그러나 소언은 뇌음으로 소월에게 뭔가를 얘기했고 소월은 가만히 듣기만 하다가 내키지 않는단 듯이 고개를 끄덕였다.

"그렇게 해라."

소언은 눈물을 글썽이며 성화교의 예를 올렸다.

"소녀의 말대로 따라 주셔서 감사해요, 교주님."

소월은 그런 손녀를 잠시 지켜보다가 그에게 뇌음을 보냈다.

"내 손녀의 털끝 하나라도 건드리는 날에는 성화교가 멸망하는 한이 있더라도 네놈을 반드시 죽여 없애 버릴 것이다."

그는 잠시 헷갈렸다.

소월이 소언을 해치지 말라고 경고하는 건지, 아니면 말 그대로 그녀의 털끝 하나 건드리지 말라고 경고하는 건지 알 수 없어서였다.

그러나 둘 중 어느 게 맞느냐고 물어볼 정도로 멍청하지 않아서 일단, 그렇게 하겠다고 대답했다.

소언은 소월, 자훤 등과 작별하고 나서 그를 데리고 성화성을 벗어났다.

당연히 쇄갑족 기선 33기는 주인이 가는 곳이면 거기가 어디든 자기들도 간다는 듯 바로 그와 소언 옆에 따라붙었다.

평범한 체격의 남녀 수사 두 명과 300장 크기의 쇄갑족 기선 33기가 같이 날아가는 광경은 놀라움을 넘어 기이하기까지 하였다.

유건 일행이 시야에서 완전히 사라진 후, 얼굴에 검버섯과 주름이 가득한 백발 노파 하나가 소월에게 물었다.

"소교주가 대체 뭐라 했기에 그들이 같이 떠나도록 허락하신 겁니까?"

소월은 한숨을 내쉬었다.

"소교주가 녹원대륙에서 그 유건이란 아이를 처음 봤을 땐 그가 공선 초기라 하였네. 한데 이곳에서 다시 만났을 땐 놀랍게도 공선 후기 최고봉 경지였다고 하더군."

백발 노파는 어찌나 놀랐던지 얼굴에 가득한 주름이 파도가 치듯 일제히 꿈틀거렸다.

"그게 가능한 일입니까?"

"죽은 양빙란도 그렇다고 했으니까 거짓은 아닐 것이네."

"그 유건이란 아이가 대단히 훌륭한 선근을 타고난 모양이군요."

소월은 고개를 저었다.

“소천리, 아니 그 돼먹지 않은 놈도 엄청난 선근을 타고난 덕에 경지 상승이 타의 추종을 불허했지. 하지만 저 유건이란 아이는 그보다 더 빠르네. 아마도 지닌 선근이 좋을 뿐만 아니라, 남들은 평생 한 번 만나기조차 쉽지 않은 선연을 여러 번 만났기에 그런 경지 상승이 가능했을 것이네. 소교주는 금화 선배 때문에 유건이란 아이를 죽일 수 없다면 차라리 그와 좋은 인연을 맺어 두는 것이 성화교의 미래에 더 좋을 거라며 본 교주를 설득하더군.”

백발 노파가 뿌듯한 표정을 지었다.

“소교주가 벌써 교를 위해 자신을 희생할 줄 아니 본교의 미래가 창창하겠습니다.”

소월은 겉으론 티를 내지 않았지만, 백발 노파가 소언을 칭찬하는 말에 기분이 좋아졌는지 전에 없이 활기찬 목소리로 지시했다.

“자, 다들 힘을 내서 무너진 성벽부터 다시 재건하도록 하게.”

“예, 교주님!”

소월을 향해 성화교의 예를 올린 고계 수사들은 사방으로 흩어져 이번 전쟁에 피해를 본 곳을 수리하고 다친 부하들을 돌봤다.

막대한 희생이 있긴 했지만 어쨌든 그들은 이번 전쟁의 승자였다.

소월은 유건 일행이 사라진 방향을 잠시 바라보다가 자훤을 향해 고개를 끄덕였다.

자훤도 알았다는 듯 고개를 끄덕이고 나서 유건 일행이 사라진 방향으로 몸을 날렸다.

한편, 성화성을 떠난 소언은 쇄갑족 기선을 둘러보며 피식 웃었다.

"호위 수사로 쓰기엔 너무 거창한 거 아니에요?"

그는 어깨를 으쓱했다.

"좀 커서 그렇지, 제법 쓸 만한 친구들이오."

"그나저나 우린 이제 어디로 가요?"

"성화교가 우릴 방해할 수 없는 유일한 곳으로 갈 거요."

"아, 도악산맥 말이군요."

"그렇소."

그들은 바로 도악산맥이 있는 방향으로 전력을 다해 날아갔다.

7장. 금모 성성이

7장. 금모 성성이

유건이 성화궁 별채에 머무를 때, 소언이 그를 찾아와 자기에게 동고 금제를 가르쳐 달라고 졸랐다.

소언은 원래 반사 금제를 익히고 있어 다른 수사가 그녀의 몸에 금제를 걸지 못했다.

그래서 신화교도 괴뢰 진법과 같은 편법을 써서 소언을 꼭두각시로 만들려 하였다.

한데 소언에 따르면 다른 수사가 그녀의 몸에 금제를 거는 건 안 되지만 그녀 본인은 자기 몸에 금제를 걸 수 있다고 하였다.

유건은 처음에 소언의 부탁을 거절했다.

너무 위험하단 이유에서였다.

그러나 소언의 의지가 워낙 강한 탓에 그도 다른 방법이 없어 천농쇄박에 있는 동고 금제 구결을 가르쳐 주고 말았다.

소언은 그가 가르쳐 준 동고 금제를 익혀 자기 몸에 먼저 걸었다.

그러고 나서는 그에게 동고 금제를 걸어 그와 소언이 동고 금제를 공유하게 하였다.

즉, 소언에게 동고 금제를 건 건 그가 아니라, 그녀 자신이었다.

어쨌든 소언이 건 동고 금제 덕분에 그는 소월을 비롯한 성화교 수뇌부를 완벽히 속이는 데 성공해 호랑이 굴보다 더 무서운 성화성에서 무사히 빠져나올 수 있었다.

물론, 나중에 도착한 금화가 그를 언급하면서 동고 금제의 가치가 빛이 바래긴 했지만, 어차피 동고 금제가 없었으면 그는 금화가 도착하기 전에 이미 정혈을 빨려 죽었을 가능성이 컸다.

쇄갑족 기선을 가동하는 데 필요한 것은 그가 아니라, 그의 정혈이었다.

도악산맥에 도착한 그는 고공으로 올라가서 아래를 내려다보았다.

발밑에 용이 내려앉은 듯한 거대한 산맥이 누워 있었다.

그는 곧 산맥 왼쪽 기슭에서 금화를 만난 돌산을 찾아냈다.

그의 기억력은 타의 추종을 불허했기에 틀릴 리가 없었다.

그러나 여기까지는 쉬운 부분이었다.

진짜 어려운 부분은 금화에게 도악산맥에 들어와도 된다는 허락을 받는 데 있었다.

금화도 성화성 전장에 있었기에 쇄갑족 기선이 장선 후기 최고봉 수사를 죽일 수 있단 사실을 알고 있을 게 분명했다.

더욱이 그런 쇄갑족 기선을 한 기도 아니고 무려 33기나 동행한 그와 소언을 받아 주는 것은 아무리 금화가 자신의 실력에 대단한 자신감이 있다고 하더라도 쉬운 일이 아니었다.

그러나 어쨌든 그도 믿는 구석이 있었기에 도악산맥을 찾은 것이었다.

그가 믿는 구석은 바로 규옥이었다.

규옥은 금화의 제자였기에 제자가 사부를 방문하러 왔단 핑계를 대면 그들을 받아들일 가능성이 전혀 없진 않았다.

그는 영목낭에 있는 규옥을 불러내 뇌음으로 지시했다.

“네가 앞으로 나가서 제자가 사부님을 뵈러 왔다고 고하거라.”

“예, 공자님.”

대답한 규옥은 몸을 단정히 하고 나서 허공에 큰절을 올렸다.

“제자 규옥이 사부님을 뵈러…….”

한데 규옥이 절을 다 마치기도 전에 공중에서 쩌렁쩌렁한 외침이 들려왔다.

"제자가 사부를 만나러 오는데 무슨 절을 하고 자빠졌느냐! 이곳은 사부의 선부이기도 하지만 네 선부이기도 하다! 남사스러운 짓은 그만하고 어서 들어오기나 해라!"

규옥은 두 팔을 모으고 공손히 대답했다.

"예, 사부님. 제자가 곧 선부로 찾아뵙겠습니다."

규옥이 금화에게 허락을 받았지만, 그는 여전히 마음에 걸리는 게 있었다.

바로 쇄갑족 기선 문제였다.

그는 급히 앞으로 나가 머리를 숙였다.

"선배님, 후배가 피치 못할 사정으로 인해 쇄갑족 기선을 떠맡게 되었습니다. 당연히 선배님의 선부로 오기 전에 처리했어야 할 문제지만 방법도 모르고 시간도 없어 같이 오게 되었는데 선배님께 폐가 되진 않겠는지요?"

"흥, 넌 본녀가 그따위 기선에 겁을 먹을 거로 생각한 것이냐?"

그는 즉각 머리를 숙이고 용서를 구했다.

"후배가 멍청한 질문을 했습니다."

"너희들은 전에 머물렀던 돌산 뒤의 2층 건물을 써라."

"알겠습니다."

그제야 안심한 그는 일행을 데리고 도악산맥 왼쪽 기슭으로 날아갔다.

한데 유건 일행이 도악산맥 안쪽으로 막 출발했을 때였다.

갑자기 아무것도 없는 허공에 금빛 꽃이 달콤한 향기를 풍기며 피어올랐다.

그러나 놀라운 일은 그뿐만이 아니었다.

금빛 꽃은 마치 사람처럼 꽃술을 움직여 허공에 대고 물었다.

"그따위 은신술이 본녀에게 통할 거로 생각한 것이냐?"

그 순간, 역시 아무것도 없는 허공에 잔주름이 가더니 그 속에서 보라색 머리카락을 단정하게 묶은 미부인이 걸어 나왔다.

미부인은 바로 소월을 명을 받고 유건 일행을 쫓아온 자훤이었다.

자훤은 바로 성화교의 예를 올리며 머리를 숙였다.

"성화교 교도 자훤이 금화 선배님께 인사 올립니다."

금빛 꽃은 사람처럼 자훤의 위아래를 훑고 물었다.

"네가 진법대장로인 자훤이냐?"

"그렇습니다."

"소진 교주가 자기 제자 중에 자훤이란 아이가 진법과 기선술에 특출한 재능을 보인단 말을 한 적 있었지. 지금 보니 소진 교주의 눈썰미가 틀리진 않은 모양이구나."

"과찬이십니다."

"넌 소교주를 보호하기 위해 따라온 것이냐?"

금화의 성미를 잘 아는 자훤은 수작을 부리지 않고 바로 시인했다.

"그렇습니다, 선배님."

"넌 본녀가 그걸 허락하리라고 생각해 여기까지 숨어든 것이고?"

"선배님의 성정을 익히 아는데 어찌 맨입으로 허락해 달라는 말씀을 드릴 수 있겠습니까?"

"호오, 뭔가 가져온 게 있단 소리구나."

금화가 관심 있어 하는 모습을 본 자훤은 재빨리 대답했다.

"선배님께서 오래전부터 독문 법보의 위력을 높여 줄 전뢰금무란(戰雷金舞蘭)을 찾고 계신단 말을 들었습니다. 후배가 소교주를 옆에서 호위할 수 있게 해 주시면 어렵게 구한 전뢰금무란을 선배님께 양도할 의사가 있습니다."

"정말 전뢰금무란을 구했단 말이냐?"

"직접 살펴보시지요."

대답한 자훤은 품속에서 붉은 꽃대와 금빛 꽃잎을 지닌 난초 한 포기를 꺼냈는데 바람이 불지 않음에도 꽃잎이 춤을 추는 것처럼 꿈틀거리는 것이 보통 기이한 보물이 아니었다.

더구나 황금빛 꽃잎에는 벼락 맞아 갈라진 오동나무처럼 벼락에 맞아 탄 자국이 선명하게 찍혀 있었다.

금화가 탄성을 터트렸다.

"오, 진짜 전뢰금무란이구나!"

"허락해 주시겠습니까?"

"전뢰금무란 정도면 그럴 가치가 있지. 좋다. 허락하마. 단, 본녀의 선부에서 헛짓거리하다간 좋은 꼴을 못 볼 거라는 것만 알아 둬라."

"명심하겠습니다."

금빛 꽃은 가지 하나를 쭉 뻗어 자훤의 손에 들린 전뢰금무란을 빼앗듯 낚아채고 바로 모습을 감추었다.

그 모습을 보고 안도의 숨을 내쉰 자훤은 유건 일행이 사라진 왼쪽 기슭으로 몸을 날렸다.

한편, 도악산맥 왼쪽 기슭에 도착한 유건 일행은 익숙한 풍경과 맞닥뜨렸다.

광활한 들판에 세워진 각양각색의 봉우리들, 수면이 은어 비늘처럼 반짝이는 옥빛 호수, 그리고 마치 무릉도원에 들어온 듯한 착각을 일으키는 과수원이 연달아 모습을 드러냈다.

소언은 정신없이 주변을 두리번거리다가 감탄한 얼굴로 뇌음을 보냈다.

"전에 왔을 땐 여유가 없어 주변을 둘러볼 겨를이 없었는데 지금 보니 정말 아름다운 곳이군요."

"금화 선배님이 허락만 해 주시면 선부를 구경할 시간은 충분할 거요."

소언은 이해가 안 간다는 표정으로 물었다.

"당신은 백팔초겁을 준비해야 하는데 그럴 시간이 있겠어요?"

"난 구경 안 해도 상관없소."

소언은 뾰로통한 표정으로 대답했다.

"나 혼자 구경 다니면 퍽도 재밌겠군요."

그는 얼른 소언을 달랬다.

"백팔초겁 준비를 하다 보면 분명 기분 전환이 필요할 때가 올 거요. 그땐 둘이서 선부를 구경하러 다닙시다. 어떻소?"

"좋아요."

한데 그때, 그들이 온 방향에서 보랏빛 빛줄기 하나가 엄청난 속도로 다가왔다.

흠칫한 그는 소언을 자기 뒤로 끌어당기면서 법력을 끌어올렸다.

도악산맥 안이어서 별다른 일은 없을 테지만 사람 일은 모르는 법이었다.

잠시 후, 그들 앞에 도착한 보랏빛 빛줄기에서 자훤이 천천히 걸어 나왔다.

소언은 바로 함박웃음을 지으며 달려가 자훤 품에 덥석 안겼다.

"대장로님!"

자훤은 그녀의 품에 안긴 소언의 머리를 쓰다듬었다.

"소교주는 어째 나이가 들수록 더 애 같아지는 것 같습니다."

소언은 그제야 약간 민망한 표정으로 자훤의 품에서 빠져나왔다.

"한데 대장로님이 여긴 어떻게 오신 거예요? 설마 몰래 들어오신 건 아니겠죠?"

"금화 선배가 어떤 분이신데 외인을 함부로 들이겠습니까?"

"그럼 금화 선배님께 허락을 받은 거로군요?"

"당연하지요."

소언은 다행이라는 듯 안도의 숨을 쉬고 물었다.

"교주님이 유 수사를 감시하라고 대장로님을 보내신 건가요?"

자훤은 그를 힐끗 보고 대답했다.

"그를 감시하라고 보낸 게 아니라, 소교주를 보호하라고 보낸 거지요."

"암튼 잘되었어요. 대장로님은 저 같은 거보다 경험이 훨씬 많으니 유 수사가 백팔초겁을 무사히 치르는 데 큰 도움이 될 거예요."

자훤은 예상치 못한 말을 들은 사람처럼 눈을 크게 뜨며 물었다.

"유 수사가 말한 개인적인 사정이란 게 백팔초겁이었던 겁니까?"

"그게 왜요?"

자훤은 놀랍다는 듯 새삼스러운 눈으로 유건을 쳐다보았다.

"그의 성취 속도가 남다르다는 것은 이미 알고 있었지만, 아직 백팔초겁조차 치르지 않았을 줄은 몰랐습니다. 저와 교주님은 그가 말한 개인적인 사정이 오선에 관한 일일 거라 예상했지요."

그는 그 틈에 앞으로 나가서 자훤에게 인사했다.

"또 뵙습니다, 대장로님."

"성화궁에서 본 게 마지막일 줄 알았는데 어쩌다 보니 이렇게 또 만나게 되는군."

"일단, 금화 선배님이 마련해 주신 거처로 가서 대화를 나누시지요."

"좋은 생각일세."

자훤이 합류함에 따라 전력이 엄청나게 강해진 일행은 과수원을 지나 금화의 선부가 있는 돌산으로 향했다.

한데 돌산은 쥐 죽은 듯 조용했다.

금화도, 금화를 따르던 금모 성성이도 보이질 않았다.

그러나 어차피 금화를 보러온 건 아니었으므로 그들은 바로 돌산 뒤에 있는 정갈한 2층 건물에 여장을 풀었다.

쇄갑족 기선 33기는 2층 건물 뒤의 너른 공터에 자동차처럼 주차시켜 놓고 나서 법술로 그가 아닌 다른 수사가 가동하지 못하도록 통제 법결을 걸어 두었다.

그때, 규옥이 영목낭 안에서 말을 걸어왔다.

"공자님, 사부님이 절 찾으시는 것 같아요."

"돌산 선부로 오라고 하시더냐?"

"그런 말씀은 없으셨어요. 그저 건물 밖으로 나오면 사부님이 알아서 데려가겠다고만 하셨어요."

"그럼 지체하지 말고 바로 떠나도록 해라."

규옥은 영목낭 밖으로 나와서 그에게 절을 올리고 건물을 나갔다.

그는 뇌력으로 규옥을 좇다가 얼마 안 가 바로 포기했다.

갑자기 강대한 기운이 나타나 규옥을 휘감기 무섭게 그녀의 종적이 귀신처럼 사라진 탓이었다.

한편, 건물 2층 난간에 서서 풍경을 감상하던 자훤은 규옥이 서쪽으로 날아가는 모습을 발견하고 고개를 작게 끄덕였다.

금화가 전에 언급한 제자가 규옥임을 알아보았기 때문이었다.

사실, 성화성에서는 금화의 제자를 놓고 설왕설래가 많았다.

금화의 제자가 성화성에 있단 말을 믿는 쪽이 있는가 하면 금화가 이번 전쟁에 끼어들기 위해 꾸며 낸 말이라고 생각하는 자들도 있었다.

금화는 유마교 수사들에게 씻을 수 없는 원한이 있었으므로 그녀가 무리수를 둬 가면서까지 이번 전쟁에 끼어들려 하는 게 그리 이상한 일은 아니었다.

금화의 제자가 성화성에 있단 말을 믿지 않는 쪽은 그 근거로 금화의 성격상, 그녀가 아끼는 제자가 인족 수사인 유건과 붙어 다니는 것을 허락할 리 없단 이유를 들곤 하였다.

한데 자훤은 금화의 제자를 두 눈으로 직접 목격한 것도 모자라 인족인 유건과 같이 붙어 다니는 모습까지 확인했다.

자훤은 씁쓸한 표정으로 중얼거렸다.

"최소한 이제부턴 금화 선배의 제자가 진짜로 존재하는지, 안 하는지로 싸울 일은 없겠군."

한편, 유건은 규옥이 떠난 후부터 백팔초겁 준비에 열을 올렸다.

그동안 이런저런 일로 인해 백팔초겁을 준비할 시간이 많지 않았다.

그렇게 며칠이 지났을 때였다.

이번엔 영목낭에 있던 자오진인이 말을 걸어왔다.

"자훤 대장로를 만나 보고 싶습니다."

"그녀를 만나려는 이유가 무엇이오?"

"저도 진법 수사고 그녀도 진법 수사니 대화하다 보면 서로 얻는 것이 많을 겁니다."

"그녀는 장선 후기 최고봉이오. 정말 괜찮겠소?"

"성화궁 지하에서 지켜본 바에 따르면 그녀는 금화 선배가 있는 도악산맥에서 일을 벌일 만큼 무모한 것 같진 않더군요."

그는 고민 끝에 허락했다.

자오진인은 그날 바로 자훤을 찾아갔다.

자훤은 처음에 자오진인의 정체를 의심했다.

그러나 자오진인이 먼저 자신이 진법으로 유명한 천구해 금갑족임을 밝히면서 의심은 곧 사그라들었다.

상대의 의심을 푸는 데 성공한 자오진인은 바로 그가 지닌 풍부한 진법 지식을 활용해 자훤을 감명시켰다.

자훤은 지금까지 그녀 수준에 이른 진법 수사를 만나 본 적이 거의 없었기에 경지나, 신분에 개의치 않고 자오진인과 진법과 관련해 폭넓은 대화를 나누었다.

그들은 대화를 통해 전엔 몰랐던 것을 새로 깨닫는 부분이 상당히 많아 이런 기회를 좀 더 빨리 마련하지 않은 것에 화가 날 정도였다.

그로부터 며칠이 더 지나서는 백팔초겁 준비에 진전이 없어 답답해진 유건이 그들의 대화에 참여하면서 판이 좀 더 커졌다.

한데 자훤이 무심결에 내뱉은 한마디가 꽉 막혀 있던 그의 숨통을 뚫어 주는 결과를 불러왔다.

바로 그가 지닌 법보를 기선술로 개조하면 그도 기선합체술을 펼쳐 백팔초겁을 좀 더 쉽게 막을 수 있을 거란 말이었다.

◆ ◈ ◆

유건은 정중하게 물었다.

"좀 더 자세히 설명해 주실 수 있겠습니까?"

자훤은 별거 아니라는 듯 가볍게 대답했다.

"간단한 얘기네. 법보를 기선술로 개조해 기선갑(器仙鉀)으로 만들면 본신과 기선갑을 합체시키는 기선합체술을 쓸 수 있네."

"기선합체술을 쓰면 천겁을 좀 더 쉽게 넘길 수 있단 말도 사실입니까?"

"사실이네. 이것도 앞서 언급한 기선갑처럼 간단한 얘기지. 자네도 공선 후기 최고봉이니까 본신과 법보가 한 몸이 되어 움직이는 것처럼 보이지만, 실상은 그 사이에 적지 않은 틈이 있단 것을 느꼈을 것이네."

옆에서 팔짱을 끼고 듣고 있던 자오진인이 고개를 끄덕였다.

"맞는 말씀입니다. 경지가 올라갈수록 그 틈이 줄어들기 마련이지요. 그리고 같은 경지에서도 그 틈이 큰지, 작은지에 따라 실력의 고하가 나뉘는 법이고요."

그는 급히 물었다.

"본신과 법보 사이의 연계에 틈이 있어서 법보가 지닌 힘을 온전히 끌어내지 못한단 뜻으로 이해하면 되는 건지요?"

자훤은 이해력이 뛰어난 제자를 보고 있는 것처럼 기특하단 표정으로 대답했다.

"정확하네."

"그렇단 말씀은 기선합체술이 그 틈을 인위적으로 줄여 줄 수 있단 뜻인지요?"

"본녀가 하려던 말을 자네가 대신해 주는군. 맞네. 기선합체술을 쓰면 본신과 법보 사이의 틈을 줄여 주어 법보의 능력을 한층 더 끌어올릴 수 있네. 당연히 법보의 능력이 높아지면 천겁도 훨씬 쉽게 넘길 수 있겠지. 물론, 바탕이 되는 기선갑의 재료가 좋지 못하면 다 부질없는 이야기이긴 하네만."

유건은 그때부터 자훤, 자오진인 두 수사에게 그와 관련한 이야기를 자세히 물었다.

자훤에게는 기선술과 관련한 질문을, 자오진인에게는 오행상생진에 관련한 질문을 주로 하였는데 자훤, 자오진인 둘 다 그쪽 분야의 최고 전문가인지라, 그가 궁금해하는 부분을 알기 쉽게 설명해 주었다.

반대로 자훤, 자오진인도 그쪽 분야의 최고 전문가답게 그가 그런 질문을 하는 이유를 어렵지 않게 유추해 낼 수 있었다.

자오진인이 뇌음으로 물었다.

"설마 오행검을 기선갑으로 개조하실 생각인 겁니까?"

자오진인의 질문을 듣고 말없이 뭔가를 고민하던 그는 잠시 후 후련해진 표정으로 법보낭에서 목정검, 홍쇄검, 빙혼검, 화린검을 꺼내 자훤에게 보여 주었다.

"이 네 비검을 개조해 기선갑으로 만들 수 있겠습니까?"

자훤은 최고 전문가답게 그가 꺼낸 비검 네 자루가 전부 범상치 않은 재료로 만들어진 보물이란 사실을 바로 알아보았다.

그러나 자훤은 비검에 관해 얘기하기 전에 다른 질문부터 하였다.

"개조할 수 있는지 알아보려면 먼저 네 비검의 재료와 연원을 소상히 알아야 하네. 한데 이런 정보는 대부분 다른 수사에게 밝힐 수 없는 부분이 많기 마련이지. 자넨 그걸 다 공개할 각오가 되어 있는 건가?"

그는 고개를 끄덕였다.

"이미 각오했기에 대장로님께 보여 드린 겁니다."

대답한 그는 고개를 슬쩍 돌려 문밖으로 시선을 주었다.

"소언선자도 그만 훔쳐 듣고 안으로 들어오도록 하시오."

잠시 후, 소언이 뻴쭘한 표정으로 들어와 그 옆에 앉았다.

"내가 엿듣고 있는 걸 언제부터 알았어요?"

그는 피식 웃으며 대답했다.

"대장로님과 자오 영감은 아마 처음부터 알았을 테고 난 좀 전에야 알았소."

그 말에 자훤은 아니라는 듯 고개를 저었다.

"소교주, 유 수사가 지닌 뇌력은 같은 경지의 수사를 월등히 초월합니다. 그는 아마 본녀나, 자오 수사보다 약간 늦게 알았을 겁니다."

소언은 그에 대해 또 새로운 걸 알았다는 듯 눈을 크게 떴다.

"뇌력까지 그 정도일 줄은 몰랐어요."

그는 자신의 뇌력이 화제에 오르는 게 불편해 얼른 주제를 바꿨다.

"한데 왜 들어오지 않고 엿듣고 있던 거요? 소언선자가 대화에 참여한다고 해서 뭐라 할 수사는 이곳에 아무도 없는데 말이오."

소언은 부끄러운 듯 얼굴을 살짝 붉혔다.

"난 어려서부터 여기 계신 대장로님께 기선술과 진법을 배우긴 했지만, 재능이 없는지, 열심히 배워도 진전이 거의 없었어요. 그래서 요 몇 년 동안은 아예 대장로님을 찾아뵙지도 않았죠. 한데 그런 내가 인제 와서 기선술과 진법에 관심을 보인다면 그건 염치없는 짓이지 않겠어요?"

그는 껄껄 웃었다.

"하하, 그럼 난 세상에서 제일 염치없는 수사일 거요."

"그게 무슨 말이에요?"

"난 성화교 교도도 아닌 주제에 자훤 대장로님을 졸라 어떻게든 백팔초겁에서 벗어나려고 발버둥 치고 있지 않소? 한데 선자는 나와 달리 성화교 소교주가 아니오? 소교주가 대장로에게 가르침을 청하는 게 어찌 염치없는 짓이란 말이오?"

자훤은 바로 맞장구를 쳤다.

"유 수사의 말이 맞습니다, 소교주. 원래 배움에는 시기가 따로 없는 법이지요."

그 말에 용기를 얻은 소언은 자훤과 자오진인에게 절을 올렸다.

"그럼 염치 불고하고 소녀도 두 분께 가르침을 청하겠습니다."

자훤은 소언의 절에 가볍게 고개를 끄덕이는 것으로 응대했다.

소언과 자훤은 소교주와 일반 교도의 관계라기보단 스승과 제자의 관계에 더 가까웠기에 이는 교의 규율을 어긴 게 아니었다.

그러나 외부인인 자오진인은 그럴 수 없어 같이 예를 올렸다.

소언의 경지가 그보다 한참 낮긴 하지만 그녀는 성화교 소교주였기에 금갑족 후배를 대할 때처럼 할 순 없는 노릇이었다.

더구나 돌아가는 상황을 보아하니 유건과 소언의 사이가 심상치 않았다.

앞으로 어떻게 될진 누구도 모르는 일이었으나 미리 점수를 따 놔서 나쁠 건 없었다.

그때, 자훤이 자오진인에게 권했다.

"소교주는 지금 성화교의 소교주로서 자오 수사에게 가르침을 청한 게 아니라, 후배가 선배에게 가르침을 청한 것에 가깝네. 자오 수사도 그렇게 예를 차릴 필요가 없단 뜻이지."

소언도 같은 생각인 듯 자오진인을 보며 간곡히 청했다.

"대장로님의 말씀이 백번 지당합니다. 앞으론 다른 후배들처럼 편하게 대해 주십시오."

자오진인은 잠시 고민한 후에 고개를 끄덕였다.

"두 분이 그렇게 나오시니 저도 더는 거절하기 어렵겠습니다. 나도 앞으론 공자님처럼 소교주를 소언선자라 부르겠네."

한편, 소언을 대화에 합류시킨 유건은 다시 비검 문제로 돌아갔다.

"전 소언선자와 두 분 선배님을 믿고 있기에 제가 지닌 법보의 재료와 연원을 공개하는 일에 거리낄 게 전혀 없습니다."

그의 말은 빈말이 아니었다.

선도에 가족도, 친구도, 제자도 믿지 말란 격언이 내려오긴 하지만 자오진인은 그의 동반자였고 소언은 그의 목숨을 두 번이나 구해 준 은인인 데다, 지금은 같이 잠까지 잔 사이였다.

또, 자훤은 성화교의 엄격한 교규(敎規)를 위반하면서까지 그에게 그녀가 기선술을 연구하면서 얻은 깨달음을 기록한 옥간을 건네준 장본인이었다.

이를테면 상대방의 강력한 약점을 쥔 상태라 자훤에 대해서도 걱정하지 않았다.

그는 세 수사에게 목정검, 홍쇄검, 빙혼검, 화린검의 재료와 연원을 공개했다.

물론, 정말 밝힐 수 없는 부분은 두루뭉술 넘어갔다.

자오진인은 거의 다 아는 얘기여서 별다른 반응이 없었지만, 자훤이나 소언은 당연히 다 처음 듣는 내용인지 비검의 재료나 연원을 하나씩 공개할 때마다 놀라거나, 탄성을 터트렸다.

그의 얘기를 다 듣고 나서 자훤이 고개를 끄덕였다.

"역시 예상대로 네 비검 모두 훌륭한 재료와 연원을 가지고 있구먼. 먼저 결론부터 말하자면 네 비검은 기선갑의 재료로 쓰기에 더없이 훌륭한 보물들일세. 아마 네 비검을 기선갑으로 개조해 기선합체술에 쓰면 엄청난 위력을 보일 걸세."

자휜의 대답에 기뻐한 그는 바로 자오진인에게 물었다.

"네 비검에 기선술의 핵심 요소 중 하나인 진법 각인술(刻印術)을 써서 오행상생진을 각인시킬 수 있겠소?"

자오진인은 한참을 고민하다가 고개를 끄덕였다.

"가능할 것 같습니다."

자휜이 놀라 물었다.

"자네는 네 비검을 기선갑으로 개조하는 것도 모자라서 기선술의 진법 각인술로 거기다 오행상생진까지 더하려는 건가?"

"그렇습니다."

"위험한 발상이군."

"그럼 성화교에선 이런 방식을 시도하지 않는단 뜻입니까?"

"진법 각인술이 기선술에서 중요한 자리를 차지하긴 하네만 사용하는 데 몇 가지 제약이 따르네."

그는 생각지 못한 난관에 놀라 급히 물었다.

"어떤 제약이 있습니까?"

"다른 건 차치하고서라도 위력이 강력한 진법을 각인시키면 기선갑의 재료가 되는 법보가 버티질 못한단 문제가 가장 크지. 한데 본녀가 자오 수사에게 들은 오행상생진의 위력을 생각하면 이는 도박이나 다름없는 짓이네. 최악의 경우엔 자네의 비검 네 자루가 전부 깨질 수도 있어."

그는 흠칫했다.

목정검 등이 평범한 법보였다면 위험을 감수해 볼 수 있었다.

그러나 목정검 등은 그가 독문 법보로 연성 중인 보물이었다.

비검 네 자루 중 하나가 깨져도 타격이 어마어마할 텐데 비검 네 자루가 전부 깨지면 수행에 중대한 문제가 발생할 위험이 있었다.

그러나 그는 쉽게 포기하는 성격이 아니었다.

"비검 네 자루에 진법 각인술로 오행상생진을 새긴 상태에서 기선갑으로 개조했을 때 성공할 확률이 얼마나 되겠습니까?"

자훤은 미간을 찌푸린 채 곰곰이 생각하다가 대답했다.

"아마 2, 3할에 불과할 것이네."

"2, 3할이면 제 예상보다는 높군요."

자훤은 혀를 찼다.

"쯧쯧, 자넨 아직 자네가 펼치려고 하는 오행상생진이 지닌 가장 큰 문제를 알아채지 못하고 있구먼."

자훤의 말에 자오진인도 그녀의 의견에 동의한다는 듯 씁쓸한 기색으로 고개를 끄덕였다.

그는 자훤의 말을 천천히 곱씹어 보고 쓴웃음을 지었다.

"오행상생진에서 흙 속성을 담당할 비검이 없단 뜻이로군요."

자훤은 침중한 표정으로 대답했다.

"바로 그렇네. 더구나 자네가 구한 네 비검은 전부 산선계 상위 품계에 속하는 보물들일세. 그런 보물과 조화를 이룰 흙 속성 비검 재료를 찾는 건 그리 쉬운 일이 아닐 거야."

그는 한숨을 내쉬었다.

"갈수록 첩첩산중이군요."

자훤은 의아하다는 표정으로 물었다.

"한데 왜 그렇게 백팔초겁 준비에 목을 매는 건가? 본녀가 보기엔 자네가 꺼내 보인 네 비검만으로도 백팔초겁 정도는 충분히 막을 수 있을 것 같은데 말이야. 그리고 자네의 성격상 진짜 중요한 보물은 아직 꺼내 놓지도 않았을 테고 말이야."

그건 소언도 마찬가지인 모양이었다.

"나도 대장로님과 같은 생각이에요. 당신이 지닌 여러 가지 보물과 같은 경지의 수사를 월등히 초월하는 법력과 뇌력이라면 백팔초겁을 쉽게 통과할 수 있을 거예요. 심지어 당신보다 실력이 떨어지는 나도 백팔초겁을 어렵지 않게 통과한걸요."

그는 피식 웃었다.

"소언선자는 성화교 소교주요. 아마 백팔초겁을 준비할 때 성화교 전체가 나서서 도와주었을 테지. 교의 보물도 사용할 수 있었을 테고. 내 말이 맞지 않소?"

소언은 정곡을 찔렸는지 기어들어 가는 목소리로 대답했다.

"그 점에선 당신 말을 부정하지 못하겠네요."

"물론, 나도 내가 지닌 보물과 법력, 뇌력이라면 백팔초겁 정도는 충분히 통과할 수 있을 거로 생각하오. 한데 왠지 예감이 좋지 않소."

"예감이요?"

"다른 수사들이 백팔초겁을 준비할 때처럼 했다간 뒤통수를 세게 얻어맞을 것 같단 예감이 머릿속에서 떠나질 않고 있소. 한데 문제는 내 예감이 당신의 신점보단 못하긴 하지만 그래도 틀릴 때보다 맞을 때가 훨씬 많다는 데 있지."

대화는 몇 시간 더 이어졌지만 별 소득이 없었기에 그는 다시 연공실로 쓰는 방으로 돌아가 가부좌를 하였다.

한데 그도 사람인지라, 아무리 노력해도 머릿속에서 기선갑, 기선합체술, 오행상생진과 같은 단어들이 떠날 생각을 하지 않았다.

'목정검 등에 비견할 만한 흙 속성 재료를 대체 어디서 구한단 말인가?'

연공실에 들어간 지 사흘이 지났지만, 잡생각이 머릿속을 떠나지 않는 바람에 백팔초겁 준비는 여전히 지지부진하였다.

그때, 전에 그가 소언에게 했던 제안이 떠올랐다.

백팔초겁을 준비하다가 기분 전환이 필요할 때가 오면 둘이 함께 금화의 선부를 구경하는 게 어떻겠냐고 한 제안이었다.

'이럴 때 기분 전환을 하지 않으면 대체 언제 하겠어?'

결정을 내린 그는 바로 소언을 찾아가 그의 생각을 전했다.

소언은 당연히 그의 결정을 두 팔 벌려 환영했다.

곧 그들은 2층 건물을 나와 돌산 쪽으로 날아갔다.

선부를 돌아다니기 전에 금화의 허락부터 받고 싶어서였다.

그는 소언과 나란히 서서 돌산 쪽을 향해 절을 올리며 물었다.

"후배가 소언선자와 선부를 구경하려 하는데 허락해 주시겠습니까? 물론, 선부의 중지(重地)에는 절대 발을 들여놓지 않을 것입니다."

다행히 금화에게서 바로 답장이 왔다.

"좋을 대로 해라."

"감사합니다, 선배님."

금화의 허락을 받은 그들은 과수원에서 키우는 영과를 맛보기도 하고 옥빛 호수에 들러 신기하게 생긴 영어(靈魚)를 구경하기도 했다.

또, 그날 오후에는 너른 벌판을 가득 채운 수많은 봉우리를 구경하며 돌아다녔다.

봉우리는 각자 특색이 있어 지루할 겨를이 전혀 없었다.

한데 벌판을 반쯤 들어갔을 때였다.

갑자기 앞에 있는 봉우리 정상에서 비단 폭을 닮은 금빛 빛줄기 하나가 폭포가 쏟아지듯 그들 쪽으로 쏟아져 내렸다.

그는 깜짝 놀라 본능적으로 소언을 보호하는 자세를 취했다.

그러나 금빛 빛줄기는 적이 아니었다.

금빛 빛줄기의 정체는 바로 인간의 옷을 입은 3장 크기의 거대한 금모 성성이였다.

금모 성성이는 소언의 얼굴을 잠시 쳐다보다가 고개를 돌려 그에게 손가락을 까딱거렸다.

마치 자길 따라오라는 손짓 같았다.

그리고 나선 대답도 기다리지 않고 먼저 벌판 깊숙한 곳으로 날아갔다.

그는 금모 성성이가 장선 중기 최고봉의 실력을 지닌 초강자란 사실을 알았기에 거절하지 못하고 급히 그 뒤를 따라갔다.

유건이 자훤을 따라 성화궁 상공으로 갔을 땐 마침 금모 성성이가 북신교 이령장 도등을 밀어붙이고 있던 시점이었다.

기령합체술을 펼쳐 60장 크기의 검은 사자로 변신한 도등은 북신교 삼인자답게 하늘을 가르고 땅을 찢어 버릴 것 같은 어마어마한 기세를 뿜어내던 중이었다.

한데 장선 중기 최고봉의 기운을 발산하던 금모 성성이는 전혀 아랑곳하지 않고 금빛 안개를 불러내 도등을 가둬 버렸다.

그때, 그를 포함한 많은 수사가 안력과 뇌력을 총동원해 금빛 안개 속을 훔쳐보려고 했지만, 오히려 뇌력에 손해만 입고 훔쳐보는 데는 실패하고 말았다.

그로부터 얼마 지나지 않아 금빛 안개가 홀연히 종적을 감추었는데 놀랍게도 금모 성성이와 도등도 안개와 같이 사라져 모습이 보이질 않았다.

그게 그가 본 금모 성성이의 마지막 모습이었다.

장선 중기 최고봉인 금모 성성이가 그보다 훨씬 강한 상대인 장선 후기 최고봉 수사 도등을 손쉽게 요리하는 모습은 깊은 인상을 주어 그는 오히려 파악하기 쉬운 성격을 지닌 금화보다 비밀에 싸인 이 금모 성성이가 더 두려웠다.

한데 그런 금모 성성이가 갑자기 나타나 그와 소언에게 따라오란 손짓을 하였으니 그로선 따르지 않을 도리가 없었다.

한참을 날아간 금모 성성이는 기이하게 생긴 봉우리 앞에 내려서서 그들이 도착하길 기다렸다.

그는 소언을 데리고 봉우리 앞으로 내려가면서 재빨리 주위를 둘러보았다.

일단, 기이하게 생긴 봉우리가 가장 먼저 눈에 들어왔다.

여기까지 오면서 수많은 봉우리를 봐 왔지만, 이 봉우리처럼 특이하게 생긴 봉우리는 없었다.

봉우리는 완벽히 사람의 모습을 하고 있었다.

말 그대로 봉우리에 머리도 있고 몸통도 있고 팔과 다리도 있었다.

심지어 마치 하늘로 날아오르려는 사람처럼 역동적인 자세를 취하고 있기까지 하였다.

소언도 놀랐는지 바로 뇌음을 보냈다.

"봉우리가 사람을 닮은 것 같지 않아요?"

"내 눈에도 그렇게 비치오."

"확실한 순 없지만, 봉우리에 성별이 있다면 이건 여자일 것 같아요."

"여자?"

반문한 그는 재빨리 봉우리 정상 쪽을 확인했다.

소언의 말대로 사람으로 치면 머리에 해당하는 봉우리 꼭대기의 형태가 머리카락을 길게 기른 여자의 얼굴을 닮은 것 같기도 하였다.

한데 여자의 얼굴이라고 생각하면서 계속 보다 보니까 왠지 모르게 그 얼굴이 소언과 닮았다는 생각이 들었다.

그러나 말도 안 되는 이야기였기에 그는 바로 고개를 저었다.

그때, 그들이 도착하길 기다리던 금모 성성이가 갑자기 사람으로 치면 단전에 해당하는 봉우리 중턱 안으로 모습을 감췄다.

깜짝 놀란 그들은 얼른 금모 성성이를 쫓아 중턱 안으로 들어갔다.

봉우리 중턱 안에는 수사가 법술로 건설한 통로가 있었는데 형태는 나선형이었고 방향은 아래를 향하고 있었다.

소언이 나선형 통로를 내려다보며 뇌음으로 물었다.

"이제 어떻게 할 거예요?"

"우리가 말도 없이 그냥 돌아가면 금모 선배가 화를 낼지도 모르오."

소언도 같은 생각인 듯 바로 고개를 끄덕였다.

"그럼 어서 금모 선배를 쫓아가요."

그들은 곧장 나선형 통로로 뛰어들어 봉우리 지하로 내려갔다.

한데 통로가 생각보다 꽤 깊어 거의 300장을 지나서야 바닥이 나타났다.

바닥에 내려선 그들은 주변을 재빨리 둘러보았다.

흰 종유석과 검은 석순이 가시나무처럼 서로 복잡하게 얽혀 있는 기이한 동굴이었는데 왼쪽에 작은 통로가 뚫려 있었다.

눈을 마주친 그들은 동시에 몸을 날려 통로 안으로 들어갔다.

통로는 밑으로 내려올 때 사용한 나선형 통로보다 짧아 금방 끝났다.

그들은 뇌력으로 주변을 경계하며 통로 밖으로 몸을 날렸다.

"오!"

밖으로 나온 소언은 주변을 둘러보다가 참지 못하고 육성으로 탄성을 토해 냈다.

통로 밖은 완전히 딴 세상이었다.

봉우리 지하에 있는 공간이라고는 믿기지 않을 만큼 넓고 따뜻했다.

또, 천장에는 기선술로 만든 수정 전등이 곳곳에 달려 있었고 바닥에는 나무와 풀, 꽃 등이 거대한 숲을 이루고 있었다.

심지어 숲 중앙에는 금빛 안개가 넘실거리는 아담한 호수까지 있었다.

호수의 정체가 심상치 않다고 느낀 그는 안력을 높여 좀 더 자세히 조사했다.

호수 중앙에 작은 섬 같은 게 하나 있었고 그 섬 위에 다 허물어져 가는 초옥 한 채가 덩그러니 놓여 있었다.

지하 공간의 풍경이 멋지긴 하지만 그와 소언은 구경하러 이곳에 온 게 아니었다.

그들의 목적은 금모 성성이를 찾아 그들을 이곳으로 유인한 이유를 알아내는 것이었다.

금화의 영수가 분명한 금모 성성이가 좋지 않은 의도로 그들을 이곳으로 유인한 건 아닐 거란 생각에 점점 대담해진 그들은 여기저길 쑤시고 다니며 금모 성성이의 흔적을 찾았다.

그러나 안력과 뇌력을 총동원해도 금모 성성이의 모습은 보이지 않았다.

이곳까지 오면서 다른 통로를 보지 못했기에 금모 성성이도 이곳에 있을 수밖에 없었는데 하늘로 꺼졌는지, 땅속으로 숨었는지 좀처럼 그 흔적을 발견할 수 없었다.

장장 한 시진에 걸쳐 숲을 조사한 그들은 결국, 금모 성성이의 흔적을 발견하지 못하고 숲 중앙에 있는 호수로 날아갔다.

이제 지하 공간에서 조사하지 않은 지역은 이 호수와 호수 가운데 있는 섬과 초옥밖에 없었다.

한데 호수에는 뇌력 금제가 쳐져 있는지 밖에서는 안을 조사할 방법이 없었다.

소언은 호수를 둘러보며 뇌음으로 물었다.

"어떻게 생각해요?"

"이유는 모르겠지만 금모 선배가 우릴 해치려고 유인했을 거란 생각은 들지 않소."

"당신은 저 호수 안으로 들어가 볼 생각이군요."

"금모 선배가 우릴 유인한 진짜 이유를 알아보려면 그 수밖에 없을 것 같소. 불안하면 당신은 여기 남으시오. 난 혼자 들어가도 상관없소."

소언은 고개를 가로저었다.

"아니에요. 같이 들어가요."

고개를 끄덕인 그는 소언을 데리고 호수 안으로 들어갔다.

다행히 호수 안에서는 뇌력을 퍼트릴 수 있어 이곳에 그들 외에 다른 수사는 없단 사실을 금방 알아낼 수 있었다.

그러나 바로 돌아가진 않았다.

호수 가운데 있는 섬과 그 섬 위에 있는 초옥을 제대로 조사해 보기 전에는 돌아갈 수 없었다.

그는 소언을 보호하며 섬에 내려서서 수상한 점이 있나 살폈다.

일단, 육안이나 뇌력으로 확인한 바에 따르면 수상한 점은 없었다.

그저 바위와 흙으로 이루어진 평범한 섬일 뿐이었다.

그는 진법이나 결계, 금제가 있는지 꼼꼼히 살피며 초옥으로 날아갔다.

소언은 불안한지 주변을 두리번거리며 그를 따라왔다.

초옥 문 앞에 도착한 그는 뇌력을 퍼트려 다시 한 번 더 꼼꼼하게 살피고 나서 반쯤 부서진 문을 열고 안으로 들어갔다.

초옥 안에 있는 것이라곤 낡은 집기 몇 개와 구멍 뚫린 천장에서 새어 들어오는 빛 몇 가닥이 다였다.

인적이 끊긴 지 오래인지 초옥 안을 어지럽게 관통하는 빛줄기 속에서 시커먼 먼지들이 춤을 추며 날아다녔다.

그때, 소언이 초옥 안쪽 벽에 기대 세워져 있는 노란 조각상을 가리켰다.

"저것 좀 봐요."

그는 안력을 높여 소언이 가리킨 노란 조각상을 살폈다.

팔뚝 길이의 낡은 조각상이었는데 서투른 도예가가 노란 찰흙으로 검을 빚어 보려다가 실패한 것 같은 생김새를 하고 있었다.

검신 쪽은 그나마 형태가 뚜렷했지만, 검 손잡이 쪽은 이게 손잡이인지, 흙덩이를 그냥 대충 뭉쳐 놓은 건지 알아보기 힘들 정도로 엉망이었다.

더구나 시간이 오래 지난 탓에 곳곳에 금이 가 있었고 풍기는 기운도 별 볼 일 없어 그의 관심을 끌지 못했다.

그러나 초옥의 모든 집기가 그런 것은 아니었다.

조각상 앞에 있는 오동나무 관은 호기심을 자극하기에 충분했다.

오동나무 관은 초옥의 다른 집기들과 달리 먼지 한 톨 묻어 있지 않은 깨끗한 모습이었다.

관 뚜껑에는 알아보기 힘든 복잡한 선문이 잔뜩 적혀 있었고 관 옆에는 가지각색의 부적이 빼곡하게 붙어 있었다.

관을 살펴본 소언이 긴장한 목소리로 물었다.

"무슨 관일까요?"

"관은 관이기 마련이오."

"시체가 들어 있을 거란 말인가요?"

"섣부른 추측은 금물이지만 지금은 그럴 가능성이 커 보이오."

"저 오동나무 관이 금모 선배가 우릴 이곳으로 인도한 이유일까요?"

"알아보는 방법은 한 가지뿐이오."

소언은 한숨을 내쉬었다.

"관 뚜껑을 열어 안에 뭐가 들어 있는지 알아보는 방법이겠죠."

"그렇소."

그럴 줄 알았다는 듯 소언은 하얀 화염으로 몸을 보호한 상태에서 하얀 십자가와 검은 묵주를 꺼내 양손에 쥐었다.

그가 보기에는 하얀 십자가와 검은 묵주 둘 다 보통 보물이 아니었다.

하얀 십자가에서는 강렬한 빛 속성 기운이 느껴졌고 검은 묵주에서는 단단한 금 속성 기운이 느껴졌다.

그는 그게 당연하단 생각이 들었다.

성화교 소교주인 소언이 몸을 지킬 목적으로 가지고 다니는 법보가 평범하면 그게 더 이상한 일이었다.

그도 서둘러 몸을 보호할 준비를 하였다.

우선 목정검, 홍쇄검, 빙혼검, 화린검으로 전후좌우를 보호하고 나서 머리에는 녹각사령소를 띄워 두었다.

준비를 마친 그는 소언에게 뇌음을 보내 물었다.

"준비되었소?"

"난 준비되었어요. 당신은요?"

"나도 준비되었소."

"그럼 이제 관 뚜껑을 열어서 안에 뭐가 들어 있는지 확인해 보는 일만 남았군요."

말없이 고개를 끄덕인 그는 법술로 오동나무 관을 봉인한 부적을 떼어 냈다.

부적을 하나씩 떼어 낼 때마다 오동나무 관의 뚜껑이 같이 들썩거리는 바람에 긴장감이 배가되었다.

잠시 후, 마지막 부적이 떨어져 나가며 오동나무 관을 봉인하던 모든 수단이 사라졌다.

그들은 긴장한 기색으로 오동나무 관을 주시했다.

콰아앙!

마치 이날만을 기다렸다는 듯 오동나무 관이 산산이 부서지면서 녹색 털이 달린 괴생명체 하나가 벼락같이 튀어나와 그들을 덮쳤다.

그는 소언을 데리고 전광석화로 피하면서 재빨리 안력을 높여 괴생명체를 조사했다.

괴생명체는 놀랍게도 인간의 시체가 썩어 생긴 해골이었다.

물론, 일반적인 해골은 아니었다.

해골은 텅 비어 있어야 할 눈두덩이 안에 녹색 불티 두 개가 활활 타오르고 있었고 얼굴을 제외한 몸 전체에 머리카락을 꼬아 만든 것 같은 두꺼운 녹색 털이 자라 있었다.

무엇보다 해골이 움직일 때마다 확 풍기는 지독한 비린내가 가장 골칫거리였다.

약간 들이마시기만 했는데도 머리가 핑 돌며 바로 구역질이 올라왔다.

소언은 해골의 정체를 알아보고 비명을 질렀다.

"맙소사, 저건 녹염 시귀(錄炎屍鬼)예요!"

시귀는 말 그대로 시체가 변한 악귀를 가리켰다.

범인이든, 수사든 상관없이 생전에 지독한 원한을 가진 누군가가 억울한 죽임을 당하면 혼백이 윤회를 거부하고 구천을 떠돌게 되는데 이를 세간에선 귀신이라 불렀다.

귀신은 당연히 생전에 지닌 원한을 풀기 위해 새 육신을 찾아다니는데 혼백이 흩어지는 데까지 걸리는 시간이 그리 길지 않아서 주로 가까이 있는 생명체나, 사물에 깃들곤 하였다.

그중에서 가장 운이 좋은 경우는 당연히 사람이나, 동물에 깃드는 경우였다.

반대로 가장 운이 나쁜 경우는 이미 죽어 있거나, 아니면 아예 물건처럼 생명이 없는 사물에 혼백이 깃드는 경우였다.

시귀는 그중에서 혼백이 시체에 깃드는 경우였다.

한데 그들이 맞닥뜨린 시귀는 그냥 시귀가 아니라, 녹염 시귀라 불리는 종류로 쓰는 수법이 아주 지독해 수사의 천적으로까지 불렸다.

거기다 녹염 시귀가 오선 중기 최고봉의 기운까지 뿜어내고 있어 설상가상이 따로 없었다.

녹염 시귀가 아직 영성을 깨우치지 못해 오선 중기 최고봉의 실력을 전부 드러내진 못하겠지만 그들에게 벅찬 상대란 점에는 변함이 없었다.

녹염 시귀의 경지를 확인한 그는 바로 소언을 데리고 전광석화로 달아났다.

한데 초옥을 나와 호수 건너편으로 도망치려 할 때였다.

호수에 넘실거리던 금빛 안개가 갑자기 장막처럼 치솟아 그들을 가둬 버렸다.

"제길!"

그는 다시 소언의 손을 잡고 천장으로 달아났다.

그러나 금빛 안개가 순식간에 천장까지 막아 버리는 바람에 빠져나갈 틈이 없었다.

그는 목정검을 휘둘러 금빛 안개를 갈라 보았다.

그러나 금빛 안개가 마치 살아 있는 실처럼 목정검을 휘감는 바람에 가르기는커녕, 오히려 안개에 잡아먹힐 지경이었다.

목정검은 순식간에 금빛 안개가 만든 실에 뒤덮여 금빛 고치로 변했다.

화들짝 놀란 그는 금빛 고치에 정혈을 뿜어 목정검을 회수했다.

목정검을 잃어버리는 것보다 정혈 몇 모금 허비하는 게 나았다.

그다음부턴 금빛 안개를 어찌해 볼 생각 자체를 하지 않았다.

한데 금빛 안개가 왠지 모르게 눈에 익단 느낌을 받았다.

그는 곧 금모 성성이가 북신교 이령장 도등을 없앨 때 사용한 금빛 안개와 이곳의 금빛 안개가 똑같단 것을 알아차렸다.

'그럼 금모 선배가 정말 우리를 해치려고 이런 함정을 꾸몄단 말인가?'

그러나 이해가 가지 않는 점이 하나 있었다.

금모 성성이에게 그들을 해칠 마음이 있었다면 이런 복잡한 방법을 쓸 필요가 없었다.

금모 성성이가 도등을 없앨 때 보여 준 능력이라면 그저 손가락 몇 번 튕기는 간단한 동작만으로도 그와 소언을 죽일 수 있었다.

그렇다면 이 안에 그가 모르는 곡절이 있단 뜻이었다.

마음을 고쳐먹은 그는 미리 꺼내 둔 오행검으로 녹염 시귀의 공격부터 막아 냈다.

오행검이 녹염 시귀를 붙잡아 두는 동안, 그는 바로 녹각사령소에 법결을 날려 녹각문장 다섯 마리를 밖으로 꺼냈다.

밖으로 나온 녹각문장 다섯 마리는 곧 그와 소언 주위를 돌며 그들을 보호했다.

그는 이어서 천수관음검법을 이용해 30장 크기의 거인으로 변했다.

거인으로 변하고 나선 지체하지 않고 천수관음검법, 전광석화, 구련보등, 사자후를 연달아 펼쳐 녹염 시귀를 몰아붙였다.

8장. 백팔초겁

소언도 옆에서 그냥 지켜만 보진 않았다.

소언은 성화교에서 교주와 소교주만 익히는 성화신녀공으로 몸을 보호하면서 법보낭을 살짝 때렸다.

그 즉시, 법보낭에서 가슴에 붉은 불꽃이 그려진 하얀 갑옷이 튀어나와 그녀의 두 눈을 제외한 모든 부분을 가렸다.

바로 성화교가 자랑하는 기선갑이었다.

소언의 기선갑에는 붉은 불꽃 외에도 진법 각인술로 각인한 진법이 머리와 팔, 다리, 가슴, 등에 각각 새겨져 있었다.

기선갑에 새긴 진법 다섯 개가 눈을 찌를 듯한 환한 빛을 방출하면서 서로 공명해 소언의 기운을 한층 더 끌어올렸다.

소언은 그 상태에서 미리 꺼내 둔 하얀 십자가로는 날카로운 공격을, 검은 묵주로는 철통같은 방어를 동시에 하였다.

하얀 십자가가 빛을 발산할 때마다 빛 속성 화살 수십 개가 섬광처럼 쇄도했고 검은 묵주가 방패로 변해 소언의 앞을 막아서면 녹염 시귀의 공격도 맥을 추지 못하고 튕겨 나갔다.

소언이 생각보다 잘 버티는 모습을 보고 마음을 놓은 유건은 공법과 오행검으로 전력을 다해 녹염 시귀를 몰아붙였다.

다행히 녹염 시귀가 해 오는 여러 공격은 녹각문장 다섯 마리가 마치 수문장처럼 떡 버티고 서서 모두 무위로 돌려 버렸다.

반대로 녹염 시귀는 답답해서 죽으려고 들었다.

녹염 시귀는 처음에 겁도 없이 오동나무 관의 봉인을 푼 인간 수사 두 명을 손쉽게 처치할 수 있을 거라 믿어 의심치 않았다.

한데 웬걸, 인간 수사 두 명은 둘 다 공선임에도 불구하고 펼치는 공법이나, 꺼내 놓는 법보가 하나같이 범상치 않은 것들뿐이었다.

열이 뻗칠 대로 뻗친 녹염 시귀가 손바닥을 뒤집었다가 다시 펴기 무섭게 오른손에는 짐승의 뼈로 만든 검은 낫이, 왼손에는 뱀의 머리로 만든 빨간 방패가 각각 들려 있었다.

비장의 법보를 꺼내 든 녹염 시귀는 날카로운 가시가 달린 넝쿨로 변해 달려드는 목정검 쪽으로 검은 낫을 냅다 휘둘렀다.

검은 낫은 그 즉시, 수천 개의 낫 환영으로 바뀌어 목정검이 만든 가시넝쿨을 순식간에 산산조각 내 버렸다.

녹염 시귀는 이어서 빨간 방패를 앞으로 내던졌다.

그 즉시, 빨간 방패 안에 도사리고 있던 뱀 머리가 벼락같이 튀어 나갔다.

흉악하게 생긴 뱀 머리는 핏빛 광채가 번득이는 눈으로 주위를 둘러보다가 범종으로 변해 주변의 중력을 수십 배 무겁게 만드는 중이던 홍쇄검을 물어뜯어 바닥에 처박았다.

목정검과 홍쇄검이 무력화되면서 행동반경이 넓어진 녹염 시귀가 오행검 중 남은 빙혼검과 화린검을 마저 처리하기 위해 그쪽으로 몸을 날렸다.

한데 그때, 기회를 엿보던 소언이 갑자기 하얀 십자가를 녹염 시귀 쪽으로 던졌다.

하얀 십자가는 날아가면서 빛 속성 화살 수백 개를 속사포처럼 발사해 녹염 시귀의 돌진을 가까스로 저지했다.

화살에 저지당한 녹염 시귀는 입으로 녹색 독연(毒煙)을 안개처럼 내뿜어 하얀 십자가가 날린 빛 속성 화살을 녹여 버렸다.

그러나 빛 속성 화살은 녹염 시귀와 같은 음 속성 기운을 지닌 귀신의 상극이었으므로 화살 몇 대가 녹색 독연을 뚫고 들어가 녹염 시귀의 가슴팍에 정확히 틀어박혔다.

"크아아악!"

처절한 고통을 느낀 녹염 시귀가 비명을 지르며 자기 가슴을 내려다보았다.

빛 속성 화살이 틀어박힌 곳에서 악취가 풍기는 연기가 피어오르더니 급기야 가슴팍 전체가 시커멓게 타들어 가기 시작했다.

소스라치게 놀란 녹염 시귀가 검은 낫으로 자기 가슴을 크게 베어 냈다.

"크윽."

고통을 느낀 녹염 시귀가 참지 못하고 다시 신음을 뱉어내긴 했지만 어쨌든 빛 속성 화살이 가슴팍 전체를 불태우는 참사를 막는 덴 성공했다.

이번 손해로 몇백 년의 수행을 허공에 날려 버린 녹염 시귀는 이를 바득바득 갈다가 갑자기 그 자리에서 모습을 감췄다.

녹염 시귀의 의도를 눈치챈 유건이 바로 돌아서서 경고했다.

"놈이 그쪽으로 가오!"

그러나 그의 경고보다 녹염 시귀의 행동이 한발 더 빨랐다.

소언 앞에 다시 나타난 녹염 시귀가 검은 낫으로 그녀의 정수리를 냅다 내려찍었다.

검은 낫에 흐르던 검은 화염이 용암처럼 꿈틀거리는 모습을 봐서는 녹염 시귀가 이번 일격에 전력을 다한 게 분명했다.

소언도 녹염 시귀의 이번 일격이 위험하단 생각을 하였으나 피하기엔 이미 너무 늦어 성화신녀공을 전력으로 펼쳤다.

곧 성화신녀공이 만든 하얀 화염이 십자 형태를 갖추면서 맨눈으론 감히 쳐다볼 수조차 없는 강렬한 빛을 발산하였다.

콰앙!

폭음과 함께 성화신녀공에 막힌 검은 낫이 산산이 깨져 흩어졌다.

그러나 녹염 시귀는 당황하지 않고 왼손에 쥔 빨간 방패를 내리쳤다.

그 순간, 빨간 방패 안에서 뱀 머리가 튀어나와 송곳니로 소언의 목을 물어뜯으려 들었다.

소언은 검은 묵주를 방패로 만들어 뱀 머리의 공격을 저지했다.

퍼엉!

이번엔 묵직한 폭음이 일면서 뱀 머리와 검은 묵주로 만든 방패가 거의 동시에 양쪽으로 튕겨 나갔다.

또다시 승부를 가리지 못했단 뜻이었다.

그러나 녹염 시귀는 여전히 침착한 표정을 유지하고 있었다.

녹염 시귀가 침착함을 유지할 수 있던 이유는 바로 밝혀졌다.

녹염 시귀가 왼팔로 자기 오른팔을 어깨에서 뽑아내 공중으로 던지기 무섭게 녹색 화염이 이글거리는 거대한 칼 한 자루가 공간을 잘라 낼 것 같은 기세로 소언의 머리에 떨어졌다.

당황한 소언은 성화신녀공의 십자 화염, 검은 묵주의 보호막 등을 연달아 펼쳐 녹염 시귀가 날린 녹색 화염 칼을 막아 갔다.

그러나 전력을 다한 녹염 시귀의 일격은 매섭기 짝이 없어 성화신녀공의 십자 화염은 물론이거니와 검은 묵주의 보호막까지 힘없이 깨져 나갔다.

소언은 최후의 수단으로 기선합체술을 펼쳤다.

몸을 덮은 흰 갑옷이 눈을 찌를 듯한 강렬한 빛을 발산한 직후에 소언의 몸이 20장까지 불어나 흰 갑옷을 두른 거인으로 변했다.

기선합체술은 확실히 비범한 수단임이 틀림없었다.

좀 전까지 공선 중기 최고봉의 기운을 발산하던 소언이 어느새 공선 후기에 맞먹는 기운을 뿜어내고 있었다.

외형적인 변화도 적지 않았다.

머리에는 붉은 뿔이 자라났고 어깨, 팔꿈치, 무릎에는 뾰족한 검은 가시가 튀어나왔다.

또, 갑옷 가슴에 새겨져 있던 붉은 화염 문양은 아예 실제 화염으로 변해 소언이 마치 거대한 불덩어리처럼 보이게 하였다.

소언은 머리에 달린 붉은 뿔을 발사해 녹색 화염 칼을 막아 갔다.

카앙!

날카로운 쇳소리가 나면서 녹색 화염 칼이 붉은 뿔에 가로

막혀 더는 밑으로 내려오지 못했다.

그때, 녹염 시귀가 갑자기 두 눈에 머금고 있던 녹색 불티 두 개를 광선처럼 발사해 소언의 가슴을 찔렀다.

녹색 불티는 녹염 시귀의 눈에서 빠져나오기 무섭게 불 폭풍처럼 커져 소언의 가슴을 태울 듯한 기세로 짓쳐 갔다.

기습을 받은 소언은 오히려 녹염 시귀 쪽으로 먼저 날아가면서 어깨와 팔꿈치, 무릎에 튀어나온 검은 가시를 발사했다.

검은 가시 10여 개가 녹색 불티를 관통해 재로 만들어 버렸다.

녹염 시귀의 공격을 모조리 막아 낸 소언이 이번엔 반대로 상대를 먼저 공격해 갔다.

소언은 허공에 떠 있던 하얀 십자가를 마치 망치처럼 휘둘러 녹염 시귀의 머리를 부숴 갔다.

그때, 녹염 시귀가 몸에 자란 녹색 털을 꼬아 사슬로 만들었다.

그리고 나서는 그 사슬로 녹염 시귀의 머리 위로 떨어져 내리는 하얀 십자가를 고치처럼 감싸 귀기로 법보를 오염시켰다.

하얀 십자가도 짙은 빛 속성 기운을 발산해 녹염 시귀의 머리카락 사슬이 뿜어내는 지독한 귀기에 대항했다.

당장은 두 기운이 팽팽하게 맞서 어느 쪽도 우위를 가져가지 못했다.

녹염 시귀는 거의 수천 년을 수련해 온 시귀답게 동작이 아주 재빨라서 하얀 십자가를 무력화시키기 무섭게 바로 남은 머리카락 사슬로 소언의 가슴을 찔러 갔다.

소언은 하얀 갑옷에 진법 각인술로 새겨 놓은 진법을 전부 가동해 여섯 겹이 넘는 보호막으로 온몸을 보호했다.

그러나 녹염 시귀의 머리카락 사슬은 강하고 날카로워서 여섯 겹이 넘는 보호막이 마치 물먹은 종이처럼 순식간에 찢겨 나갔다.

보호막을 전부 가른 녹염 시귀의 머리카락 사슬은 곧장 소언의 가슴팍으로 쇄도해 들어갔다.

"아악!"

비명을 지른 소언이 급히 비술을 펼쳐 달아나려고 할 때였다.

콰아앙!

고막을 두들기는 엄청난 천둥소리가 울려 퍼짐과 동시에 황금빛 뇌전 한 줄기가 마치 야수의 발톱처럼 허공을 긁었다.

황금빛 뇌전은 나타날 때와 마찬가지로 엄청난 속도로 다시 모습을 감췄다.

그러나 황금빛 뇌전이 할퀴고 지나간 방향의 공간은 마치 주름이 진 것처럼 쭈글쭈글해지면서 탄 냄새가 진동했다.

무시무시한 위력을 선보인 황금빛 뇌전의 정체는 바로 유건이 소언을 위기에서 구해 내기 위해 급히 펼친 금강진천뢰였다.

금강진천뢰에는 상대를 순간 이동시켜 주는 능력이 있었으므로 위기에 처한 소언을 유건 옆으로 이동시키는 데 성공했다.

그는 소언의 상태부터 확인해 보았다.

다행히 금강진천뢰를 제때 펼쳐 다친 곳은 없는 듯했다.

안도의 숨을 내쉰 그는 바로 녹각문장 다섯 마리를 내보내 소언을 추격하는 녹염 시귀부터 저지했다.

그리고 나선 더는 주저하지 않고 자하제룡검과 도천현무패를 불러냈다.

그러나 자하제룡검과 도천현무패를 영물 형태로 불러낼 순 없었다.

소언을 믿지 못해 그런 것은 아니었다.

그보다는 이곳 어딘가에 숨어 지켜보고 있을지도 모르는 금모 성성이를 경계해서였다.

금모 성성이의 의도를 아직 정확히 파악하지 못한 상황에서는 이쪽의 정보를 최대한 감춰 두는 게 유리했다.

자하제룡검을 검 형태로 만들어 오른손에 쥔 그는 이어서 도천현무패를 암녹색 방패로 만들어 왼손에 쥐었다.

그때, 녹각문장 다섯 마리를 물리친 녹염 시귀가 그에게 달려들었다.

원래 녹염 시귀는 뭔가 꺼림칙한 느낌을 주는 유건 대신에 좀 더 약한 소언부터 확실히 죽이고 나서 그를 상대할 계획이었다.

한데 녹염 시귀가 소언을 죽이기 바로 직전에 유건이 금강진천뢰로 그녀를 구해 가는 바람에 계획이 다 틀어져 버렸다.

이젠 녹염 시귀도 유건을 상대하는 수밖에 다른 방도가 없었다.

녹염 시귀를 전혀 두려워하지 않은 그는 전광석화를 펼쳐 거리를 좁히면서 자하제룡검을 크게 휘둘렀다.

곧 자하제룡검이 발사한 보라색, 금색 두 검광이 승천하는 용처럼 꿈틀거리며 날아가 녹염 시귀의 머리와 가슴을 후려쳤다.

녹염 시귀는 머리카락 사슬로 보라색, 금색 두 검광을 저지했다.

쾅쾅!

두 번의 폭음이 울림과 동시에 수십 개의 머리카락 사슬과 보라색, 금색 두 검광이 서로 맞물려 돌아가며 치열한 싸움을 벌였다.

그때, 녹염 시귀가 소언을 기습하는 데 썼던 녹색 불티 두 개를 유건 쪽으로 발사했다.

그는 바로 도천현무패로 만든 암녹색 방패를 던져 녹색 불티를 막았다.

암녹색 방패에 막힌 녹색 불티는 날아올 때보다 거의 두 배 이상 빨라진 속도로 녹염 시귀 쪽으로 되돌아갔다.

깜짝 놀란 녹염 시귀는 춤을 추는 것처럼 좌우로 움직이다가 그 자리에서 사라져 되돌아온 녹색 불티를 가까스로 피했다.

소언은 뇌력과 안력으로 주변을 살피다가 깜짝 놀라 소리쳤다.

"녹염 시귀의 기운이 사라졌어요!"

소언의 말대로 녹염 시귀의 기운이 어디서도 느껴지지 않았다.

그러나 그는 당황하지 않았다.

그는 바로 금강진천뢰를 발사해 야수의 발톱 같은 금빛 뇌전으로 오른쪽 허공을 갈랐다.

그 순간, 오른쪽 허공에서 몸통이 뇌전에 타서 시커멓게 변한 녹염 시귀가 고통스러운 비명을 지르며 헐레벌떡 튀어나왔다.

그는 금룡이 얼굴을 혀로 핥아 준 다음부터 오감이 극도로 발달해 소언이 놓친 녹염 시귀의 위치를 계속 파악하고 있었다.

금모 성성이의 의도를 완전히 파악하지 못한 상황에서 녹염 시귀에게 지금처럼 마냥 끌려다니고 있을 수만은 없단 판단을 내린 그는 마침내 모든 수단을 다 동원해 상대를 몰아붙였다.

금강진천뢰에 중상을 입은 녹염 시귀가 제 실력을 발휘하지 못하는 지금이야말로 총공격에 나설 가장 좋은 기회였다.

그는 우선 홍쇄검을 범종으로 만들어 그 주변의 중력을 수십 배 무겁게 만들었다.

중상을 입은 녹염 시귀는 전처럼 홍쇄검이 만든 중력 그물을 쉽게 벗어나지 못하고 팔다리의 움직임이 눈에 띄게 느려졌다.

기회라 여긴 그는 바로 목정검을 넝쿨로 만들어 녹염 시귀의 두 다리를 결박했다.

녹염 시귀는 두 팔을 칼처럼 만들어 두 다리를 결박해 오는 넝쿨을 쉴 새 없이 베어 냈지만 베어 내는 속도보다 넝쿨이 자라는 속도로 더 빨라 결국 목정검의 넝쿨에 두 다리가 묶이고 말았다.

마침내 완벽한 기회를 포착한 그는 빙혼검을 이용해 만든 빙산으로 녹염 시귀를 위에서 밑으로 거세게 찍어 눌렀다.

또, 화린검을 이용해 만든 하얀 화염으로는 녹염 시귀를 밑에서 위로 계속 밀어붙여 위, 아래 양쪽을 완벽히 틀어막았다.

불안함을 느낀 녹염 시귀는 미친 사람처럼 발광하며 온갖 수단과 방법을 다 동원해 오행검이 만든 포위망에서 달아나려 하였다.

녹염 시귀의 실력도 대단해서 커다란 입으로 녹색 독연을 안개처럼 뿜어낼 때마다 빙혼검이 만든 빙산이 줄줄 녹아내렸다.

또, 눈에 머금고 있던 녹색 불티를 광선처럼 만들어 사방을 긁어 대면 화린검이 만든 하얀 화염이 여지없이 잘려 나갔다.

더 지체하면 이도 저도 안 되겠단 생각에 그는 바로 거대한 손바닥 두 개를 불러내 녹염 시귀의 앞과 뒤를 마저 포위했다.

3장 크기의 거대한 손바닥에는 황금빛이 번쩍이는 불경 선문이 쉴 새 없이 흐르고 있었고 허공에선 장엄한 불광이 피어오름과 동시에 불경 읊는 소리가 천둥소리처럼 쾅쾅 울렸다.

모든 준비를 마친 그는 신중한 표정으로 두 손바닥에 법결을 날렸다.

그 순간, 두 손바닥이 그대로 합장하듯 합체해 그 안에 가두어 둔 녹염 시귀를 녹색 뼛가루로 짓이겨 버렸다.

소언은 무시무시한 녹염 시귀가 유건의 천수관음장법에 당해 뼛가루로 변하는 모습을 보면서 눈을 크게 떴다.

유건이 같은 경지의 수사보다 강하다는 사실은 그녀도 알고 있었다.

그러나 오선 중기 최고봉의 기운을 발산하는 녹염 시귀를 없앨 정도의 실력자라곤 생각 못 한 모양이었다.

그는 소언이 자길 신기하단 눈빛으로 쳐다보고 있단 사실을 알았지만, 신경 쓰지 않고 묵묵히 법보와 보물을 불러들였다.

그때, 녹염 시귀가 죽기 전에 사용하던 검은 낫과 빨간 방패가 빛줄기로 변해 호수를 둘러싼 금빛 안개 쪽으로 달아났다.

주인을 잃은 법보나, 보물이 영성을 깨우칠 기회를 잡기 위해 도망치는 일은 허다했다.

그러나 실전 경험이 풍부한 그는 그럴 줄 알았다는 것처럼 바로 법술을 펼쳐 달아나던 검은 낫과 빨간 방패를 붙잡아 돌아왔다.

그는 두 보물을 잠시 살펴보고 나서 그중 빨간 방패를 소언에게 건넸다.

"이 방패는 나보단 당신에게 더 잘 어울리겠군."

소언은 그러지 말라는 듯 손사래를 쳤다.

"녹염 시귀를 없앤 수사는 당신이에요. 난 방패를 가질 자격이 없어요."

그는 고개를 가로저었다.

"당신은 방패를 가질 자격이 충분하오. 당신이 시간을 끌어 주지 않았으면 나도 녹염 시귀를 이렇게 쉽게 없애진 못했을 거요."

소언은 그가 자기 도움 없이도 녹염 시귀를 없앨 수 있는 능력의 소유자란 사실을 잘 알았지만, 이런 일로 실랑이하고 싶지 않아 못 이기는 척 빨간 방패를 받아 들었다.

"고마워요. 요긴하게 쓸게요."

전리품까지 처리한 그들은 어떻게 하면 호수를 둘러싼 금빛 안개를 통과할 수 있을지 고민했다.

한데 그때였다.

초옥 쪽에서 전엔 느끼지 못한 강렬한 흙 속성 기운이 흘러나왔다.

서로의 얼굴을 쳐다본 그들은 누가 먼저랄 거 없이 바로 초옥 쪽으로 내려가 주변을 조사했다.

초옥도 섬의 다른 부분들처럼 그들과 녹염 시귀의 대결 여파에서 벗어나지 못해 원형을 알아보기 힘들 정도로 박살 나 있었다.

그때, 초옥 벽에 기대 세워져 있던 노란 조각상이 초옥 잔해 사이에 떨어져 있는 모습이 그들의 눈에 들어왔다.

한데 노란 조각상의 형태가 그들이 마지막에 보았던 모습과는 약간 달랐다.

그때는 금이 몇 군데 가 있을 뿐이었는데 지금은 조각상 전체에 거미줄처럼 실금이 가 있어 거의 깨지기 직전이었다.

여기까진 충분히 이해할 수 있었다.

초옥이 그들과 녹염 시귀와의 대결 여파를 피하지 못해 박살 난 마당에 그 안에 있던 노란 조각상이 무사하길 바라는 게 더 이상했다.

오히려 아직 깨지지 않은 게 신기할 정도였다.

한데 문제는 그들이 좀 전부터 느끼고 있는 강렬한 흙 속성 기운이 바로 이 깨질락 말락 하는 조각상에서 흘러나오고 있단 점이었다.

좀 더 정확히 말하면 노란 조각상에 가 있는 수많은 실금 속으로부터 흘러나오고 있었다.

즉, 그들이 느낀 강렬한 흙 속성 기운을 지닌 무언가가 노란 조각상 안에 들어 있단 뜻이었다.

잔뜩 흥분한 소언이 유건의 옆구리를 슬쩍 찌르며 재촉했다.

"어서 확인해 봐요."

그러나 이곳이 금화의 선부에 있는 봉우리란 사실을 잊지 않은 그는 우선 바닥에 꿇어앉아 허공에 대고 절을 올렸다.

그가 정성 들여 절을 올리는 모습을 본 소언도 그 옆에 꿇어 앉아 같이 절을 올렸다.

절을 다 올린 그와 소언이 일어나서 머리를 숙이려 할 때였다.

파직!

도자기가 깨질 때처럼 무언가 깨지는 소리가 들리더니 노란 조각상 안에서 갑자기 황금빛이 흐르는 소검(小劍) 한 자루가 튀어나왔다.

놀란 그는 뇌력으로 소검을 끌어와 공중에 띄워 놓고 자세히 살펴보았다.

그러나 견문이 아직 부족한 탓에 정확히 어떤 연원을 지닌 보물인지는 알아보지 못했다.

그저 신통력이 극에 달한 어떤 비범한 수사가 영토(靈土)

를 이용해 연성한 흙 속성 비검 종류라는 것만 어렴풋이 알아볼 따름이었다.

흙 속성 비검을 본 소언은 자기 일처럼 기뻐하며 소리쳤다.

"금모 선배님이 우릴 이곳으로 유인한 것은 당신에게 이 흙 속성 비검을 주기 위해서였던 게 분명해요!"

그는 소언과 비슷한 생각을 하고 있었기에 고개를 끄덕였다.

어떻게 알아냈는진 몰라도 그가 오행검 중에서 흙 속성 비검만 아직 구하지 못했단 사실을 알아낸 금모 성성이가 선부를 구경하던 그들을 이곳 지하로 유인한 이유는 그에게 이 흙 속성 비검을 주기 위해서가 분명했다.

그는 순간 소름이 끼쳤다.

'우리가 머물던 2층 건물은 자오진인이 직접 설치한 방음 금제와 뇌력 금제로 봉쇄되어 있는데 금모 성성이는 대체 우리가 하는 얘길 어떻게 엿들은 거지?'

자오진인이 설치한 방음 금제와 뇌력 금제는 자훤조차 자기 능력으론 뚫을 수 없다고 인정한 대단한 수준의 금제였다.

한데 금모 성성이는 그 일을 쉽게 해냈다.

'설마 금화 선배님이 이번 일에 개입한 걸까? 금화 선배님이 비술로 우리가 하는 얘기를 엿듣고 금모 성성이에게 이렇게 하라, 저렇게 하라 지시했을 수도 있으니까. 금화 선배님의 실력이면 우리 대화를 엿듣는 일이 그리 어려운 일은 아닐

테고 말이야.'

소언은 여전히 흥분이 가라앉지 않는 모습이었다.

"금모 선배님이 녹염 시귀가 지키는 초옥에 이 흙 속성 비검을 놔둔 것은 당신이 이 비검을 가질 만한 자격이 있는지 알아보기 위해서였을 거예요! 그리고 당신은 그 시험을 훌륭히 통과한 거고요! 난 우리가 이런 곳에서 이런 방식으로 선연을 만날 거라곤 정말 예상도 못 했어요! 어서 비검을 챙겨 돌아가요! 오행검을 다 모았으니 백팔초겁 준비를 본격적으로 시작할 수 있을 거예요!"

그는 고개를 가로저었다.

"노란 조각상 속에 비검만 있던 게 아닌 모양이오."

"그게 무슨 소리예요?"

소언이 눈을 크게 뜨며 물어볼 때였다.

그는 뇌력으로 노란 조각상의 잔해를 공중으로 끌어올리고 나서 손가락을 튕겨 전광석화 불꽃을 발사했다.

노란 조각상 잔해는 바로 전광석화 불꽃에 휩싸여 재로 변했다.

한데 전부 재로 변하진 않았다.

노란 조각상 잔해가 재로 변하기 직전에 검은 옥간 하나가 그 속에서 툭 떨어져 내렸다.

법술로 옥간을 끌어온 그는 바로 뇌력으로 내용을 확인했다.

한데 옥간에 심상치 않은 내용이 적혀 있는지 옥간을 읽던 그가 깜짝 놀라 소리쳤다.

"이, 이건?"

유건의 놀라는 소리에 같이 놀란 소언이 급히 물었다.

"무슨 내용인데 그래요?"

그는 옥간을 바로 소언에게 건넸다.

"직접 읽어 보는 게 낫겠소."

그렇지 않아도 옥간에 뭐가 적혀 있는지 궁금하던 소언은 사양하지 않고 바로 옥간을 받아 뇌력으로 내용을 확인했다.

한데 소언도 많이 놀랐는지 중간쯤 읽다 말고 깜짝 놀라 소리쳤다.

"맙소사!"

그는 소언이 그런 반응을 보일 줄 알았다는 표정으로 고개를 끄덕였다.

"당신도 깨달았겠지만 그건 북신교의 기령합체술의 요체를 적어 놓은 공법서요. 그리고 옥간 마지막에는 쇄갑족 기선의 주인을 바꾸는 비술도 적혀 있고."

믿기지 않는지 옥간을 다시 처음부터 천천히 읽어 본 소언이 놀라 물었다.

"전에 듣기론 기령합체술은 본교의 기선합체술보다 더 관리가 엄격해 아예 문서나, 책으로 남기지 않는단 말을 들었어요. 그뿐만이 아니에요. 기령합체술이 다른 종파에 흘러 들어

갈 수 있는 경우는 세 가지뿐인데 하나는 북신교 수사가 북신교를 배반했을 때고, 두 번째는 다른 종파가 북신교에 첩자를 잠입시켜 기령합체술을 훔쳐 배우는 경우예요. 그리고 마지막 세 번째는 다른 종파들이 사로잡은 북신교 수사의 원신이나, 혼백을 고문해 알아내는 경우고요. 한데 북신교는 일찌감치 이런 상황에 대비해 강력한 대비책을 세워 둔 것으로 알아요. 그 덕분에 수만 년이 지난 지금까지도 기령합체술은 다른 종파에 그 요체가 흘러 들어간 적이 한 번도 없어요. 한데 북신교의 대비가 그처럼 철저한 상황에서 대체 이런 정보가 어떻게 흘러나온 걸까요?"

그는 심각한 표정으로 대꾸했다.

"문제는 그뿐만이 아니오."

"그럼 뭐가 또 있어요?"

주위를 한번 둘러본 그는 뇌음으로 대답했다.

"난 자훤 대장로님에게 기선합체술을 배워서 기령합체술의 내용도 어느 정도 파악할 수 있소. 기선합체술과 기령합체술의 뿌리가 같기 때문이지. 한데 문제는 옥간에 적힌 기령합체술이 겉핥기식으로 요점만 정리해 둔 쓰레기가 아니란 거요."

소언은 태연한 표정을 유지하려 애쓰며 뇌음으로 물었다.

"설마 이 옥간에 기령합체술의 정수가 담겨 있단 건가요?"

"바로 그렇소. 즉, 이 정보는 기령합체술에 통달한 수사에게 얻어 낸 거요. 당신은 그 말이 무엇을 뜻하는지 알겠소?"

미간을 잔뜩 좁힌 소언은 한참을 생각하고 나서 대답했다.

"북신교 삼인자인 도등 정도나 알 법한 내용이란 거군요."

"그렇소."

소언의 눈동자가 화등잔만 해졌다.

"맙소사! 그럼 그때, 금화 선배와 금모 선배가 성화성에서 도등을 죽인 게 아니라, 산 채로 잡아 와서 기령합체술의 정수를 알아낸 거군요. 금화 선배의 신통력이라면 장선 후기 최고봉 수사의 몸에 펼쳐진 금제도 뚫을 수 있을 테니까요."

그는 왠지 금화가 한 짓은 아닐 거란 느낌을 받았지만 일단은 소언의 의견에 동조하는 것처럼 고개를 끄덕여 보였다.

소언은 자기 손에 들린 옥간을 내려다보며 긴장한 음성으로 물었다.

"그럼 이제 이건 어떻게 하죠?"

"금화 선배나, 금모 선배는 우리가 알아서 하길 바라는 것 같소."

"정말요?"

"옥간 끝에 쇄갑족 기선의 주인을 바꾸는 비술의 구결이 있는 게 확실한 증거요. 만약, 우리에게 넘길 의향이 없었다면 굳이 옥간 끝에 그런 비결을 남겨 둘 필요가 없었을 거요."

그의 말이 맞다고 생각했는지 소언이 옥간을 그에게 건넸다.

"금모 선배님은 이걸 당신에게 넘긴 것 같으니까 당신이 갖고 계세요."

그는 말없이 옥간을 받아 다시 한 번 뇌력으로 내용을 확인했다.

그러나 이번에는 단순히 내용을 확인하기 위해서가 아니었다.

이번엔 공을 들여 옥간의 내용 전부를 통째로 암기했다.

얼마 후, 암기를 마친 그는 다시 검은 옥간을 소언에게 건넸다.

"이건 당신이 가지도록 하시오. 난 이미 내용을 전부 암기했소."

소언이 놀라 물었다.

"이렇게 귀한 걸 저에게 준다고요?"

"금모 선배님은 이걸 당신이 가지길 원했을 거요."

"왜 그런 생각을 한 거죠?"

"내 직감이오."

소언은 잠시 고민해 보고 나서 옥간을 받아 품에 넣었다.

"알겠어요. 당신은 이미 다 암기했다고 하니까 내가 갖고 있어도 별문제 없겠지요."

그들은 손을 잡고 다시 섬 상공으로 날아갔다.

그들이 노란 조각상에서 흙 속성 비검과 검은 옥간을 발견하기 무섭게 호수를 봉쇄하는 데 쓰였던 금빛 안개가 감쪽같이 사라져 출구로 향하는 데 문제가 전혀 없었다.

지하로 내려올 때 사용한 경로와 똑같은 경로를 이용해 지상으로 올라온 그들은 봉우리 주변을 돌아다니며 금모 성성이를 찾았다.

그러나 아무리 돌아다녀 봐도 금모 성성이의 모습은 보이지 않았다.

아직 해가 지려면 한참 남았지만 둘 다 다른 생각으로 머리가 복잡했기에 곧장 숙소로 사용하는 2층 건물로 돌아갔다.

그들은 2층 건물로 돌아가기 전에 돌산 앞에 멈춰 서서 지하에서 발견한 흙 속성 비검과 검은 옥간을 꺼내 놓고 금화의 처분을 기다렸다.

그러나 한참을 기다려도 응답이 없자 그들은 금화가 허락한 것으로 이해하고 2층 건물로 돌아갔다.

소언과 헤어진 그는 그길로 바로 자훤과 자오진인을 찾아갔다.

자훤과 자오진인은 마치 오랜 사귄 친구처럼 죽이 잘 맞아 밤이고, 낮이고 상관없이 대청에 마주 앉아 이야기꽃을 피웠다.

그는 바로 그들에게 지하 공간에서 구한 흙 속성 비검을 보여 주며 물었다.

"이 흙 속성 비검이 나머지 오행검과 조화를 이룰 수 있겠습니까?"

비검을 살펴본 자훤이 탄성을 터트리며 대답했다.

"오, 그사이에 엄청난 보물을 구해 왔구먼. 아마 이 정도 기운을 지닌 흙 속성 비검이라면 오행검과 조화를 이룰 수 있을 것이네."

자오진인도 같은 생각인지 턱수염을 쓰다듬으며 미소를 지었다.

"가능할 겁니다. 오히려 이 흙 속성 비검의 기운이 너무 강해 다른 비검의 기운을 끌어올려야 할 정도니까요."

속으로 쾌재를 부른 그는 그날부터 자훤, 자오진인의 도움을 받아 오행검으로 백팔초겁을 막는 준비에 들어갔다.

그는 우선 새로 구한 흙 속성 비검에 황성검(黃猩劍)이란 이름을 붙이고 주종관계를 맺어 단전에서 배양했다.

흙 속성 비검에 황성검이란 이름을 붙인 이유는 간단했다.

금모 성성이의 도움을 받아 구한 노란색 비검이기 때문이었다.

단전에서 밤낮을 가리지 않고 황성검을 배양해 본신과 연계하는 데 성공한 그는 바로 오행검을 기선갑으로 개조했다.

기선갑은 자훤의 전문 분야였으므로 거의 몇 달 동안, 자훤의 지도를 받아 오행검을 기선갑으로 만드는 작업을 하였다.

다행히 오행검 모두 산선계 상위 품계에 속하는 뛰어난 재료로 이루어진 덕분에 실패하지 않고 비검 다섯 자루 모두 기선갑으로 만드는 데 성공했다.

그다음에는 자오진인의 도움을 받아 오행검 기선갑에 진법 각인술로 오행상생진법을 각인시켰다.

이 역시 오행검을 기선갑으로 만드는 작업만큼이나 정교하고 섬세한 솜씨가 필요한 작업이었으나 자오진인이 전력으로 도와준 덕에 백팔초겁 전에 무사히 마칠 수 있었다.

그가 막 오행검 기선갑에 오행상생진법을 각인하는 데 성공했을 때는 이미 백팔초겁이 코앞까지 다가온 상황이었다.

백팔초겁 당일, 그는 도악산맥 가장 깊숙한 곳을 찾아 정좌하고 나서 조용히 눈을 감고 백팔초겁이 시작되길 기다렸다.

백팔초겁과 같은 천겁은 다른 수사의 도움을 받을 수 없기에 성공하느냐, 실패하느냐는 오직 그의 능력에 달려 있었다.

그날 정오, 마침내 중천에 뜬 태양이 시뻘겋게 변하는 것으로 백팔초겁의 시작을 알렸다.

그는 긴장하지 않았지만, 그렇다고 마음을 놓지도 않았다.

천겁을 통과하지 못하면 이번 생은 여기서 끝이었다.

반대로 운 좋게 천겁을 통과하면 다른 수사에게 죽지 않는 한, 사구중겁이 닥치는 시점까지 계속 수련할 수 있었다.

이제 곧 생과 사가 갈리는 시간이 도래할 터였다.

눈을 뜬 그는 고개를 들어 조용히 하늘을 쳐다보았다.

시뻘겋게 변한 태양이 점점 커지다가 급기야 거의 도악산맥만 한 크기로 불어났다.

잠시 후, 엄청난 크기로 불어난 태양이 그를 찍어 누르듯이 천천히 하강했다.

태양이 하강하면서 이에 공명하듯 사방에서 불 폭풍이 몰아치고 바닥에서는 화산이 폭발해 용암을 미친 듯이 분출했다.

세상이 시뻘겋게 달아올라 급기야 공간마저 타올랐다.

그는 눈도 깜빡이지 않고 하강하는 태양을 쏘아보며 소리쳤다.

"와라!"

그러나 그의 당돌한 외침은 불 폭풍이 만든 굉음에 묻혀 곧 흔적도 없이 사라져 버렸다.

유건이 천겁을 치르는 장소에서 남쪽으로 30리쯤 떨어진 산에서는 소언, 자오진인, 자훤 세 수사가 걱정과 놀라움이 반반씩 담긴 시선으로 대지를 증발시킬 것처럼 뜨거운 열기를 발산하며 하강하는 거대한 태양을 바라보는 중이었다.

주홍빛 태양은 지름이 수십 리에 달했는데 태양 표면에 박힌 흑점이 꿈틀거릴 때마다 수백 장 길이의 주홍빛 화룡(火龍) 수십 마리가 용트림하며 튀어나와 사방에 불길을 난사했다.

유건은 수천 장 길이의 화룡에 비하면 티끌이나 다름없었기에 당장이라도 화룡이 내뿜는 불길에 녹아 버릴 것만 같았다.

소언은 직접 겪어 보았을 뿐만 아니라, 다른 수사들이 겪는 모습도 본 적 있어 평소 백팔초겁에 대해 잘 안다고 자부했다.

그러나 유건의 천겁을 목격하기 전까지는 이런 규모의 백팔초겁이 있을 거라곤 상상도 하지 못했다.

확신은 못 하지만, 이런 규모와 위력을 지닌 백팔초겁이라면 웬만한 사구중겁보다도 더 위협적일 듯했다.

소언이 믿을 수 없단 표정으로 자오진인, 자훤 두 수사에게 물었다.

"제가 보고 있는 게 정말 백팔초겁이 맞는 건가요?"

자오진인도 걱정스러운 기색을 감추지 못하긴 마찬가지였다.

"백팔초겁이 틀림없네. 다만, 공자님의 실력이 동급 수사를 월등히 초월한 탓에 사구중겁에 필적하는 백팔초겁이 닥쳐온 것일 테지. 자연의 섭리에 따라 수사의 실력이 강할수록 천겁도 같이 강해진다는 것은 잘 알려진 사실이니 말이네."

그때, 자훤이 의미심장한 표정을 지었다.

"단순히 그 이유만은 아닐 것이네."

자오진인은 눈을 번쩍 뜨며 물었다.

"그럼 다른 이유가 더 있을 거란 말입니까?"

"본 장로는 소천리와 같은 천재들이 백팔초겁을 치르는 광경을 본 적 있네. 그들이 치르는 백팔초겁은 자오 수사의 말처럼 평범한 수사들이 치르는 백팔초겁과 비교했을 때, 위력이나 규모 면에서 큰 차이가 있었지. 한데 그들 중 누구도 유 수사가 지금 치르는 천겁 정도의 위력이나 규모를 지닌 천겁을 치르지는 못했네. 즉, 이런 현상이 벌어진 데는 실력 외의 뭔가 다른 이유가 끼어 있단 뜻이지."

소언이 여전히 걱정을 숨기지 못하며 물었다.

"어떤 이유일까요?"

자훤이 팔짱을 끼며 대답했다.

"확신할 순 없지만, 유 수사의 신분이나, 혈통과 관련이 있을 겁니다. 유 수사의 신분이나, 혈통이 범상치 않은 탓에 백팔초겁이 사구중겁에 비견할 위력을 지니게 된 것이겠지요."

그들의 대화는 거기서 더 이어지지 않았다.

유건이 그때 막 천수관음공법을 펼쳐 30장 크기의 거대한 관음상(觀音像)으로 변신했기 때문이었다.

유건은 그동안 천수관음공법을 셀 수 없이 많이 펼쳤다.

그러나 지금처럼 관음상의 형태가 뚜렷하게 나타난 적은 한 번도 없었다.

전에는 천수관음공법을 펼칠 때, 다른 변수가 생기는 상황에 대비해서 한두 푼의 실력을 감춰 두는 경우가 대부분이었다.

그러나 지금은 생과 사가 극명하게 갈리는 시점이었기에 전력을 다하지 않을 이유가 없었다.

관음상으로 변신한 유건은 금강부동공, 전광석화, 구련보등, 사자후를 동시에 펼쳐 하강하는 거대한 태양에 맞서 갔다.

곧 관음상 주위에 장엄한 불광이 횃불처럼 피어오르는 가운데 전공석화의 금빛 화염과 구련보등의 거대한 연꽃, 사자후의 투명한 음파 고리가 첩첩이 쌓여 거대한 방벽을 형성했다.

거대한 태양이 방벽과 충돌하는 순간.

콰콰콰쾅!

하얀 고리를 닮은 충격파 수십 개가 하늘을 동강 낼 것 같은 기세로 퍼져 나갔다.

처음에는 방벽이 태양에 맞서 어느 정도 버티는 것처럼 보였다.

그러나 태양 안에서 튀어나온 화룡 수십 마리가 주홍빛 채찍 같은 불길을 뿜기 무섭게 방벽에 구멍이 숭숭 뚫렸다.

하지만 유건도 쉽게 물러서진 않았다.

여기서 태양의 하강을 저지하지 못하면 나중엔 더 힘들어질 것이 분명했다.

유건은 금강진천뢰로 화룡을 요격하면서 녹각문모, 녹각문장 다섯 마리를 동시에 내보내 구멍이 뚫린 방벽을 보호했다.

그러나 유건의 필사적인 노력에도 불구하고 태양은 화룡을 조종해 금강진천뢰를 무력화시키고 녹각문모와 녹각문장 다섯 마리도 상처 입혀 녹각사령소 안으로 쫓아 버렸다.

콰아아앙!

결국, 방벽이 무너지면서 태양이 다시 유건 쪽으로 하강했다.

가부좌한 자세로 하늘을 올려다보던 유건은 눈살을 찌푸렸다.

태양이 뿜어내는 지독한 열기에 그의 체모와 의복은 먼지로 변한 지 오래였다.

그러나 눈빛만은 처음이나, 지금이나 똑같았다.

절대 운명에 순순히 굴복하지 않겠다는 결연한 눈빛이었다.

유건은 그를 향해 쇄도하는 화룡을 향해 왼손을 뿌렸다.

그 즉시, 녹각사령소가 거대한 연못으로 변해 화룡 앞을 막아섰다.

그러나 거대한 연못도 기세가 오른 화룡을 막기에는 무리였다.

"크아아아!"

포효를 터트린 화룡이 용암처럼 걸쭉한 화염을 뿜어낼 때마다 연못의 물이 수증기로 변해 사라졌다.

이대로 가다간 물이 바닥까지 말라붙어 녹각문모와 녹각문장이 사는 연못마저 사라질 것처럼 보였다.

그때, 연못 가운데 있던 자근유엽수가 갑자기 수만 개의 가지를 창처럼 뻗어 화룡의 몸통을 꿰뚫었다.

자근유엽수 가지에 꿰뚫린 화룡은 고통에 찬 비명을 지르며 몸을 마구 흔들었다.

놀랍게도 자근유엽수 가지에 뚫린 상처에서 보라색 진액이 폭포수처럼 쏟아져 나와 주홍빛이던 화룡을 보라색으로 물들였다.

보라색 진액의 정체를 정확히 알 순 없었지만, 자근유엽수

가지에 꿰뚫린 화룡은 천적을 만난 것처럼 맥을 추지 못했다.

유건은 그 틈에 비장의 수단 중 하나인 세 영물을 동시에 내보내 태양을 직접 공격했다.

도천현무패가 변한 묵귀가 거대한 방패로 변해 태양을 저지하는 동안, 금룡과 자하는 벼락과 독으로 태양을 기습했다.

원래 세 영물은 같은 자리에 있는 일조차 거부할 정도로 사이가 좋지 못했다.

그러나 지금은 주인이 절체절명의 위기에 처한 상태여서 사이가 좋고 말고를 따질 겨를이 없었다.

지금은 어떻게든 힘을 합쳐 이번 위기를 넘기는 게 우선이었다.

세 영물은 유건의 우려와 달리 손발이 생각보다 잘 맞아 거대한 태양을 점점 하늘 위로 밀어내기 시작했다.

그러나 태양도 계속 당하고 있지만은 않았다.

태양은 갑자기 몸 절반을 새파랗게 물들였는데 마치 거대한 구체의 절반은 태양, 나머지 절반은 달이 된 것 같은 기이한 모습이었다.

유건이 천겁을 치르는 곳에서 북쪽으로 100리쯤 떨어진 고공에서 이 모습을 지켜보던 금화가 변한 태양을 보고 흠칫했다.

"흠, 공선 후기 최고봉 수사가 치르는 백팔초겁 따위에 주양창월(朱陽蒼月)과 같은 지독한 현상이 나타나다니."

금화 뒤에서 금모 성성이와 같이 서 있던 규옥이 놀라 물었다.

“사부님, 주양창월이 그리 지독한 것입니까?”

금화는 고개도 돌리지 않고 대답했다.

“넌 아직 경험이 부족해 잘 모르겠지만 주양창월은 실력이 출중한 장선 중기나, 후기 수사가 구구말겁을 치를 때 가끔 나타나는 현상 중 하나다. 내 수천 년을 살면서 온갖 경험을 다 했기에 더는 기이한 일을 겪을 일이 없을 거라 여겼다만 생각지 못한 곳에서 안계를 넓히는구나.”

금화의 설명을 듣고 얼굴이 해쓱해진 규옥이 서둘러 물었다.

“주양창월이 장선 중기나, 후기 수사들이 겪는 구구말겁에서 나타나는 현상이라면 공자님이 어떻게 해야 이번 위기를 넘길 수 있겠는지요?”

무표정한 얼굴로 서 있는 금모 성성이를 힐끗 본 금화가 팔짱을 끼며 별거 아니라는 투로 대답했다.

“그건 저 유건이란 아이가 어떤 운을 타고났는지에 달려 있을 것이다.”

그러나 지금까지는 유건에게 운이 따라 주지 않는 듯했다.

태양이 주양창월로 변하면서 전황도 큰 변화를 맞이했다.

달에 해당하는 부분인 창월(蒼月)이 갑자기 빙룡(氷龍) 수십 마리를 내보내 태양에 해당하는 주양(朱陽)을 공격하는 묵귀, 금룡, 자하의 뒤를 기습한 것이다.

그 바람에 허를 찔린 묵귀, 금룡, 자하는 적지 않은 손해를 입고 달아날 수밖에 없었다.

세 영물을 쫓아 버리는 데 성공한 빙룡 수십 마리는 거기서 멈추지 않고 녹각사령소의 자근유엽수에 얼음 화살 수십만 발을 쏟아부어 위기에 처한 화룡을 구해 주었다.

빙룡 덕분에 가까스로 목숨을 건진 화룡 수십 마리는 화가 단단히 났는지 전보다 더 격렬하게 날뛰며 녹각사령소를 공격했다.

거기다 빙룡마저 공격에 가세하는 바람에 녹각사령소가 변한 거대한 호수는 반은 수증기로 변하고 반은 얼음으로 변해 망가져 갔다.

쓴웃음을 지은 유건은 녹각사령소가 완전히 망가지기 전에 얻은 보물을 회수했다.

녹각사령소마저 실패하는 바람에 이제 주양창월과 유건 사이에는 그를 지켜 줄 수 있는 수단이 하나도 남아 있지 않았다.

그러나 유건의 눈빛은 처음과 달라진 점이 없었다.

아니, 오히려 전보다 더 강렬한 광채를 뿜어내고 있었다.

유건은 화룡과 빙룡이 양쪽에서 날아드는 모습을 지켜보다가 마침내 오행검을 불러냈다.

곧 목정검, 홍쇄검, 빙혼검, 화린검, 황성검 다섯 비검이 그의 머리 위에서 꼬리에 꼬리를 물고 돌아가며 맹렬히 회전했다.

진언을 외우며 기다리던 유건은 바로 오행검에 법결을 던져 넣었다.

그 순간, 오행검이 각양각색의 갑옷 다섯 벌로 변신했다.

목정검은 나무 문양이 새겨진 단단한 갈색 투구로, 홍쇄검은 어깨에 검 모양의 장식이 있는 붉은색 팔 갑옷 한 쌍으로 변신했다.

또, 빙혼검은 유리처럼 표면이 반짝거리는 푸른색 다리 갑옷 한 쌍으로, 화린검은 불꽃을 형상화한 것 같은 흰색 가슴 갑옷으로, 황성검은 바위처럼 단단해 보이는 역삼각형 모양의 노란 등 갑옷으로 각각 변신했다.

오행검의 변화는 거기서 끝나지 않았다.

각 갑옷에 진법 각인술로 새겨 넣은 진법이 발동하기 무섭게 갈색, 붉은색, 푸른색, 흰색, 노란색 광채가 유건의 몸을 뒤덮으면서 서로 공명해 찬란한 빛을 내뿜었다.

가부좌를 풀고 일어난 유건은 머리 위 10장까지 내려온 주양창월을 보며 진언을 외우다가 손가락으로 하늘을 가리켰다.

"가라!"

그 순간, 유건을 중심으로 100장에 해당하는 공간이 마치 외부와 단절된 것처럼 분리되더니 주변 풍경마저 돌변했다.

가장 먼저 유건이 있던 자리에 거대한 나무 한 그루가 자라나는 것을 시작으로 하늘에는 화염을 뿜는 흰 태양이 떠올랐고 바닥에선 순금처럼 반짝이는 노란 모래가 솟아올랐다.

또, 태양 반대편에서는 푸른 눈발이 미친 듯이 휘날리는 눈 폭풍이 거세게 몰아쳤고 거대한 나무 옆에서는 검 108자루를 엮어 만든 붉은 허수아비 하나가 벼락처럼 튀어나왔다.

한데 그때였다.

콰콰쾅!

공간 바깥에서 황금빛 뇌전 한 가닥이 천둥소리를 내며 떨어져 공간 중앙에 우뚝 솟은 거대한 갈색 나무를 강타했다.

뇌전에 강타당한 나무가 불타면서 뜨거운 열기를 태양에 공급했고 태양은 그 열기를 양분 삼아 크기를 빠르게 늘려 갔다.

곧 하늘을 가득 채울 정도로 커진 태양은 화염을 내뿜어 이미 불타고 있던 나무를 완전히 재로 만들었다.

그리고 그 재는 다시 노란 모래와 섞여 붉은 쇳덩이로 변했고 붉은 쇳덩이는 곧장 붉은 허수아비의 몸에 달라붙었다.

잠시 후, 붉은 쇳덩이를 흡수한 덕에 태양에 부딪힐 정도로 성장한 붉은 허수아비는 양팔을 마구 휘저어 눈 폭풍의 기세를 올렸고, 기세가 오른 눈 폭풍은 지상에 폭우를 쏟아부어 다 타고 밑동만 남은 나무를 다시 원래 크기의 거목으로 돌려놓았다.

그다음은 같은 과정이 반복해서 이루어졌다.

다만, 그 시간이 반으로 줄어들었을 따름이었다.

한데 같은 과정을 반복할수록 순환하는 주기가 계속 짧아지면서 순환에 필요한 천지 영기의 양이 급속도로 늘어났다.

급기야 그 일대에 있는 천지 영기로는 턱도 없이 모자라 점점 먼 곳에 있는 영기까지 끌어와 오행상생진을 돌려야 했다.

심지어 그 영향이 도악산맥 너머에까지 미칠 정도였다.

오행상생진이 흡수한 엄청난 양의 영기는 곧 갈색, 붉은색, 푸른색, 흰색, 노란색을 띤 빛기둥 다섯 개로 변해 주양창월을 향해 화살처럼 쏘아져 갔다.

주양창월은 화룡과 빙룡 수십 마리를 내보내 빛기둥에 맞섰으나 그들이 막기에는 빛기둥이 지닌 영기의 힘이 너무 강했다.

화룡과 빙룡을 산산조각 낸 빛기둥 다섯 개는 곧장 주양창월을 뚫고 들어가 곳곳에 구멍을 뚫었다.

구멍이 숭숭 뚫린 주양창월은 바람 빠진 풍선처럼 엄청난 속도로 쪼그라들다가 이내 잔해조차 남기지 않고 사라졌다.

유건이 마침내 백팔초겁을 통과한 것이다.

그러나 아직 위기를 완전히 벗어난 상태는 아니었다.

성화교의 기선술을 이용해서 오행검을 오행선갑으로 만들어 백팔초겁을 막는단 유건의 계획은 훌륭하게 맞아떨어졌다.

한데 거기에는 유건도 미처 예상치 못한 문제점이 하나 있었다.

바로 백팔초겁을 막기 위해 얼마만큼의 천지 영기를 끌어들여야 하는지 모른단 문제였다.

일단, 영기가 많으면 많을수록 백팔초겁을 통과하는 데 유리할 거란 생각에 오행상생진으로 끌어들일 수 있는 양의 한계까지 끌어들였는데 지금은 그 점이 문제로 작용했다.

주양창월을 없앤 천지 영기가 흩어지지 않고 공중을 떠돌다가 마침 그 근처에 있던 유건을 발견하고 미친 듯이 쇄도했다.

유건은 다급하게 피하려 해 보았으나 천지 영기의 속도가 그보다 빨랐다.

결국, 천지 영기에 잡아먹힌 유건은 전기에 감전당한 사람처럼 몸을 부들부들 떨었다.

만약, 흡수한 천지 영기를 제어하지 못하면 몸이 그대로 터져 나가 죽을 수밖에 없었다.

걱정하던 백팔초겁은 다행히 별문제 없이 넘겼는데 백팔초겁을 막기 위해 동원한 수단이 오히려 그를 죽이려 드는 웃지 못할 상황이었다.

그때, 위기를 직감한 원신이 갑자기 유건의 몸을 휘도는 천지 영기를 제어해 순수한 법력으로 만들어 나갔다.

한데 그렇게 해서 만들어진 법력의 양이 워낙 엄청난 탓에 유건은 놀랍게도 그대로 공선 후기 최고봉의 경지를 돌파해 단숨에 오선 초기 경지에 이르는 엄청난 선연을 얻었다.

그뿐만이 아니었다.

새로 만들어진 법력이 워낙 많아 오선 초기를 지나 오선 중기에 이르러서야 흡수한 천지 영기를 전부 소모할 수 있었다.

전화위복도 이런 전화위복이 없었다.

유건은 설명하기 힘든 희열을 느끼며 포효를 터트렸다.

"크아아아!"

도악산맥 전체가 쩌렁쩌렁 울리는 강렬한 포효였다.

〈완결〉